DIVINA CONDENA
©Noviembre 2017
2017 © Lorena Escudero
ISBN-13: 978-1981151769
ISBN-10: 1981151761
Diseño de Portada: Estela Escudero (estelaescu@gmail.com)
Maquetación: China Yanly (chinayanlydesign@gmail.com)

Contenido

A todos aquellos que piensan
que la suma de todas las sonrisas hace la felicidad.

Introducción

Maldita Afrodita.

Esa zorra podría haberme ayudado al menos...

Me lo debía.

Después de todo me había utilizado durante siglos, actuando a mis espaldas cuando el idiota de mí andaba de su recadero.

Pero ni aún después de mi supuesta caída en desgracia fue capaz de ser generosa con nadie.

¿Y qué me esperaba yo de ella? ¿Acaso no la conocía bien ya? ¿Es que no había aprendido lo suficiente?

Sí.

De ella había aprendido a ser mezquino, a seducir, a engañar para conseguir mi objetivo... O más bien el suyo. Ella me había enseñado todo cuanto era.

Eso es. *Era*.

Porque después de todo lo acontecido con Alma...

Ya no era el mismo.

Ahora era un hombre nuevo. Un hombre libre. Un hombre capaz de labrar su propio destino...

Si no fuera por la bruja esa que, a buen seguro, el idiota de Cupido me había endilgado.

¿Qué había hecho yo para merecer esto?

Ahí estaba yo tiempo atrás, intentando sacar algo de todos esos inútiles que acudían al gimnasio pensando que en dos días iban a conseguir un cuerpo como el mío... Gilipollas.

¿Cómo iban a lograrlo en tan solo unas pocas semanas?

Yo llevaba siglos currándome mis músculos.

Bueno, en realidad milenios. Aunque lo cierto es que ahora debía andarme con ojo si no quería terminar como esas estúpidas bolas de sebo...

En ello estaba pensando, cuando lo noté. Sí, puedo decir con toda certeza que lo noté. Se me clavó en el corazón y me lo atravesó de lado a lado, de cuajo, así a lo bestia. Casi pude ver el haz disparado a través de la mal iluminada sala. Me temí lo peor, así que bajé los ojos algo acojonado para ver a quién demonios me habían endiñado...

Y allí estaba ella, al parecer intentando levantar unas pesas y partirse la espalda al mismo tiempo.

Ella, la dueña de mis pesadillas. Esa loca que no me dejaría vivir ni un segundo en paz a partir de ese momento.

Joder, ¿es que no lo estaba pasando ya lo suficientemente mal?

¿No había terminado conmigo Zeus cuando me impartió su castigo?

¿Por qué ella?

¿Por qué Elsa?

¿Por qué la única amiga de la mujer que me hizo cambiar el rumbo de mi vida?

Capítulo  1

Adonis había deseado la lucha en el inframundo desde el inicio de sus tiempos como semidiós.

Había sido un cazador, hábil, diestro y certero.

La lucha cuerpo a cuerpo era lo suyo.

La búsqueda de una presa que estuviera a la altura.

Descargó adrenalina por todos sus poros contra todos esos proyectos de zombies, esos asquerosos despojos de lo que una vez fueran humanos.

Salvar a la parejita feliz le pareció una buena idea por aquel entonces. Y con ello, se le ocurrió que quizá así se ganaría una redención... Al fin y al cabo, estaba seguro de que morir, no moriría. Saldría de esa ileso, y seguro que Zeus le endilgaba lo que él andaba deseando ya desde hace un tiempo aun pensando que le estaba condenando.

Un merecido castigo en la Tierra.

¡*Ja*!

Lo tenía todo cuadradito, de cabo a rabo.

No en vano había sido el aprendiz de la peor de las rameras.

Fingió que se inmolaba por la felicidad de esos dos, y seguro que de esa manera volvería a vivir la vida que anhelaba tener en el mundo mortal. Esa que le había sido sesgada tantos siglos atrás y que ahora creía que le había sido arrebatada.

Lo que no esperaba era que esa vida que tanto añoraba era, en realidad, una puñetera mierda.

Pensó que un poco de realidad le vendría bien: disparar con metralletas, o con cañones, o con una Walther PPK al más puro estilo agente 007. Perseguir a criminales, o quizá convertirse en uno de ellos... Un agente de la CIA sería lo mejor. Combinaba todo lo que Adonis buscaba: acción, intriga, asesinatos... Podría convertirse en lo que él deseaba, un cazador algo... digamos neutral, ni blanco ni negro, ni bueno ni malo. A lo suyo. Lo demás se la sudaba.

Y sin embargo, todo había sido un estúpido sueño. Allí abajo no era más que otro subnormal en busca de trabajo. No había manera de acceder a las altas esferas de la Agencia Central de Inteligencia. O de cualquier otra agencia de inteligencia, del tipo de fuera. Estaba empezando a pensar que igual era tonto: tuvo que aceptar trabajos denigrantes... Portero, segurata, entrenador de gimnasio... Curros para tipos con mucho músculo y poco seso. Y hombre, él algo de seso sí que tenía; que parecía tonto, sí, pero tantos años de vida algo le habían enseñado.

Aun así, tenía que aceptar que le encantaba eso de «Eh, tú, fuera de aquí, pringao», o «¿Adónde te crees que vas tú, gañán?». Le daba cierto poder. Incluso aunque fuera solo sobre esos enclenques puestos de coca hasta las cejas.

Su vida iba de mal en peor. Ni siquiera la ayuda de Dice, diosa de la justicia, le había servido de nada. ¿Para qué mierda había él deseado todo aquello? Adonis hubiera querido una vida normal, de hombre guerrero, como lo era en su época, y no esa jodienda de vida artificial donde reinaban los videojuegos y la gente se pasaba el día encerrada en sus casas tonteando con el Facebook, el Twitter, el tuenti, el Instagram, el Tumblr y no sé cuántas redes sociales más.

«Asco de vida, coño», pensaba el antiguo semidiós.

¿Es que no podían volver unos cuantos siglos atrás para vivir como era debido, cuerpo a cuerpo con la naturaleza?

Ya era demasiado tarde. Y para colmo de todos sus males, ahora le habían endilgado a la amiga loca.

Durante el breve tiempo en que ocupó el lugar de Cupido en el Olimpo y jugó a ser el Dios del Amor, nunca imaginó que enamorarse pudiera doler así.

La sensación del láser atravesando su corazón le dejó sin respiración. El momento en que sus ojos verdes se cruzaron con los azules de ella, el tiempo pareció desaparecer y una espiral, que absorbió todo, se formó en torno a ellos. Dejó de escuchar. Dejó de respirar. Dejó de percibir su propio cuerpo. Tan solo podía sentir su corazón hecho añicos.

Maldito, maldito, maldito...

Aunque en ese momento en concreto, no le maldijo. Porque en ese momento, mirarla fue como encontrar el objeto más hermoso que hubiera existido jamás en la Tierra o en cualquier otro universo. En ese momento en que dejó de respirar, en que contuvo el aliento mientras observaba su mirada, se hubiera arrodillado allí mismo, ante ella, hubiera posado las palmas de sus manos sobre el suelo y la habría venerado, dando gracias a los dioses por haberla colocado en su camino de nuevo.

Porque ella era hermosa, la más bella de las flores. Sus gotas de sudor parecían perlas rosadas que caían por ese precioso rostro, acariciándolo como si de brillantes gotas de rocío sobre un pétalo de flor se tratara. Su ceño fruncido, la forma ondulada de esas arruguitas que se le formaban entre los ojos, que parecían dos diamantes en bruto, le otorgaban un cariz encantador. Los cabellos húmedos besaban su frente, adhiriéndose a ella, no queriendo abandonar ese semblante que Adonis tanto hubiera ansiado rozar con las yemas de sus dedos...

Oh, visión de visiones. Bella entre las bellas. Más hermosa que incluso la divina Afrodita...

Qué hostia se hubiera dado.

So gilipollas.

Sí, sabía que su corazón había sido atravesado, roto en añicos, partido en mil pedazos. Sabía que, a partir de ese instante, moriría de amor por ella porque era lo que se hacía en esos casos. Pero no le importó.

Sus pies habían comenzado a flotar y una bola de colores, de esas horteras de discoteca de los setenta, apareció de súbito en lo alto del techo enviando brillantina por doquier. Todo el mundo a su alrededor, las máquinas, los metrosexuales, las respiraciones agitadas así como los gruñidos de gorrino que proferían aquellos mamarrachos, todo desapareció... Una oscuridad les rodeó y, de repente, el guapo semidiós comenzó a escuchar una canción... Unas letras que resonaban en su cabeza, como si el mismo cantante se hallara en ese instante junto a ellos, celebrando el amor con un pastelazo de canción —que por otro lado creyó apreciar como la mejor del mundo en ese momento—, que decía:

«My love

There's only you in my life

The only thing that's bright...»

Joder.

¡El maldito Lionel Richie cantando *My Endless Love*! ¡Si hasta ella pareció brillar en ese momento bajo unas luces setenteras!

Así se halló Adonis, sumido en la música, creyéndose al

14

dedillo todo lo que escuchaba, repitiendo las palabras *"you will always be, my endless looove..."* sintiendo el dolor por dentro del amor que le quemaba al observarla... Igual que un jodido gallina.

Hasta que su chillona voz rompió la ensoñación en que se hallaba sumido y disolvió de un plumazo la nube de la que había sido fácil presa.

—¡*Puaj*! ¡¿TÚ?! ¿Pero qué coño estás haciendo aquí?

«¿Qué? ¿Pero qué...? ¡Yo conozco a esta mujer! Esta, esta, esta es... ¡Por Zeus todopoderoso! ¡No puede ser!», se recriminó.

Cuando ella comenzó a erguirse, no sin dificultad —más bien era bastante patosa, solo había brazos y piernas por todas partes—, la observó boquiabierto.

¡Cómo podía ese estúpido haberle hecho aquello! Tenía que imaginarse que se la tenía guardada... ¡Era imposible! ¿Cómo podía hacer que se enamorara de la mejor amiga de Alma? Eso era cruel, era bochornoso, era estúpido, era una putada, era... lógico.

«Maldito cabrón», se repitió, refiriéndose al hijoputa de Cupido.

Cerró los ojos con fuerza, se frotó las sienes con la mano y respiró hondo para afrontar todo ese lío con la mayor dignidad posible.

¿Aquellos imbéciles pensaban que se iban a reír de él?

Eso creían ellos. Iba a plantar cara a esa cosa estúpida a la que llamaban amor.

—Idiota, gilipollas, casi me matas... —seguía barruntando ella, intentando colocarse la ropa de deporte en su sitio—. ¿Qué coño hacías dándome ese susto? ¿Cómo se te ocurre aparecer así, sin decir nada? ¡Casi se me caen las pesas encima! ¡¿Qué querías, que me ahogara?!

Pero era tan difícil hacerlo...

Por las ascuas del inframundo, al escucharla decir todo aquello y mirarle con ese aspecto tan enfurruñado, con ese ceño y esos morritos fruncidos y las mejillas coloradas... Se habría lanzado al suelo allí mismo, se habría arrodillado y le habría abrazado las piernas para pedirle perdón y decirle que nunca, jamás, volvería a asustarla, y que ni en sus peores pesadillas podría soportar que se ahogara o le sucediera cualquier cosa, ni siquiera que le picara un mosquito, y que él la protegería, que la salvaría de todo, que...

«¡Imbécil!»

Se pasó la mano por la cara para borrar todos esos pensamientos y volver a recuperar su cínica expresión de siempre. La que le salvaba de todo. La que le caracterizaba como el gran Adonis, el terror de la corte mitológica.

—Solo estaba intentando ayudarte, nena. Si no hubiera venido te habrías roto la espalda —le respondió intentado eliminar todo ápice de emoción en su voz.

Ella le observó de arriba a abajo, fijándose en el logotipo que se hallaba colocado en el pecho de su camiseta sin tirantes.

—¿En serio trabajas aquí? ¿Te han contratado a ti de entrenador personal? ¿Pero no era que te gustaba la literatura, la poesía, y todo eso? —le interrogó, moviendo la mano para enfatizar el «todo eso».

Ya, sabía a lo que se refería: a su fingida vida como Marco. La vida que se había inventado para conquistar a Alma cuando todo aquello empezó. Antes de que decidiera (bueno, vale, que le «asignaran») vivir una vida mortal.

—Me estoy ganando un dinero extra —fue su parca respuesta.

¿Para qué iba a complicarse la vida con ella? No era necesario meterse en camisas de once varas...

—Pues la próxima vez, a mí ni te me arrimes, ¿vale? Deja que me parta la espalda yo solita, si me da la gana. Y ni me toques, imbécil, que me has dado un susto de muerte, joder —contestó, cogiéndose el pecho con una mano.

Él no quería darle un susto de muerte... Pero, ¿por qué le trataba ella así? Si solo había intentado ayudarla, y ella seguía con esa actitud... Ni que se hubiera acostado antes con ella, y no con su amiga.

Pero en ese momento cayó en la cuenta de que su mano arrugaba la suave tela que le cubría el pecho... Un pecho redondito, pequeño... Y al apretar la camiseta sobre él, quedaron marcados dos oscuros círculos prominentes que no podían ser otra cosa que...

«Dios», se estiró los pantalones con disimulo y se dio la vuelta para que nadie notara la vergüenza que le había causado esa mujer tan solo con insinuar que debajo de la camiseta tenía un par de pezones normales y corrientes. Vamos, como todas las mujeres, tampoco era ninguna pechugona del Playboy ni nada por el estilo.

¿Qué coño le estaba pasando?

El maldito láser de la enfermedad, tenía que llamarse, y no del amor.

Se disponía a marcharse cuando una mano le tiró del brazo con más bien poca fuerza, aunque las uñas se le clavaron en la piel como finas agujas.

—Eh, tú, pero no te creas que te vas a largar así tan fácilmente, amigo —le dijo Elsa, una vez él se dio la vuelta de nuevo para enfrentarse a su iracunda mirada—. Eres un capullo de mierda —le escupió a la cara—, y ni pienses que porque Alma no te lo dijera a la cara, yo no te lo voy a decir. Eres un cabrón, te portaste fatal con ella porque sabías que era buena... Y te aprovechaste. Eres escoria, y te mereces que te pase todo lo peor del mundo, ¿vale? —terminó su sentencia, a lo largo de la cual le había ido señalando con un dedo acusador que cada vez se acercaba más a su rostro, haciéndole echar la cara hacia atrás.

Vaya, pues había acertado: lo peor de todo ya le estaba pasando.

Abrió la boca para contestar a la pulla... Y lo único que salió de ella fueron las siguientes palabras:

—¿Quieres venir a cenar conmigo?

Pero esperad, porque aún no se había recuperado él mismo del asombro que le habían causado sus propias palabras cuando la vio sorprenderse un poco, mirarle de arriba a abajo, y responder:

—Me lo voy a pensar.

Capítulo 2

Desde que había vuelto del gimnasio, Elsa sentía un nudo de nervios en la garganta que no le dejaba tragar saliva siquiera. ¿Cómo iba a explicarle ahora a su mejor amiga, Alma, que el capullo que la había engañado le había pedido salir?

Era un horror.

Y ella odiaba a ese tío.

Pero al mismo tiempo... ¡Estaba tan *buenorro*!

Y es que Elsa sentía debilidad por los *buenorros*, no lo podía evitar. Le gustaban los musculitos, los chulitos, los déspotas, los chicos malos que parecen misión imposible... Todos esos que eran pura imagen y no tenían nada dentro. Sin embargo, que le gustaran los cachas sin seso no era el problema: el problema era que los quería a todos y a ninguno en particular.

No aguantaba con el mismo ni dos días. Se aburría soberanamente y pensaba que, total, para qué alargar lo inevitable.

Había quedado con Alma ese día para hablar un rato. Desde que ella se marchara a vivir a Nueva York, Elsa se había sentido vacía, sin nadie a quien confesar sus locuras, que no eran pocas. Era difícil encontrar a alguien en quien realmente confiar y que no se escandalizara con su variopinta vida amorosa, que todavía había por ahí alguna que otra maruja que se creía la reina de la virtud y se atrevía a ir juzgando a las que iban por libre. Pero Alma no hacía eso.

Las dos chicas se habían conocido años atrás, cuando todavía eran unas preadolescentes. Su amiga era nueva en el colegio y se le notaba a leguas que era una chica triste y desconfiada, cerrada en sí misma como una ostra. Fue justo por eso por lo que Elsa decidió que esa sería su mejor amiga de entonces en adelante. Era su reto personal, su antítesis y, lo más seguro, su alma gemela.

A veces, las personas que suscitan menos confianza terminan siendo todo lo contrario y, como Elsa era de las que pensaban que las cosas eran lo contrario de lo que parecían ser, se lanzó de cabeza.

Y eso es lo que sucedió con Alma. Por el contrario, Elsa parecía una chica abierta, espontánea, dicharachera y siempre, siempre, el centro de atención. Pero en el fondo no se fiaba de nadie y, sobre todo, no hacía nunca la pelota ni se pegaba a nadie por interés. Todo lo hacía porque a ella le daba la gana, y si un día le apetecía cantar a plena luz del día bajo la mirada estupefacta de todos los niños del colegio, pues lo hacía y punto, aunque no cantase bien.

Sabía que juntas, ya desde niñas, podrían ayudarse. Y es lo que hicieron desde entonces, para las buenas y para las malas. La una comprendía a la otra, sin juzgar, sin celos ni rencillas. O al menos ninguna importante.

Hasta ahora, claro...

Porque la que le iba a caer encima cuando se enterara de lo que había pasado...

Por cierto, ahora que se había dado cuenta, ¿no se le había hecho un poco tarde? ¡Ay, sí! ¡Mierda, otro problema más con Alma!

Dio palmaditas en la mesa, impaciente, hasta que por fin terminó de iniciarse el ordenador y pudo conectar el programa de videoconferencia. Y al instante, la cara hinchada y un poco enfadada de Alma apareció en pantalla.

«Pues sí que empezamos bien...», pensó.

Alma estaba ya casi cumplida, y no quería darle disgustos ahora. No pretendía ser ella la causante de que la pobre se pusiera de parto, con lo trágica que se ponía a veces.

—¡Por fin! ¡Llevaba un buen rato aquí esperándote, maja! —el ceño fruncido de su amiga y el vaivén del abanico que llevaba en la mano encendieron una luz de alarma en el cerebro de Elsa.

Pero eso no quería decir nada.

Las luces de alarma se encendían muchas veces en su cerebro, pero a ella se la sudaba todo y terminaba por no hacerles ni caso. Era de las que aceleraban cuando el semáforo se ponía en ámbar, claro.

—¡Alma! Ay, ¡casi no llego! ¡Adivina con quién me he encontrado en el gimnasio y me ha invitado a salir! ¡El muy caradura! Pero, Dios, hay que ver qué bueno está el imbécil...

Ala, *potoplof.* Todo de golpe. No podía haberse callado y haber tanteado el terreno, no... Era así de delicada ella. Nada más decirlo, tragó saliva y esperó temerosa a la reacción que pensaba que vendría.

Pero no, no fue la que pensaba.

Alma se quedó mirando la pantalla con los ojos como platos, sin parpadear. Luego sí parpadeó. Luego se puso amarilla. Luego verde, y por fin roja, y al final explotó...

—¡Cupidoooooooooooooooo! ¿¡Dónde estás!? ¡Te vas a enterar! —chilló Alma mientras miraba a todas partes desde su silla, las manos sujetando la enorme panza que sobresalía por encima de la mesa del escritorio.

¿Qué demonios había pasado allí?

¿Por qué se había puesto así?

¿Y quién coño era Cupido?

—¿Alma? ¿Aaaaaaalmaaaaaaa? Oye, chica, eooooooooooo —sacudió la mano Elsa, intentando captar su atención de nuevo.

Pero nada.

La otra se había puesto a despotricar como una loca desde el otro lado y podía verle hasta las venas del cuello, que luchaban por reventar y chispear toda la pantalla de sangre roja a modo película de Tarantino.

Qué cosa más rara... Elsa nunca había visto así a su amiga. Sí, era muy trágica, muy sentimental, muy carnaza de novela romántica... Pero era muy comedida. No gritaba, no armaba jaleo, no despotricaba nunca... Vamos, todo lo contrario a ella.

Incluso habían hecho un pacto tiempo atrás —«yo llamo la atención, tú te callas»— con el cual ambas amigas se sentían muy a gusto.

Detrás de la pantalla, en la habitación en semipenumbra, apareció un Jon sin camiseta y un tanto adormilado.

—¿Qué pasa, cariño? ¿A qué viene tanto jaleo?

—Qué has hecho... —siseó la otra entre dientes, con rabia comedida.

Elsa se lo estaba pasando en grande. Le encantaba ver pelearse a las parejas. Se acomodó en la silla, apoyó la barbilla sobre su mano derecha y sonrió. La parejita feliz iba a tener su primera pelea. A ver cómo acababa aquello.

—Te he hecho una pregunta... —continuó su amiga en el mismo tono.

Jon terminó de despertarse de golpe al percatarse de lo que allí estaba sucediendo... Miró la pantalla del ordenador, vio la cara sonriente de Elsa, que le saludó encantada, y luego miró a su mujer. Frunció los labios, se rascó la cabeza, y acto seguido... se arrodilló en el suelo.

—¿Cómo está mi pequeñina hoyyyyyy.....? *Tiiiiiquitiquitiquitiqui...* —jugueteó, haciendo cosquillitas en la barriga de Alma.

—No te creas que te vas a escapar tan fácilmente, amigo. Venga, fuera de aquí —le largó Alma con la mano—, que ya ajustaremos cuentas tú y yo luego.

Dicho esto, él dio un pequeño besito a la panza de Alma y saludó un tanto tímido a Elsa con la mano, antes de desaparecer como un rayo. Más le valía no tentar a la suerte.

La embarazada se cruzó de brazos y miró de nuevo a su amiga, pero ahora había recuperado algo de la serenidad que la caracterizaba.

—Lárgalo todo, colega —le ordenó.

Con Alma no podía andarse uno con chiquitas. Miraba a través de ti. Parecía que veía en tu interior... Te atravesaba con esos ojos y podías caer rendida a sus pies confesando todo tipo de fechorías, incluso hasta las que no habías cometido, en menos que canta un gallo. Así que no tuvo más remedio que relatar lo que había ocurrido esa tarde en el gimnasio, con quién se había encontrado, cómo se había comportado y la sorprendente petición que le había hecho. *Enteretito*.

Cuando terminó el relato, Alma miró hacia abajo, frunciendo los labios. La actitud pensativa de su amiga despertó ciertas sospechas en Elsa... Algo estaba ocurriendo allí y ella no se había enterado. ¡Ojalá ella tuviera el poder de persuasión de la otra!

—Esto no es normal... Primero, montas la de Dios llamando a Jon como si fuera Cupido, ¿es que Jon tiene algo que ver aquí? ¿Qué puede haber hecho él, si está en Nueva York contigo, y encima le llamas Cupido? ¿Y por qué no me dices nada ahora? ¿Es que te da igual que salga con Marco? A mí todo esto me suena a confabulación *culeomasónica*, qué quieres que te diga.

Alma levantó la cabeza y la inclinó hacia un lado, suspirando.

—Cari, no es que me de igual que salgas con él... A ver, cómo te explico yo esto... Eh… Es posible... Puede ser... —se acarició los labios mirando hacia arriba, hasta que pareció encontrar las palabras exactas sin meter la pata—, *ejem*, puede ser que Adonis... Digo, Marco, no sea al final un chico tan malo... —acabó, pensando que, de ahora en adelante, volvería a llamar a esos dos por sus nombres mortales para no equivocarse.

—¡Pero qué dices! ¿Estás loca? ¿Cómo se te ocurre ahora decir eso? Las hormonas se te están subiendo a la cabeza, chica, ¡vete al ginecólogo o algo que te recete unas pastillas! —el grito de Elsa espantó a su amiga, que se echó hacia atrás en la silla por inercia.

—No, no estoy loca... No te estoy dando permiso para salir con él tampoco, que lo sepas. Es que... Se me hace raro, y ya está. No sé si es bueno o malo, ese Marco, pero tampoco sé si es buena idea que os pongáis vosotros dos a juguetear juntos. Sois los dos iguales, podríais acabar muy mal.

Elsa comenzó a reírse como una histérica.

—¿Te crees que me importa cómo acabe alguna cosa? Mira, tú sabes que yo siempre he sido muy clara con los tíos. Esto es lo que hay, y ya. Él es un cabrón que ha jugado contigo y seguramente con todas con las que haya estado. Pero conmigo no podrá. No puedo jurarte que no me líe con él… Intentaré no hacerlo, porque te tengo mucho respeto y eso y no me gusta un pelo lo que te hizo a ti... Pero si al final me pica la cosita y la lío y termino pensándomelo mejor, sabes que no seré yo la que se cuelgue. Allá él.

Alma sonrió. Sabía que era cierto, pero en su interior hervía un cúmulo de sentimientos encontrados. Por una parte, Adonis había demostrado no ser tan mala persona al final... Al menos, les había ayudado a salir de aquél atolladero en el que ella casi pierde la vida y se sentía agradecida con él todavía. Al fin y al cabo, que Cupido y ella estuvieran allí ahora y esperando a su bebé era gracias a él. Por otra parte, se suponía que ahora, además, también estaba enamorado de su amiga... O no, quién lo sabía. No sabía si algún día podría acostumbrarse a las intrigas de esos dioses olímpicos y a sus «ahora sí y ahora no». Pero si era así, ¿qué pasaba con el amor que se había sentido por otra persona cuando te lanzaban una flecha para que lo hicieras de otra? ¿El flechazo de Cupido había borrado todos los sentimientos anteriores de Adonis hacia Alma? ¿Y por qué sentía todas esas dudas y se preocupaba tanto? ¿Acaso estaba celosa?

Las hormonas iban a terminar por matarla, sí.

—Pues allá él, tienes razón —sentenció—. Él ha sabido jugar muy bien con las mujeres, estoy segura de que se las apañará. Pero solo te advierto una cosa, Elsa: ten mucho cuidado. Aunque creas que está muy enamorado de ti, nunca sabes de lo que puede ser capaz ese chico. No le subestimes. Y dicho esto, te doy mi beneplácito: adelante. Machácale los huesos, nena.

Elsa entrecerró los ojos y se acercó a la pantalla para cerciorarse de que quien estaba al otro lado era en verdad su amiga...

Sí, aunque estaba un poco hinchada por el embarazo y, desde luego, muchísimo más guapa —eso debía ser también al embarazo—, no cabía duda de que esa era su amiga... Conocía esa mirada bastante bien. Pero ahí había gato encerrado... Alma le estaba escondiendo algo, y nunca, nunca le había escondido nada. Siempre se lo contaban todo.

¿Por qué tenía ahora un secreto con ella?

—¿Por qué presiento que te estás guardando algo que no me quieres contar?

La rabia podía con ella y necesitaba expresar todos sus sentimientos.

Alma levantó las cejas y sonrió.

—Tú y yo nunca hemos tenido secretos, cariño.

Pero Elsa la conocía más que bien. Vaya que sí. Alma era un libro abierto, y ese libro ahora se estaba guardando un secreto.

Lo sabía por el tic que le estaba dando en el párpado justo en esos momentos y porque, además, se rascó la oreja. Y eso solo lo hacía cuando estaba mintiendo.

Eso le hizo tomar la decisión final: definitivamente, iba a quedar con Marco.

Si al menos eso no la ayudaba a desvelar el enigma, fastidiaría a su amiga por no habérselo contado.

«Chúpate esa», pensó, apretando los labios.

Capítulo 3

—Creo que se os olvida una cosa... —anunció Cupido a quienes allí se habían congregado—. Si no queréis aburriros tanto, podemos hacer uso de mi arma letal...

—Ya has hecho bastante uso de ella —le regañó Alma, todavía enfadada con él por lo que había hecho.

—Cariño, ya te he explicado mil veces que yo no he tenido la culpa... ¿No ves que necesitaba un pequeño empujón en su vida? Y pensamos que quizá con tu amiga... Al menos así no se sentiría tan sola, tienes que reconocer que harían un buen equipo, esos dos —terminó su esposo de nuevo, bajando la voz hasta parecer casi un susurro para acentuar así la buena intención de sus actos.

Pero no colaba.

Alma ya estaba empezando a estar entrenadita en las artes de su marido y sabía cuándo se intentaba camelar a la gente. Pero con ella no podía.

—¿Y entonces a qué arma te refieres?

Cupido calló. Le habían pillado de nuevo. A veces era incapaz de mantener una farsa, no le daba el entendimiento, y menos con su mujer, que era mucho más lista que él.

—Mi nieto tiene otro láser que cumple la función contraria a la que está destinada la flecha dorada común —continuó Zeus, que seguía aburrido en su sillón—. Se trata de una flecha de plomo. Es la flecha que hace aborrecer u olvidar, en lugar de amar.

Alma sintió que su interior se llenaba de la fuerza que le había sido otorgada como diosa del Olimpo... Una fuerza que se tornó en rabia y terminó explotando en una retahíla de chillidos.

—¿Estabas pensando en jugar con Elsa? ¿Quieres lanzarle a ella esa flecha de plomo solo para divertirte? ¿En qué demonios estás pensando? A veces no te reconozco, si pudiera volver atrás ya no sé...

A veces Alma tenía esos acalorados arrebatos que le hacían de repente echarse a llorar en cualquier parte e inundarle a reproches por lo que hubiera hecho o dejado de hacer... Pero Cupido ya había sido informado de que todo eso se debía a las alteradas hormonas del embarazo, así que cuando tal cosa sucedía, se limitaba a desconectar y, cuando se lo pedía el cuerpo, callarla con un beso.

Que es lo que hizo en ese instante.

La tomó de ambas mejillas y la acercó contra sí, llevando cuidado de no aplastar la prominente cintura, para darle un sonoro beso en los labios. Las caricias del dios del amor siempre relajaban a Alma, y en muchas ocasiones convertían aquella explosión de rabia en otra de puro ardor sexual. No obstante, ese no era el lugar ni el momento adecuados para montar una escenita erótico-festiva, así que dirigió el ritmo del beso hacia algo más sosegado. Conforme la pasión remitía para tornarse en dulzura, comenzó a dibujar círculos en la mejilla de ella con las yemas de los dedos hasta percibir que el cuerpo de su mujer se estremecía entre sus brazos.

Alma se había rendido, se había derretido todita en aquellos suaves y exquisitos labios y había vuelto a ser la persona tranquila y sensible que siempre había sido.

—Te quiero, mi hermosa flor —le susurró al oído tras apartar los labios de los de ella, que respiraba ahora con sosiego.

—No te creas que me engañas —le dio pequeño golpe en el pecho—, por muchas trampas que hagas.

Eso le hizo sonreír. A veces, su mujer pensaba que ganaba. Pero la tenía estudiada, la conocía al milímetro, y nada se le escapaba al gran dios del amor. O eso creía él, como es obvio en todo ser del sexo masculino, por muy dios que sea.

—Tranquila, no le lanzaré mi flecha de plomo, si no quieres —le confirmó mirándola a los ojos para que pudiera comprobar que estaba siendo sincero.

—No lo hagas nunca. No lo está pasando bien, está peor desde que me fui, y no tiene a nadie que la ayude. Ni siquiera yo he podido hacerlo. No te atrevas a jugar con ella, ¿de acuerdo?

—Sé de alguien que quizá pueda ayudarla. Podemos hacer mucho por ella, no tiene por qué ser necesariamente un juego… Si así lo deseas, le echaremos una mano —sentenció.

—Está bien —contestó Alma, pues ya le habían recomendado en otras ocasiones visitar a la deidad a quien supuestamente él se estaba refiriendo, aunque nunca se había decidido por miedo. Ahora, sin duda, con la que habían liado esos dos, abuelo y nieto, al acordar lanzar una flecha del amor para Adonis, había llegado el momento de lanzarse al vacío—. Pero déjame ir a verle yo, ¿de acuerdo?

No quería que nadie más que la persona a quien iba a solicitar ayuda estuviera enterada de los verdaderos entresijos de la vida de su amiga Elsa. A nadie más le importaba y, sobre todo, no quería que ningún otro dios se entrometiera y liara el asunto más de lo que ya lo estaba.

Esperó en la barroca sala a que fuera anunciada su llegada. Todo estaba plagado de obras de arte: cuadros, esculturas, incluso pergaminos y antiguos libros colocados pulcramente en vitrinas, expuestos para que todos pudieran comprobar que la divinidad de las artes y la armonía, el Dios del Sol y de la sanación, era el ser más culto del Olimpo.

Qué miedito le daba.

Ella, que era una simple columnista en un periódico de poca monta, seguro que la ponía a prueba y terminaba dejándola en el peor de los ridículos. Nunca había sentido tanto miedo por conocer a alguien, ese dios le imponía más que ningún otro, incluso que Hades... Al fin y al cabo, había sido el creador del arte que ella tanto admiraba y seguro, segurísimo, que era más listo que el hambre y aprovecharía cualquier oportunidad para dejarla en ridículo.

Todo eso, claro está, aparte de ser un idiota engreído, como la mayoría de los habitantes del Olimpo.

Se acarició la barriga, pues la niña estaba de nuevo nerviosa, queriendo salir a ver mundo de un momento a otro.

—Puedes pasar —anunció la voz de un joven de aspecto un tanto ambiguo. Supuso que era un chico por la voz algo grave, pero bien podía haber sido una mujer, pues sus rasgos faciales apuntaban a ello.

Dejando a un lado esos pensamientos, se encaminó a atravesar las puertas de pan de oro que daban paso a una estancia mucho más amplia, iluminada y sencilla.

Y en el fondo, junto a un enorme ventanal y sentado frente un escritorio, se encontraba él: Apolo.

Alma no se acostumbraba a la belleza de todos esos dioses, y aunque ella misma había mejorado, seguía siendo una mujer embarazada, hinchada y subida a un carrusel hormonal. Le era imposible no sentirse inferior a toda esa plebe tan ancestral y hermosa... Al fin y al cabo, era una recién llegada que todavía estaba aprendiendo a manejarse entre tanto intrigante.

Pues quien tenía delante de ella podría ser, si no existiera Cupido, el más atractivo de todos los dioses que había conocido hasta la fecha. Y no solo en sentido físico —ya que no quedaba expuesto por completo—, sino también en el plano anímico: emitía una fuerza de atracción real que te impulsaba de una manera irremediable a querer acercarte a él y tocarlo. Justo como el astro sol, que hipnotizaba a los ineptos satélites con su calor.

Estaba sentado tan solo con unos vaqueros desgastados y algo holgados, descalzo, y su torso moreno y musculado se apoyaba con gracia sobre la mesa. Cada línea de ese cuerpo era perfecta. Esa mera imagen la había dejado sin respiración. No podía verle el rostro todavía, por desgracia, porque se encontraba apoyado con uno de los brazos en la mesa y se tiraba del dorado y largo cabello mientras leía un libro, concentrado.

No obstante, algo pareció advertirle de la nueva presencia y el movimiento nervioso de la pierna se detuvo.

Poco a poco se fue girando, sin apartar la mano del cabello, y su rostro asomó a medias, lo suficiente para poder comprobar que, en efecto, ya no estaba solo.

—Vaya, vaya, vaya... —dijo en tono de sorna, apartándose por fin la mano de la cara—, al fin tengo el placer de conocerte en persona, querida —dijo, apoyando la espalda sobre la silla y sonriendo a Alma—. Siento no haber podido asistir a tu boda, querida sobrina, pero ya sabes que a veces hay asuntos más importantes que debemos atender.

Se levantó de la silla, la arrastró con la pierna hacia atrás, y se volvió hacia ella con los brazos extendidos y una amplia sonrisa en la cara, invitándola a un abrazo.

Alma se quedó pasmada.

Su melena de color castaño claro, casi dorado, relucía con la luz que caía sobre él a través de la ventana. No era un hombre demasiado joven, era más bien maduro, a juzgar por su expresión y por algunos matices blancos en la barba de un par de días. Sus ojos eran del color del cielo nublado, casi transparentes, y tenía un torso magnífico, una piel suave y besada por el sol... Y una sonrisa torcida que casi la hace desmayar. Era la viva esencia de la masculinidad.

Ahora entendía por qué Cupido le había mantenido alejada de él durante tanto tiempo. Ese hombre era un imán para el sexo opuesto. O para cualquier sexo. Y una buena discusión le había costado acudir sola a la cita... Algo que no comprendía ella, pues la reticencia de su marido le pareció algo del todo ilógico.

Pues bien, ahora sí que le encontró la lógica: Jon estaba celoso de su tío. O le tenía miedo. Y con toda la razón.

Y es que, para muchos, podía parecer una réplica más madura y mejorada del gran Dios del Amor. Aunque claro, eso iba en gustos... Ella estaba muy enamorada de su marido, ¿no?

Caminó hacia él sin pensarlo, sus pies la guiaban sin más. Se dejó caer en los brazos de Apolo, en una postura un tanto extraña debido a la barriga, y se olvidó por unos instantes de que ese hombre era, supuestamente, su nuevo tío.

—Querida, querida... —susurró él, palmeándole la espalda—, creo que te has quedado dormida, ¿verdad?

Alma abrió los ojos de par en par. ¿Sería cierto eso? ¡Cómo podía ser tan tonta! Se sentía tan cómoda entre esos cálidos brazos, que además olían tan bien, que se había quedado allí apoyada con una sonrisa de idiota en la cara.

Se separó de él con un movimiento brusco.

—¡Lo siento! Debe ser mi estado... —le contestó, bajando la mirada y alegrándose de tener una buena excusa para su idiotez.

Pero ella sabía perfectamente que no había sido culpa de eso. Sabía que la culpa era del dios del sol, de la belleza y de la armonía que emanaban de su cuerpo como rayos. Había sentido en sus propias carnes la atracción letal y cómo en ella había ejercido un deseo profundo e irreprimible de echarse a descansar. O de echarse a cualquier otra cosa, ya puestos.

—No te preocupes, suele ocurrir —le contestó de nuevo, sonriendo.

Se dio la vuelta y se dirigió a un sofá que había en el lado opuesto de la habitación, flanqueado de unos sillones y una mesita. Se tumbó en el sofá, con los pies sobre uno de los reposabrazos, y le señaló uno de los sillones.

—Ponte cómoda preciosa, y cuenta qué es lo que te ha traído hasta este humilde servidor.

Ella asintió e hizo lo que él le pidió, respirando con fuerza para armarse de valor. Estaba muerta de miedo. No se trataba de un «humilde» servidor, sino del dios más importante e influyente después de Zeus. Pero era obvio que a él le gustaba el juego de la modestia.

Erguida en el sillón, sin poder acomodarse por los nervios, anunció:

—Necesito un favor.

Alma no había aprendido que, cuando pides un favor a uno de los dioses del Olimpo, o bien te metes en líos o, al final, acabas teniendo que devolverlo.

Capítulo 4

Adonis estaba jodido. Pero bien jodido.

¿Cómo se les ocurría a esos de allí arriba endiñarle justamente a Elsa? No se explicaba qué era lo que había hecho allá abajo para merecer eso; que él supiera, no había molestado a ninguna de sus egocéntricas divinidades...

De hecho, su tiempo lo había dedicado a, cosa muy extraña en él, reflexionar.

Sí, como leéis, reflexionar.

Reflexionó sobre su vida como inmortal. Reflexionó sobre el momento en que conoció a aquella zorra que le convirtió en su esclavo, y reflexionó sobre la forma en que le tuvo cautivado durante tantos siglos. Siguió reflexionando, además, sobre el temor que había sentido a desafiarla... No tenía miedo a las peleas, ni a morir, ni al mismísimo inframundo... Y tenía miedo de esa víbora. Sería quizá porque la conocía bien y era consciente de que sus hilos y maquinaciones podían llegar muy lejos.

También reflexionó sobre Alma.

Qué puto cabrón.

Hasta él lo reconocía, pero la verdad era que, en su momento, ese juego de joder al idiota de Cupido le molaba que te cagas. Y también le molaba la idea de tirarse a estúpidas mortales, simplemente por el mero placer de hacer algo distinto.

Lo que pasaba era que, después de reflexionar y de usar por una vez su cerebro, se dio cuenta de que igual el más idiota de todos era él. ¿Qué ganó al fin con ser el títere de Afrodita? ¿Qué sacó de todo aquello?

N-A-D-A.

Lo que le sacó de sus casillas con Alma fue que nunca la vio llorar, como a las demás... Le hiciera lo que le hiciera, ella levantaba la cabeza y seguía hacia adelante como una máquina. No sabía qué pasaría por la cabeza de aquella chica, pero lo que estaba claro es que no era una estúpida mortal, al fin y al cabo. Y lo que le sacó todavía más de sus casillas era que la única vez que la vio llorar fue cuando apareció ese *pringao*. ¿Qué hizo él que Adonis no hubiera hecho para afectarla de aquella manera? ¿Por qué parecía que nadie era capaz de sentir nada así de profundo por él?

La espina de Psique se le había clavado muy adentro, y algo en su interior se rompió cuando supo que Alma era su reencarnación. Todos esos siglos, todas esas mezquindades, todo ese tiempo vacío... Y ella había pululado por ahí, sin él saberlo.

Tan solo se preocupó de seguirle la corriente a la mujer que contenía más veneno de todo el Olimpo.

Al final terminó por meterse en un buen lío, y a punto estuvo de cagarla a base de bien... Si no fuera porque sus neuronas, aunque lentas, terminaron activándose y consiguieron urdir un plan a su favor.

Ya estaba tardando. Se había pasado siglos sin darle al coco.

Joder, unos meses en la Tierra y se le había pegado del todo la forma de hablar de los *ninis* del gimnasio... Bah, ¿y a él qué más le daba? Se trataba de adaptarse o morir, ¿no?

Y todo esto se le venía a la cabeza justo cuando se estaba

vistiendo... Sí, en efecto, se estaba preparando al fin para su cita con Elsa, y un acontecimiento tan importante le hacía reflexionar sobre todos y cada uno de sus errores anteriores, para tratar de no volver a cometerlos.

El antiguo semidiós, además, se había aficionado a la música dance: tanta discoteca, tanto gimnasio y tanto crío majara... Pero oye, no estaba tan mal, y le daba el subidón necesario cuando se sentía cansado. Esa noche quería sentirse eufórico porque, de lo contrario, estaría cagado de miedo.

Que Elsa fuera la mejor amiga de Alma no ayudaba en nada. Sabía que seguían en contacto... Imposible no estarlo, por algo eran las mejores amigas mundiales, o como quiera que se dijera eso. A los nervios de la cita con la mujer por la que le había tocado perder la cabeza se añadía el hecho de saber que, desde allá arriba, era posible que les estuvieran vigilando.

Querían reírse de él.

Del gran Adonis.

El mejor cazador, el hombre más ágil, más veloz, más guapo, más fuerte del Olimpo... Malditos todos.

Y Alma también estaría observando.

No quería sentir ansiedad ante tal humillación. La mujer que le había rechazado por un idiota con cara de ángel iba, además, a echarse unas risas a su costa.

¿Y qué podía hacer él? Si lo único que quería desde que se había tropezado de nuevo con Elsa era volver a verla.

Era extraño cómo funcionaba todo eso del amor. Por ella sentía ansiedad. Sí, una ansiedad que te ahogaba, que no te dejaba respirar... Ansiedad por que le rechazara, por que no sintiera lo mismo que él, por que le desechara como un trapo, como él había hecho con tantas otras... La necesitaba para poder respirar con normalidad. O eso esperaba. Poder respirar con normalidad cuando estuviera con ella.

Y en esas estaba.

Música de fondo, larga ducha, mucho *aftershave*, *look* estudiado. Se miró el culo varias veces para ver cómo le quedaban los pantalones. ¿Se lo hacían redondito? ¿No lo suficiente? Pues otro. Tras probarse siete pares de vaqueros, al final se sintió medio satisfecho con el resultado. Culo y paquete marcados en su justa medida. Camisa veraniega. Unos cuantos botones abiertos para dejar entrever su morena musculatura. Tenía algo de bello en el pecho, pero pensó que eso le haría parecer más masculino... El contraste de lo oscuro de su piel y cabello con el color verde esmeralda de sus ojos era fascinante. No había visto nunca nada más atractivo que él mismo. El idiota de Cupido siempre se había creído guapo, pero no era más que una nenaza en comparación con la peligrosa fascinación que emanaba de la piel de Adonis. Él era lo más cañón que había contemplado en milenios.

Excepto cuando vio a Elsa de nuevo. Ella también era cañón, y no sabía cómo no se pudo haber dado cuenta antes.

Oh, mierda. ¿Es que no podía dejar de pensar en ella ni cuando se maravillaba de sí mismo?

Meneó la cabeza con fuerza y se pasó las manos por la cara para intentar centrarse otra vez.

Nada de ojos azules, ni de cabello rubio y lacio, ni de mejillas sonrosadas, ni de labios carnosos, ni de pechos pequeños pero que muy bien ubicados, ni de ese goloso triángulo de las bermudas que se marcaba con las mayas de color rosa que...

«¡Me cago en!», maldijo.

Ahora sí que pasó directamente de pollas en vinagre y se dio de cabezazos contra el espejo.

—¡Eh, qué coño pasa ahí!

Mierda. Y aún encima, la asquerosa de su vecina se quejaba. Esa vieja que siempre andaba en bata de estar por casa y con los rulos puestos le iba a sacar un día de sus casillas. ¿Es que no podía uno ni golpearse a gusto en su propia casa?

—¡Vete a tomar por culo, joder! —le gritó desde el baño.

Qué asco ya. Esa mierda de mundo era lo peor. ¿Por qué cojones se le había ocurrido querer vivir ahí? Hacinado en pisos inmundos, pequeños, malolientes y en el quinto cojón...

—¿Quieres venir a dármelo tú, guapo? ¡Con otras porras más grandes que la tuya ha podido esta menda!—chilló ella amenazante desde su guarida.

Coño, ¡qué asco!

Se marchó de allí pegando un golpe fuerte a la puerta para intentar no vomitar y joder todavía más a esa loca que le había tocado por vecina. Y conforme bajaba las escaleras, porque el puñetero edificio no tenía ascensor, se cagó todavía más en sus muertos, vete tú a saber ya dónde estarían. No tenía coche.

¿Cómo coño iba a acudir a una cita de verdad si no tenía ni un puto coche? ¿Qué mierda de impresentable intentaría ligarse a una mujer bajando de un autobús?

~~*Más tarde*~~

Consiguió llegar al centro comercial donde habían quedado casi dos cuartos de hora después. ¡Dos puñeteros cuartos de hora! Su primera cita con Elsa y llegaba media hora tarde... Cuando logró llegar al punto de encuentro estaba sudando a causa de la carrera y la camisa se le había pegado al cuerpo como una segunda piel. Si es que ella todavía estaba allí, iba a pensar que era un guarro.

—Ya era hora, Don Importante —escuchó su voz enfadada a su espalda.

Se dio la vuelta lleno de jolgorio y emoción.

No se había ido, seguía allí... Le había esperado.

Y la vio. Los brazos cruzados en un gesto de enfado, el ceño fruncido, un puchero en los labios.

Estaba preciosa.

El pelo rubio le caía en impecable orden por los hombros y llevaba un vestido rosa que se ajustaba a todo su cuerpo, marcado cada una de sus jugosas aunque no demasiado pronunciadas curvas. Continuó su escrutinio por esas piernas delgadas y esbeltas que culminaban en un par de tacones de color chicle que chillaban: «¡Átame, y despés clávamelos en el…!»… En lo que fuera.

La luz roja de peligro se encendió en su cabeza ante tal imagen, y volvió de nuevo a su rostro.

—Estarías igual de guapa sin maquillaje —se le escapó, sin pensar.

—*Ja*, ¿es lo único que tienes que decir? Llegas media hora tarde, ¿y eso es todo lo que se te ocurre? Pues que sepas que no te lo voy a perdonar. Si te he esperado es porque me interesa, no te creas que es por ti, porque hace ya mucho rato que me habría largado con viento fresco.

—Gracias por no marcharte, no he podido llegar antes, no llegaba el metro y...

—Cuéntale a otra ese cuento, colega —le interrumpió, descruzando los brazos y acercándose a él—. Ya no llegamos a la película. Más te vale invitarme a cenar en un buen sitio.

¿Cómo conseguía esta chica ser tan borde y tan encantadora al mismo tiempo?

Observó sus caderas meneándose de camino al centro comercial mientras él seguía allí parado, intentando recuperar la respiración y la dignidad al mismo tiempo.

Al menos, mientras anduviera tras ella como un perro faldero disfrutaría de las hermosas vistas de sus dos glúteos meneándose al ritmo de ese par de imposibles tacones.

—¡Venga, *joer*, que tengo hambre!

—¡Claro! —gritó, torpe, y salió corriendo como un perrito faldero para colocarse junto a ella.

¿Pero no había quedado consigo mismo en que no iba a hacer el ridículo? ¿No se había dicho que ni de coña se iban a burlar de él esos idiotas de allá arriba? ¡Qué tremenda putada eso de la flecha del amor! Te idiotizaba por completo, pero claro, ahora era consciente de que tampoco es que fuera demasiado listo antes... Por mucho que se lo hubiera creído.

En lo único en que pensó es en que no podía ir a cenar de esa guisa. La camisa mojada no daría demasiado buena impresión en ningún restaurante, por muy barato que fuera. Debería comprarse una camiseta, pero no es que anduviera muy sobrado de dinero, y si tenía que invitarla a cenar igual ni le llegaba para pagar la cuenta.

Así que no le quedaba de otra: tenía que ir a cenar marcando músculo a lo cutre y apestando a pachuli sobaquero.

—¿Dónde quieres ir a cenar? —preguntó lleno de miedo.

—A un buffet libre, mejor ese argentino, tengo mucha hambre —le contestó, lacónica.

Vaya, todavía seguía enfadada. Pero al menos había escogido un lugar que podía permitirse... En ese aspecto, al fin respiró tranquilo.

Durante la cena prácticamente ni habló. Seguía yendo y viniendo, llenándose el plato de carne y embutidos que zambullía sin parar, casi en un abrir y cerrar de ojos. Y Adonis —o más bien Marco— seguía allí sentado, visiblemente incómodo debido a sus pintas, sin poder evitar observarla y adorar cualquiera de sus movimientos.

—¿Dónde te metes todo eso? Por lo que he podido comprobar en el gimnasio, las chicas delgadas como tú viven a base de lechuga.

—Las ensaladas las carga el demonio —fue lo único que le contestó, para seguir comiendo y bebiendo cerveza como una cosaca.

Nunca había visto a una tía ponerse como una cerda y parecerle, al mismo tiempo, lo más encantador del mundo. Él, por su parte, fue incapaz de comer. Solo podía observar la forma en que se llevaba ella la carne a la boca y cómo se chupaba los dedos después de acabar con cada costilla. Los impulsos por echarla contra la mesa y tirársela allí mismo, no sin haber lamido antes cada uno de esos grasientos dedos, eran casi insoportables.

De súbito, Elsa dejó la carne sobre el plato, levantó la mirada y le dijo con descaro:

—Deja de mirarme así y fóllame de una vez.

Capítulo 5

~~En el Olimpo~~

Las risas estrepitosas resonaron a lo largo y ancho de la Torre de Control. Hasta Zeus se estaba riendo de las locuras que era capaz de cometer, cuando lo deseaba, su hijo. Cupido estaba tirado en el suelo, doblado, muerto de la risa y el culpable de todo, Apolo, solo podía aguantársela a duras penas.

Todos se estaban divirtiendo de lo lindo, excepto Alma.

¿Acaso se estaban burlando de su amiga? ¿Estaban matando el aburrimiento a costa de Elsa? ¿Es que todo lo que le había contado antes al dios del sol no había servido para nada?

—¿Pero qué coño os pasa? ¿Qué demonios ha sido eso? —les reprendió, con los brazos en jarras.

Si debía pelearse con las más altas esferas, lo mismo le daba. Nadie se iba a burlar de su mejor y única amiga.

Pero los tres hombres no le hicieron ni caso y seguían riendo sin cesar, a lágrima viva.

—¿Has visto la cara que ha puesto, tío? ¡Se ha quedado helado! ¡Casi se le salen los ojos de las órbitas! —gritó Cupido desde el suelo, entre carcajada y carcajada, mientras se agarraba la barriga.

Con que ahora sí que era amiguito de su tío... Claro, ahora que le convenía para echarse unas risas.

—Tú, levanta del suelo ya y deshaz esto si no quieres arrepentirte después —le amenazó.

Cupido abrió los ojos de par en par y dejó de reír de inmediato. Se incorporó y le contestó:

—Cariño, pero si no he sido yo...

—Lo siento —intervino Apolo—, a veces me gusta jugar un poco con el *psique* de las personas —Alma volvió a entrecerrar los ojos al escuchar ese juego de palabras, y le observó intentar desplegar todo su encanto varonil hacia ella.

Pero esta vez no iba a colar.

«Listillo», pensó.

—¿Nos vas a ayudar o simplemente te vas a reír a nuestra costa? —le repitió, furibunda.

—Ay... estas mujeres... —replicó el otro, meneando la cabeza de un lado a otro—, pues claro que os voy a ayudar. Solo me estaba divirtiendo un rato, pero de buena fe, sobrina.

—Pues gracias, *tío* —imitó el tono de voz de él—, pero la próxima vez te pido por favor que no te burles de ella.

—No nos estábamos burlando e ella, Alma, nos estábamos burlando de él, joder —intervino Cupido—, ¿es que no lo ves?

Ella volvió a mirar hacia la pantalla, que se había quedado congelada.

La cara de Adonis, totalmente desencajada, con los ojos casi fuera de las órbitas y la boca abierta de par en par, era de cómic.

Ella también empezó a reír, pero con disimulo, para no darles la razón.

—Vale, pero ya... Ya basta. Venga, sed buenos y deshaced esto.

—¿Quieres que le mande una flecha a Elsa para que se enamore de Adonis, cariño?

Alma no contestó. Le parecía una falta de respeto para con su amiga jugar con ella de esa manera. Si le hubieran lanzado una flecha a ella, se habría enfadado seguro. Y luego, aparte de eso, estaba el asunto de que la otra persona era ni más ni menos que Adonis... Aunque sabía que este último estaba realmente enamorado de Elsa a causa de su travieso marido, no creía que fuera la persona adecuada para ella. O quizá ese no fuera el momento para que la chica se enamorara de nadie.

—No. Déjalos estar. Si han de terminar juntos, el tiempo lo dirá.

—Eres muy sabia, querida nieta. Es mejor ser pacientes y dejar las aguas del río correr para ver hasta dónde son capaces de llegar —anunció Zeus, que la había observado durante todo el rato, mientras la joven sopesaba su respuesta.

Alma asintió en agradecimiento y los cuatro espectadores se volvieron a observar de nuevo las pantallas. Zeus le dio al play, y continuaron reproduciendo la escena que estaba teniendo lugar en esos mismos instantes.

«—¿*Perdona?* —*preguntó Adonis perplejo, parpadeando varias veces por la impresión.*

—¿*Qué pasa?* —*espetó Elsa con la boca llena y el gesto enfadado.*

El chico cayó en que alguien había estado jugando con su subconsciente, pues frunció el ceño y asintió, bastante cabreado.

—*No has dicho nada, ¿verdad?*

—¿*Qué voy a decir? ¿No ves que estoy comiendo? Es de mala educación hablar con la boca llena, ¿o es que no te lo ha enseñado nadie?*»

Y mientras decía todo eso, seguía masticando sin parar el trozo de muslo que se había metido a la boca.

«*No tiene remedio*», pensó Alma, meneando la cabeza y cogiéndose el puente de la nariz con los dedos. Se asomó a duras penas para no perderse nada de lo que estuviera sucediendo porque, a pesar de todo, y aunque todo aquello terminara muy mal, tenía que admitir que la escena estaba resultado un pelín divertida. Pero solo un pelín, que ella no era de las que se reían de sus mejores amigas del alma.

«—*No te preocupes, imaginaciones mías.*»

El tono de Adonis no dejaba lugar a dudas. Volvía a ser el de siempre, el del antiguo semidiós, el frío y calculador: había pasado a modo «*aminomejodenidiós*».

Miró subrepticiamente hacia el techo, a todas las esquinas del restaurante, como si buscara con disimulo alguna cámara oculta a través de la cual le estuvieran espiando. Al final, terminó por sacar una mano por el lateral de la mesa y apuntar con el dedo corazón hacia arriba, haciendo círculos con la mano para que se pudiera ver desde todos los ángulos.

«Que os jodan».

Mensaje captado.

—Será cabrón... —susurró Cupido, poniéndose los brazos en las caderas—. Voy a mandarle a ese hijo de...

—Calla, calla sobrinín... —le tranquilizó Apolo colocando una mano sobre su hombro—. Eres demasiado impetuoso. Se ha divertido enviándonos este pequeño recado, pero piensa, piensa bien, ¿no nos vamos a divertir nosotros más viéndole hacer el idiota por esta chica?

Cupido se cruzó de brazos y entrecerró los ojos. Una media sonrisa asomó en su cara... La media sonrisa que se esfumó al instante cuando se cruzó con la amenazante mirada de Alma.

Elsa terminó de chuparse los dedos de forma un tanto sonora, después se limpió las manos y anunció que se iba al baño a lavárselas.

Menos mal. A su amiga ya le estaba empezando a dar vergüenza ajena. Nunca la había visto tan nerviosa.

Dejó a Adonis esperando en la silla. Este tamborileó la mesa con los dedos, se pasó las menos por el pelo varias veces, apoyó la frente en la mesa... Y hasta miró de nuevo hacia el techo y sonrió, guiñando un ojo.

Su antiguo gesto de desafío.

Pero no colaba.

Todos sabían que, en el fondo, estaba cagado de miedo.

Su compañera de desventuras volvió del baño con el maquillaje recién retocado, un aspecto impoluto y una sonrisa enorme.

«—*Bueno, ahora que ya he comido... Vas a soltar todo por esa bocaza, amigo.*

—*¿Que suelte qué? —le preguntó el otro incorporándose en la silla.*

—*Ya sabes, todo ese lío que te llevas con Alma... Sé que tenéis algo entre manos. El otro día hablé con ella y, aunque te parezca que soy tonta, de eso no tengo un pelo. Vosotros dos me escondéis algo... ¿Ha pasado algo más que yo no sepa?*

Adonis miró hacia la mesa y jugueteó con un cuchillo. Volvió a mirarla, pero después siguió jugueteando con el cubierto.

—*No sé a qué te refieres.*

—*Y lo que tú no sabes es con quién estás hablando, idiota.*

Elsa había dado un golpe seco con el puño en la mesa, y daba la impresión de que el orgulloso y valeroso Adonis se había asustado.

Pero pronto se recuperó de la expresión de espanto, se inclinó hacia adelante en la mesa con estilo chulesco, y susurró:

—*Cariño, no empecemos a medir fuerzas porque entonces puede que no te guste ser la perdedora... En primer lugar, a mí nadie me llama idiota. Y en segundo... —continuó mientras le acariciaba con suavidad la mano con la que la chica había dado el golpe y que todavía seguía cerrada en un puño—, nunca contaré a nadie las cosas que hayan pasado o dejado de pasar con otras mujeres.*»

Y le guiñó el puñetero ojo.

¡Le guiñó el puñetero ojo!

Alma se murió de la rabia... Le hubiera gustado saltar en la estancia, dar botes para desahogarse, chillar y decir todo tipo de improperios, pero al parecer allí a todo el mundo le daba lo mismo lo que estuviera ocurriendo.

Zeus se había quedado dormido y roncaba plácidamente con la cabeza colgando mientras un chorrito de brillante baba le recorría la barba.

Y los otros dos... Los otros dos eran otra historia. Hasta se habían servido una ronda de un líquido dorado en una fastuosa copa de cristal tallado y se habían echado en un sofá con los pies encima de una mesa, dejando a Alma en una incómoda silla. Sin importarles en absoluto que la pobre no pudiera con su barriga.

—Tres.

—Yo cinco.

—¿Cinco? ¿No te estás pasando un poco?

—Oye tío, si tú no has echado nunca cinco polvos en tu vida, es que no eres el verdadero Apolo... Venga ya, no me digas que no eres capaz de echar cinco...

—Yo sí, imbécil, pero ese no. Ahora es un estúpido mortal.

—Pues se las da de...

—Si, ya sé de qué se las da —le interrumpió Apolo—, tu madre también es mi hermana y sé perfectamente lo que hay. Pensándolo bien, y solo en pos de animar el asunto, supero la apuesta. Si ha podido con ella, es que igual sí es un verdadero semental... Le concedo el beneficio de la duda y digamos que... a ver si puede con siete.

—¿Siete? ¡Por todos los dioses, que ella es una mortal! Esa no aguanta siete asaltos...

—Ya veremos... ¿qué te apuestas?

—Está bien, hecho. Cinco contra siete.

Y se estrecharon las manos.

Mientras, Alma se juró que la próxima vez que Cupido llorara por ella, le dejaría pudrirse en el infierno y después saltaría sobre su tumba con unas botas de *cowgirl* puestas. Malditos machos cabríos...Todavía no había llegado el momento en que su marido le hubiera echado siete polvos a ella en una noche, y estaba más que dispuesta a recordárselo a él.

En privado.

Cuanto antes.

A ver qué tenía que decir entonces.

Capítulo 6

*E*n efecto, la táctica del hombre duro había funcionado.

¿Es que os esperabais otra cosa? Adonis no había fallado nunca.

Bueno sí, una sola vez, con Alma, pero eso era por culpa de Afrodita, con lo que en realidad no contaba como fallo.

Fue terminar de pronunciar las palabras que pusieron en su sitio a Elsa y cambiarle de inmediato la expresión de la cara.

Se derritió.

Adonis lo vio con toda claridad. Hasta podría jurarlo.

Así, físicamente, todita ella. Sus músculos se fueron haciendo gelatina y la cara le cambió a un gesto de profunda lujuria libidinosa.

Si le hubiera quitado las bragas en ese momento, estaba seguro de que habría podido exprimir zumo de limón con ellas.

Y en un *plis*, se vino arriba. Se le subió el tonto... O como fuera que se dijera.

Total, que cuando ella se recostó en la silla y le miró con una sonrisa lasciva, él estaba ya tan seguro de sí mismo, tan subido en la ola, que tuvo una erección.

Sí, como lo oís. Se le puso tiesa, más dura que una mazorca. Un sonido gutural le inundó el pecho y amenazaba con explotar a la superficie... ¡Espartanos! ¿Cuál es nuestro oficio? ¡Chingar! ¡*Aú, aú, aú*! Insértense, para mayor comprensión del lector en lo referente al alcance del subidón del semidiós, cuerpos sudorosos de hombres con abdominales currados que gritan como descosidos y se asestan golpes de gorila en el pecho.

También es cierto que en el mundo mortal él se trajinaba a muchas tías... Pero más por aburrimiento que por otra cosa. Un polvo aquí, otro allá... Para darle emoción al asunto, incluso se las tiraba en horas de trabajo, en los vestuarios o en los baños. De no ser así no tenía aliciente, porque las mujeres —por lo general y según su entonces breve experiencia mortal— eran de lo más insulsas, presumidas y zalameras y, en el caso de las discotecas, solían ir puestas de todo tipo de drogas. No constituían reto alguno. Eran tan solo un mero desahogo.

Claro que, si estaban demasiado pasadas, ni de coña pasaban su filtro. Solo las aceptaba con el toque mínimo de chispa, lo justo para que se desinhibieran y le acompañaran en cualquier aventurilla que se le ocurriera.

Como follar en el baño con el marido esperando en la mesa del restaurante.

Memorable.

Y peligroso, pero justo por eso más memorable todavía.

En fin, como íbamos diciendo... El tipo la tenía en el bote.

O eso se creía él.

—¿Nos vamos?—le preguntó Elsa mientras sonreía.

Él le devolvió la sonrisa.

—¿A tu casa o a la mía?

—*Pffff*—se rió—, qué cosas tienes. A la tuya, por supuesto.

Ambos se levantaron de allí sin hablar, solo comiéndose con la mirada, preparándose para lo que estaba por venir con gran expectación.

Y, por primera vez en la vida de Adonis, o al menos que él recordara, aparte de estar excitado se sintió... turbado.

Esa era la palabra.

El ansia de tenerla entre sus brazos, de acariciarle esa suave y rosada piel, de jugar con su cabello... No solo eran las ganas de tirársela, que las había y muchas... Así, a lo salvaje, «*pim, pam, pum... dale caña nena...*» No, no era solo eso, que ella le pusiera a mil como nadie antes había logrado hacerlo —quizá Afrodita, pero hacía ya tanto que ni lo recordaba—; no, no era eso, era otra cosa más. Quería tenerla en su cama y enredar sus piernas con las de ella para apretarla más fuerte y sentirla contra su cuerpo, piel con piel, para morderla, apretarla entre sus manos, saborearla... Una sesión de sexo a medias entre a lo Chuki y esos vampiros amorosos que relucían como diamantes.

¿Le había ocurrido eso alguna vez?, se preguntó.

No lo sabía, pero creía que, a ese nivel al menos, no. El cuerpo de la diosa del amor era pura lujuria, pero nunca había tenido la oportunidad de unir ese deseo con amor, y no cabía duda de que todos esos sentimientos encontrados no eran más que eso, el puñetero amor de las puñeteras flechas.

Salieron de allí pitando, no sin antes dejar el dinero justo de la cena encima de la mesa, tapadito para que no viera ella que estaba pelado y no podía ni dejar la propina. Fue entonces cuando recordó que tenían que volver al piso en autobús... Qué horror, ¿qué iba a parecer ante ella? Un fracasado, sin duda.

Y cuando llegara después al piso y viera en el cuchitril en el que tenía que vivir... ¡Mierda, mierda, mierda! Porque una cosa era que él tuviera un físico portentoso, perfecto y peligroso hasta lo imposible, y otra que no tuviera dónde caerse muerto, y eso solía desinflar los instintos románticos de muchas hembras. Que lo sabía él. No todas, eh, que alguna le había propuesto «ponerle un *pisazo*», pero él tenía un instinto varonil demasiado desarrollado, de esos a la antigua —sí, sí, a lo muy machista—, que le chillaba que era él quien debía ser el prota de la película y salvar a la princesa de los cojones, y no a la inversa.

Sin embargo, la preocupación se le pasó bien pronto. A ella no le importó que tuvieran que ir a casa en autobús. Supuso que le pareció un juego. Pero qué traviesa era... Se sentaron frente a frente en el bus y, como quien no quiere la cosa, Elsa comenzó a tocarse un mechón de pelo, a retorcerlo entre sus dedos y a sonreír a su acompañante con los ojos entrecerrados. Él era incapaz de moverse. Hacía mucho que no estaba tan caliente como en ese momento, que no se le ponía dura con solo mirar a una tía, y todavía se puso más cuando esta separó las piernas —que hasta ahora había tenido cruzadas— y se recostó un poco en el asiento como si fuera un macarra.

Solo dirigió la mirada un segundo hacia esa zona de peligro, ese triángulo lascivo que se adivinaba entre sus piernas pero que quedaba oculto entre la oscuridad. De haberlo hecho por más tiempo, lo más seguro es que la hubiera liado allí mismo en el autobús, así que intentó controlarse. Respiró por la boca para inhalar más aire y cerró los ojos un momento, tratando de olvidar lo que había imaginado.

Entonces, el autobús se detuvo.

Cuando volvió a abrirlos, Elsa había desaparecido.

Ya no estaba.

Era como si nunca hubiera estado sentada frente a él, porque no quedaba ni rastro de ella ni en el vehículo, ni en la calle.

«¿Lo he soñado?», pensó.

Se sintió como un tonto... Se levantó y giró la cabeza en todas direcciones, pero siguió sin ver nada. No supo qué había ocurrido y continuó allí, parado en el mismo sitio con cara de gilipollas, hasta que llegó a su parada. Bajó a casa como un sonámbulo y se acostó en la cama con la ropa puesta, mirando al techo e intentando averiguar qué era lo que había sucedido o por qué.

No quería ni podía aceptarlo.

La idea le pululaba por la cabeza, pero la apartaba de un manotazo. Era imposible, inverosímil, increíble. Una mierda de idea, vamos.

Pero volvía una y otra vez, cada vez con mayor fuerza: Elsa se había burlado de él. Se la había colado doblada.

Se giró en la cama hasta quedarse boca abajo y gritó sobre la almohada con toda su rabia. Pero, ¿cómo había permitido que pasara tal cosa? ¿Cómo había sido capaz una niñata mortal de hacerle eso? ¡Reírse de él, en toda su cara!

Por segunda vez en su vida, una mujer le había utilizado. Lo de Afrodita había sido todavía peor, fue su lacayo durante mucho siglos, le usó para todo cuanto le convenía, pero al final el semidiós supo salir airoso de todo aquello y ella recibió un más que merecido castigo...

Pero esto, esto... esto le llegó hondo. Se trataba nada más y nada menos que de una simple mortal, una muchacha loca e ingenua, quien había terminado por demostrarle que cuando uno se enamora pierde el poco juicio que le queda. Aquella situación le recordó brevemente otro momento del pasado, aquél en el que una extraña Alma se le había restregado con todo descaro para luego largarse. ¿Es que a esas dos amigas las cargaba el diablo?

Sintió un pinchazo en el corazón, algo físico. Esta situación, sin embargo, no podía asemejarse a ninguna otra. Una persona a la que había empezado a desear más que a nada había jugado con él… A esta tía la quería. La quería de verdad, aunque no sabía cómo ni para qué, pero el caso es que su instinto posesivo había despertado a la máxima potencia.

La incredulidad dio paso a la rabia más profunda. ¿Qué coño se creía? ¿Quién se creía ella que era? ¡Si no era más que una niñata! ¡Una cría esmirriada sin curvas ni tetas ni seso ni nada! ¡Ni siquiera era guapa! ¡Era solo… solo… solo… una maldita mujer a quien él tenía la desgracia de adorar!

¿Qué coño se había creído esa?

~En aquella galaxia lejana de la que una vez ya hablamos~

Y mientras Adonis yacía sobre su cama, quejándose, compadeciéndose de sí mismo, dirigiendo su ira contra la muchacha que había sido elegida… las tres Moiras, Cloto, Láquesis y Átropos, titiriteras del destino, se divertían a su costa allá en su lejana galaxia.

Las agudas risas de las tres viejas resonaban en la estancia mientras Cloto, la encargada de tejer en su rueca los designios de Ananké, continuaba trabajando su telar y susurraba:

—Nadie engaña al destino…

Y mucho menos un semidiós de pacotilla.

Capítulo 7

A ver qué se había pensado el inútil ese.

A ver si es que se había pensado que, solo por estar tan bueno, todas las tías acabarían besándole los pies.

A ver si es que se pensaba que la iba a tener a ella también, tan solo con sonreír de la forma en que él lo hacía... ¿Acaso creía que era gilipollas o qué?

Ni de coña.

Elsa se había bajado del autobús en un santiamén, justo cuando el gallito estaba despistado. Sabía que lo había puesto a cien. O a mil. O a reventar, vamos, por el tamaño del paquete que tenía el maromo antes de que ella se pirara por patas.

Se bajó y cruzó la esquina, desapareciendo de la vista de Marco para siempre.

El corazón le latía a mil, se sentía asustada. Quizá se había pasado... Ostras, ¿y si le daba por enfadarse y la liaba? ¿Y si la buscaba otro día para darle leña? Y no de la buena... Aquel chaval tenía pinta de tipo duro, de esos que no se andan con tonterías. Podría hasta pasar por actor de pelis de acción, por un matón de esos sin escrúpulos. El malo de la película, vamos.

No, qué va... No creía que fuera capaz de hacerle daño, la verdad. Mientras volvía a casa tan solo acompañada del repiqueteo de sus tacones color rosa chicle, no tuvo más remedio que reconocer que había estado a punto de caer. El tonteo ese de machote le molaba mucho, muchísimo. Siempre le habían gustado ese tipo de cosas. Si había un chico en diez kilómetros a la redonda que fuera un chulazo y que se las diera de hombretón y de ligarse a todo lo que cayera, ella se sentía atraída. Era irremediable. Se sentía atraída hacia ellos como las abejas a la miel, solo por el mero hecho de sumarse un tanto.

Y Marco no iba a ser menos. Aunque se hubiera acostado con su mejor amiga y la hubiera dejado echa polvo. Aunque fuera un capullo. En realidad, todo eso le hacía odioso, sí, pero, de una forma que no podía explicar, también más interesante. Era el chico malo de la historia y todos los chicos malos tenían su aquél. Lo divertido de estar con chicos malos era que siempre podía una pegársela a ellos, y no al revés...

Elsa sonrió.

Sin embargo, el rencor hacia él y su prepotencia no se esfumaban así como así. Por muy guapo y chulo que fuera, por muy atrayente que fuera esa puñetera aura que a todos los desalmados envolvía, todavía quedaba esa espinita clavada en el recuerdo de Elsa... ¿Cómo había podido ser tan mezquino con su mejor amiga? Una cosa era ser un capullo, y otra un capullo integral.

A lo mejor había una explicación... Podía ser. Había una posibilidad. Claro que sí.

¿Y si le dejaba explicarse la próxima vez? Seguro que había un motivo de esos chungos chungos, como que su madre lo había abandonado y su padre le había obligado a delinquir o algo así...

Espera, ¿había dicho «la próxima vez»?

Ay madre, que ya estaba pensando en volver a quedar con él...

Lanzó un suspiro, que más bien parecía un quejido, mientras llegaba a casa. La caminata le había venido bien. Siempre estaba bien hacer algo de deporte después de las comidas para no engordar, aunque sus juanetes se resintieran. Los pies no se veían, el culo sí.

Su madre estaba dormida cuando llegó, tan solo la saludó su perrita Paris, que le lamió las piernas y la siguió dando saltitos, así que pasó a su habitación para no despertar al ogro de su progenitora, se quitó los tacones y la ropa y se tumbó de lado en la cama para poder admirar sus curvas en el espejo del armario.

No se notaba nada de barriga. El sujetador le levantaba las tetas desafiando por completo toda regla de gravedad: bien hecho. Todo rosa. Rosa chicle. Qué color más bonito. De repente frunció el ceño: ¿eso que veía era un poco de grasa en el muslo?

Se lo apretó con las manos para ver si había piel de naranja: ah, no. No había nada. Era solo la postura y la mierda de luz de la habitación. Seguía perfecta.

Sonrió satisfecha y se echó un par de fotos con el móvil en posturas sensuales y poniendo morritos, con el pelo desparramado alrededor de la cara. Tenía que aprovechar a echarse las fotos cuando iba maquillada y peinada claro, que después era imposible sacarse una buena... Y así siempre tenía reservadas para enviarlas a los tíos cuando quería ponerles cachondos.

—Paris, quita coño, que me jodes todas las fotos —dio un empujoncito suave a la perrita, que solía subirse a la cama con ella para lamerle la cara.

Sí, le gustaba hacerse ese tipo de fotos y luego mandarlas de saludo a los chicos con los que sí quería rollo. Le gustaba saber que les ponía tontorrones.

Tal y como había puesto a Marco... Volvió a sonreír y dejó el móvil en la mesita. Estaría bien tirárselo. Seguro que sería un polvo que haría historia... Nunca había visto un chico tan guapo como él, la verdad. Tan solo de imaginar ese cuerpazo contra el suyo se ponía colorada. Quizá podía jugar un poco más con él. Al fin y al cabo, era otro más en su lista, ¿no?. Sería fácil pasar página después, como siempre había hecho.

Y además, se podía considerar una venganza en nombre de su amiga…

Con esa idea en la cabeza, Elsa se quedó dormida sin siquiera quitarse el maquillaje.

Desde arriba, o muy lejos, o donde quiera que esos dioses quieran emplazar su dichoso Olimpo, varios pares de ojos habían observado la escena como si de una comedia romántica se tratara.

—*Buah*... Qué rollazo —dijo Cupido bostezando—. Estamos en paz, tío. Ni para ti, ni para mí.

El silencio reinaba en la Torre de Control tras aquella cita, tan solo interrumpido por los aspavientos de hastío del marido de Alma. Su marido.

Todavía le costaba verle como tal. Y a veces más, cuando parecía que le faltaban dos dedos de frente.

¿No se daba cuenta en realidad de lo que había pasado?

Elsa no se había acostado con él.

No se había acostado con él.

¡No se había acostado con él!

Tenían un problema. Un grave problema.

Si no hubiera significado nada para ella, habría hecho lo de siempre: pasar una noche de fiesta, emborracharse, tirárselo y marcharse después.

Y sin embargo, se había ido corriendo a su casa y se había quedado acostada soñando en la cama.

¡Todo aquello estaba muy mal! ¡Muy, pero que muy mal!

—No está nada mal la niña. Es mona, y divertida —apuntó Apolo, observándola tendida sobre la cama con la llamativa ropa interior.

—Si te gustan tan delgadas que ni cuerpo de mujer tienen —le contestó Cupido.

Vale, ahora la acababa de llamar gorda a ella.

Lo estaba terminando de arreglar todo.

Se pasó la mano por la cara, desesperada, y miró a Apolo.

Nada en su cara dejaba entrever lo que estaba pensando mientras observaba a su amiga. Pero había llegado la hora de actuar...

Al fin y al cabo, había aprendido de la mejor: de su suegra Afrodita. Podía actuar sin que nadie se enterara, debía intermediar. No podía permitir que jugaran con nadie más. Y mucho menos nadie a quien ella apreciara, que no eran tantas esas personas, vamos. ¿No podían dedicarse a esas otras mil zorrascas que habían por ahí sueltas dando por saco y dejar tranquila a su amiga?

Allí se iba a liar parda. Vaya que sí.

Unas horas más tarde, Alma se hallaba recostada en su enorme cama repleta de almohadones. La barriga le pesaba y molestaba por todas partes... Se preguntó si, al fin y al cabo, los embarazos divinos no debían ser menos molestos que los mortales… Alguna ventaja debía tener el ser un dios, ¿verdad? Ella se imaginaba que todo iba a ser perfecto, que iba a ser una súper mamá preciosa que corría todos los días su buen trecho del Olimpo, saltando de nube en nube como Heidi, y que siempre estaría perfecta con una pancita redondita y unas piernas flacas como alambres.

Pero no…. Qué va.

Estaba, o al menos se sentía, gorda, pesada, con unos muslos enormes, toda hinchada, con granos y con unos antojos horribles que habían de ser satisfechos por la servidumbre porque su querido Cupidín andaba siempre de picos pardos.

Cuando le vio entrar en la estancia, tan fresco él, lozano y tan guapo como siempre, arrugó el entrecejo y frunció los labios.

—Con que «si te gustan tan delgadas que ni cuerpo de mujer tienen», ¿verdad? ¡O sea que yo estoy gorda!

Ala. Se había prometido que no cedería ante esos impulsos, que sería más cuerda, que pensaría dos veces antes de hablar, como siempre lo había hecho... Pero tenía una excusa. Ahora mismo, ella no era la dueña de su propio cuerpo. Era la pequeña energúmena que crecía en su interior. Seguramente sería el vivo retrato de la pérfida de la abuela...

Cupido suspiró y puso los ojos en blanco.

—Alma por favor... No seas tan susceptible —se quejó mientras se acercaba a la cama a darle un beso—. La realidad es que tu amiga parece un palito de polo, y lo sabes. Tú no estás gorda, estás embarazada, Y eres preciosa —le dio un besito en la comisura de los labios—. Y especial, llevas a mi hija dentro —terminó, mientras le rozaba la barriga con una mano.

Ella aceptó el beso y se calló. Sabía que en el fondo él tenía razón, pero no podía evitar molestarse... Era casi imposible no dejarse llevar por la zalamería de su marido cuando se ponía en ese plan. Pero es que le daba mucha rabia… Y más aún cuando él y el tío guaperas, que se suponía que debía ayudarla, se habían aliado durante la sesión de «cine».

—¿Y qué es todo eso de las apuestas? No deberías hacer eso con Elsa. Ella es mi amiga, no una persona cualquiera de la que burlarse... Me prometiste que ibas a ser más maduro. Pues no se nota —le recriminó.

—¿Y qué quieres que haga? Es que la situación era de lo más divertida, no me digas que no son tal para cual. Él siempre ha ido de sobrado y ella... Bueno, aunque sea tu amiga, hay que reconocer que parece un poco cabeza hueca.

—¡No hables así de ella! No es una cabeza hueca.

—No he dicho que lo sea, solo que lo parece.

Mientras se lanzaban miradas recriminadoras, Alma fue perdiendo fuerza. Sabía que lo parecía. Siempre lo había hecho, y toda la gente opinaba lo mismo de ella. Era una tontería discutir eso, y más viendo la sesión de fotos que la muchacha se había echado en la cama, poniendo morritos y juntando los pechos. Si es que...

Pero en el fondo, ella estaba enfadada con Cupido porque esperaba más de él. Esperaba que estuviera más a su lado, que la mimara más, que la apoyara en todo, que fuera él quien se encargara de traerle los antojos que le sobrevenían a horas intempestivas, que se diera cuenta de cuándo estaba molesta por algo y que se sentara a su lado a consolarla, nada más.

Estaba enfadada porque, tal y como iban las cosas, todo parecía apuntar a que Cupido, su Jon, no iba a ser muy buen padre. Y eso la aterraba.

Y encima se añadía ahora toda la historia entre Marco —o Adonis— y Elsa, de la que él era, en gran medida, culpable. Si él no hubiera lanzado esa flecha, todo esto no estaría pasando. Nadie entendía que estaban jugando con fuego, que las consecuencias de todo esto podrían ser desgarradoras para una persona real, de carne y hueso, que podía sufrir mucho.

Así que se irguió, se armó de valor, y soltó las palabras que estaban rondándole por la cabeza desde que todo aquello comenzara:

—Me vuelvo a la Tierra.

Cupido, que había estado recostado sobre un codo mirándola, soltó una risotada.

—¿De qué estás hablando?

—Te he dicho que me vuelvo a la Tierra —se reafirmó ella mientras se levantaba—. Aquí no hago nada, y tú estás ausente gran parte del día. ¿O acaso no es verdad?

Él la miró incrédulo.

—¡Pero es mi trabajo! Hemos pasado mucho para conservarlo, y lo sabes. No puedo dejarlo como si tal cosa, muchas personas dependen de mí.

—¿Ah, sí? Ya veo lo que dependen de ti. ¿Dependía de ti mi amiga Elsa para que te entretuvieras jugando con ella? Pues yo no lo creo. Me vuelvo a casa. Me llevaré al servicio y no estaré sola. Y además, tendré allí al bebé. Y si tanto la quieres como dices, ya harás por estar conmigo en el momento en que nazca. Estoy harta de esperarte. Estoy harta de… de… de todo esto. No puedo con tantas intrigas, me encuentro mal y todo el día estoy malhumorada y desquiciada. Me voy a hacer mi vida de nuevo, a intentar ser la que era antes.

—Alma, necesitas un permiso de Zeus para hacer eso. No puedes volverte a vivir allí y olvidar que eres una diosa.

—Ah, ¿de verdad? ¿Desde cuándo necesito su permiso? ¿Desde cuándo han dado los dioses explicaciones de dónde van o cuándo vienen al jefe? Que yo sepa, nadie se entera de lo que hacen los demás, todo el mundo va a lo suyo y el abuelo no intercede a menos que faltemos a nuestro deber.

—Y tú tienes uno, ¿o es que no lo recuerdas? —añadió él levantando la voz.

No quería sonar desesperado, no quería que se notara cuánto daño podía hacerle ella ante esa decisión. Ni siquiera él mismo lo sabía.

—Claro que lo recuerdo, y no faltaré ni un día a mi tarea… Excepto el día del parto, como es obvio.

—Estás comportándote como una niña, Alma —susurró él, derrotado—. No sé por qué estás haciendo todo esto, no sé por qué quieres alejarte de mi lado.

—Ese es tu error. Que no te enteras de nada.

—Pues entonces explícamelo tú.

—Ya lo he hecho, en mil ocasiones. Y no quiero parecer una mujer amargada, exigiendo siempre cosas a su marido. Quiero que seas tú mismo quien me las ofrezca, quien desee hacerlo; no quiero estar pidiéndotelas todo el rato.

—O sea, que todo esto ya lo tenías decidido, ¿no? —cambió Cupido el tono, ahora más enfadado.

—No lo tenía tanto hasta que habéis jugado con otra persona que me importa. Sois inhumanos. Yo necesito mucho más que esto, y sobre todo, necesito una vida en la que sentirme plena y útil.

—Ah, ya. Y a la primera de cambio, vas y te piras... —se burló él.

—Si hubieras sido capaz de ver las señales, ahora no estaríamos en estas. Me marcho, Jon. Si me quedo aquí no haría más que alterarme y discutir contigo, y no es bueno en mi estado. No necesito decirte adónde voy. Si te interesa saber cómo estoy, ya lo averiguarás. Aunque te agradeceré que me dejes un poco de espacio.

Y así, sin más, una airada Alma salió de la habitación agitando la gasa de su amplio vestido y dejando a un Cupido solo, perplejo y totalmente confundido.

Alma no había sido totalmente sincera al marcharse.

No le había contado todos los motivos a Jon porque en el fondo sabía que, de hacerlo, parecería una niña malcriada, y lo cierto es que odiaba sentirse así.

Era verdad que se marchaba porque se sentía sola, abandonada e incomprendida. También se había marchado porque su amiga necesitaba su ayuda... Pero, aparte de todo aquello, se había marchado a modo de venganza por el comportamiento de su marido.

Y no era del todo exacto lo que le había dicho... No es que necesitara espacio.

Al contrario. Lo que quería es que él corriera detrás de ella, que la persiguiera, que la atosigara, que le dijera cuánto la quería y que sin ella no era nada... Quería sentirse querida y mimada. Con su partida, esperaba provocar un golpe de efecto, hacerle despertar de una vez por todas.

Como era obvio, no pensaba ponérselo tan fácil. Aunque él fuera a visitarla y le dijera cuánto la echaba de menos, no pensaba volver a las primeras de cambio. Le iba a hacer sufrir un poquito, porque de lo contrario no aprendería. Ella nunca había sido una mujer fácil y parecía mentira que, después de todo lo ocurrido, de todo cuanto habían pasado a lo largo de los siglos, su marido no quisiera estar con ella a todas horas, o quizá no a todas horas, pero sí el máximo tiempo posible, y más en su estado. Sentía como si su vida estuviera al borde de un abismo y a punto de despeñarse. Tenía miedo, muchísimo miedo, por todos los cambios que había atravesado y que tenía que atravesar, y no sentía que su compañero estuviera a la altura de todo aquello.

¿Llegó a plantearse qué pasaría si él no apareciera? No. Era una hipótesis que ni siquiera se le pasaba por la cabeza. Estaba segura, segurísima, de que vendría a buscarla. Sabía que entre ambos había una conexión más allá de cualquier contingencia... El lazo que los unía era demasiado fuerte. Sencillamente, las cosas no estaban funcionando como ella hubiera deseado, y ese nivel de inestabilidad estaba acabando con ella. Sí, necesitaba un cambio, uno profundo, pero por muy resentida que estuviera con su marido no quería una separación definitiva, sino solo un respiro para volver a acomodarse.

Y todo esto le valía como excusa para inmiscuirse en aquél sórdido plan que habían confabulado a sus espaldas...

—Preparad el equipaje —ordenó a los sirvientes que habían sido designados a su cargo—. Nos marchamos a la Tierra.

Y dicho esto, salió de la sala en busca de Apolo. El plan debía ponerse en marcha de inmediato.

Capítulo 8

Adonis se había quedado dormido maldiciendo a todos y todo cuanto se le pasaba por la cabeza. ¿Por qué resultaba tan difícil la vida en ese sitio? La decepción y la ira le llevaron a adentrarse en sueños irreales, en donde parecía hundirse en las aguas pantanosas del inframundo mientras una mano blanca y pequeña intentaba salvarle sin éxito.

Despertó con la misma sensación de ahogo. Lo sucedido la noche anterior no hacía más que contribuir al fracaso en que parecía resumirse su vida.

—Veo que has recibido tu merecido... —susurró una voz femenina a su lado.

Miró a su derecha y allí estaba ella, sentada junto a la ventana en la única butaca que había en la habitación.

—¿Qué coño haces aquí? —le exigió ceñudo, incorporándose para comprobar que su visión era correcta.

Afrodita suspiró y se levantó para caminar por la habitación, observándolo todo pero sin querer tocar nada. La conocía. Sabía que le daba asco todo cuanto veía.

Y eso le enfadaba todavía más.

—No tienes derecho a venir aquí a inmiscuirte en mis cosas —volvió a repetirle.

—Puedo hacer lo que me de la gana —espetó cortante, al tiempo que se volvía hacia Adonis.

—Si Zeus te descubre...

—Zeus nada. No existe prohibición alguna a mis visitas a la Tierra, faltaría más.

—¿Me vas a decir de una vez qué andas buscando?

Ya no hacía falta andarse con rodeos. Las máscaras hacía tiempo que habían caído. No eran enemigos declarados, pero tampoco los mejores amigos... Y en su fuero interno, o no tan interno, verla le recordaba lo idiota que había sido por haber confiado en ella durante tanto tiempo.

Ella empezó a reírse por lo bajo.

—Me aburría —contestó mientras se encogía de hombros.

—¿Y quieres que yo me crea eso?

Se levantó y se acercó a ella. Sabía lo que estaba buscando.

Cuando llegó hasta Afrodita se irguió amenazador. Quería intimidarla. Quería que supiera de una vez por todas que se había acabado, que nadie jugaría con él nunca más, y mucho menos ella.

Ella le miró directamente a los ojos, alzando una ceja.

—¿No me crees? Pues es cierto, me aburría allá arriba. Mi vida ahora es de lo más tediosa... —Mientras suspiraba, repasó el cuerpo del joven de arriba abajo, como anhelándolo, y alzó una mano para recorrer su pecho sin siquiera tocarlo.

Sus dedos largos, coronados por unas uñas impecables, le dieron asco. No eran manos de princesa, eran manos de bruja: largos, delgados, puntiagudos.

Se la agarró con fuerza para apartarla, pero una enorme descarga eléctrica recorrió todo su cuerpo y cayó al suelo mientras temblaba a causa de los restos de electricidad que todavía se apoderaban de sus extremidades.

—¡Joder! —gritó poniéndose de lado una vez pasaron los calambres—. ¿Pero qué hostias...?

—¡¿Qué va a ser?! ¡La puñetera maldición! —contestó ella

pataleando y lanzando aspavientos—. No puedo estar con ningún hombre que no sea el asqueroso de mi marido Hefesto... ¿O no lo recuerdas? —Él se levantó tembloroso y se alejó de ella como de la peste—. Ya llevo tantas descargas que ni las noto... a lo mejor un día hasta puedo acostumbrarme y todo —susurró distraída mirando hacia el techo y sonriendo.

—¿Es que acaso te querías acostar conmigo?

Volvió la cabeza con brusquedad hacia él.

—¿Tan malo te parece? No sé de qué te extrañas, juntos funcionábamos muy bien, ¿o es que ya no te acuerdas? No hubiera estado mal recordar los viejos tiempos... —Volvió a acercarse a él, juguetona.

—¡Ni de coña! ¡Tú a mí no me vuelves a tocar! —chilló como un niño, alejándose y cubriéndose con las manos para evitar la temida descarga eléctrica.

—Oh, ¡todos los hombres sois iguales! Un poquito de dolor y echáis a correr llorando como niños. Pues tú te lo pierdes. Podría haberte ayudado aquí abajo. —Comenzó a darse la vuelta y a retirarse en dirección a la puerta. Pero al llegar allí se detuvo, reacia a marcharse—. Qué pasa, ¿no quieres saber cómo podría ayudarte? —inquirió, todavía de espaldas.

—Ya he tenido bastante de tus intrigas en mi vida. No, gracias, puedes marcharte por donde has venido.

Y aquello era verdad. No quería nada de ella. Ni si quiera le atraía a nivel sexual, algo extraño, pero así era. Desde que la había visto no había sentido nada más que asco, y no quedaba ni rastro de aquella adoración casi reverencial que una vez sintiera por ella. ¿Cómo podía estar tan tonto? Sin embargo, la diosa del deseo y la lujuria ya no provocaba nada en él, y se alegró de ser inmune a sus encantos.

Su instinto sexual parecía haberse centrado en una pequeña y alocada mortal, y ni la mismísima Afrodita era capaz de arrancársela de la cabeza.

Ella se giró, le lanzó una mirada furibunda y dijo, antes de desaparecer en una nube de polvo brillante:

—Sigues siendo el mismo idiota. De la misma forma en que puedo ayudarte, también podría hacerte la vida imposible aquí. Pero ya has elegido.

Su cuerpo desapareció, pero su rostro quedó flotando en el ambiente como una reminiscencia de su poder. Esos ojos ponzoñosos siguieron observándole, congelados, hasta que desaparecieron por completo de su vista...

«*¿Y a mí qué más me da?*», pensó. ¿Qué más podían hacerle? Bastante difícil era ya su lucha por salir adelante, a lo que se había añadido el horror de colarse hasta los huesos por la amiga loca de Alma.

Le daba todo igual. Lo que tenía que hacer era perseguir sus sueños... Sí, eso. Eso que hacían todos los mortales para dar un sentido a su vida, ¿no? Si quieres algo, tienes que ir a por ello. Y si él quería ser un agente, del tipo que fuera (infiltrado, de la CIA, del CNI, del Mossad, del FSB... ¡lo mismo daba!), supuso que lo primero que debía hacerse era un test de inteligencia...

Tenía que dejar de lado los instintos sexuales, olvidarse de las mujeres. Lo ponían todo patas arriba, eran un peligro para la salud de cualquiera.

Y no tenía miedo a las amenazas de Afrodita. Al fin y al cabo, ella ya no tenía poder sobre nadie... ni siquiera sobre él.

Podían haberle lanchazo una puñetera flecha del amor, pero ni de coña iban a acabar con su vida como se habían propuesto.

Y por tanto, prosiguió con ella como si nada hubiera ocurrido... De cara a la galería, por supuesto, porque en ocasiones seguía recordando aquella cueva oscura que ella le había dejado entrever una vez en un autobús.

Hasta se hizo el dichoso test de inteligencia.

Se llamaba cociente intelectual. Lo hizo por Internet, aunque también quedó con psicólogos y psicólogas y, por más veces que lo volvió a repetir, el resultado era siempre el mismo... ¡¡No superaba los 110 puntos!! ¡¿Cómo podía ser eso?!

¡Pero si él no era tonto!

Nunca lo había sido... ¿O sí?

Bueno, muy listo tampoco tenía que ser si había aguantado tantos años a las órdenes de Afrodita y no conseguía deshacerse de ella. Siempre pensó que estaba con ella porque era preciosa, perfecta, tenía un cuerpo escultural, era una leona en la cama... En fin, porque le compensaba y, además, porque era inútil escapar a los encantos de una diosa de la atracción empeñada en atraer a un hombre. Pero tonto, lo que se dice tonto, nunca se había considerado. ¿Qué tío no es lo suficientemente inteligente como para no rechazar a la mujer más hermosa del mundo?

Todavía no lograba entender cuál era su fallo.

Aunque hubiera vivido tantos siglos —milenios, incluso—, no había aprendido nada de la vida.

Porque en realidad, no la había vivido.

Sin embargo, toda esa experiencia no acumulada no cambiaba para nada el hecho de que, con ese nivel intelectual, no llegaría ni a la vuelta de la esquina —en lo que a servicios secretos se refería, claro está—, y se pilló una rabieta de la leche. La pagó con todos los psicólogos. ¡Eran unos inútiles! ¡Él no podía ser tonto! ¡Su cociente intelectual debía ser al menos de 130, como mínimo! ¡Todo estaba mal! ¡Nadie sabía hacer su trabajo! ¡Ni el puñetero Internet de los cojones funcionaba bien!

—No se lo voy a volver a repetir, señor Cacciatore. —Ese fue el apellido que eligió, cazador, pues no se le ocurrió otro mejor—. Ya lo hemos hecho diez veces, y el resultado es siempre el mismo —zanjó la psicóloga.

Maldita empollona.

—Pruebe con otra edad ahora —le respondió. Igual es que, al mentir con la edad, se había descompensado la fórmula o algo...

Pero ella apretó los labios y cerró la carpeta de un golpe, enfadada. Le miró fijamente durante unos segundos y sentenció:

—Tiene que asimilar que su cociente intelectual es el que es. Más vale que lo acepte de una vez. Usted no es superdotado, es una persona normal y corriente, ni más ni menos.

Pija de mierda...

Al principio le había resultado muy complicado comenzar los trámites para las agencias de inteligencia, pero ahora, una vez que lo había intentado, le quedaba claro que como no falseara los informes, poco iba a poder hacer.

Era tonto, y además inútil. Y un imbécil en la vida y en el amor.

Se sintió completamente perdido.

Para intentar calmar su rabia, hizo turnos dobles en el gimnasio. Era un sitio enorme con una sala de máquinas en donde te podías perder, y estaba siempre lleno tanto por la mañana como por la tarde. Debía mantener su mente ocupada para eliminar su frustración y, además, para intentar no pensar en la putada que le había hecho Elsa.

A quien, por cierto, no había vuelto a ver pasadas dos semanas.

Tampoco quería volver a verla, no os creáis. Su orgullo de machito herido todavía seguía a niveles muy altos como para intentar rebajarse por nadie.

¿Él, sufrir por una mujer?

Cuando el mundo se acabara.

Y sin embargo, allí estaba, practicando con las pesas en su tiempo libre para no pensar en ninguna de sus derrotas. Cuando ella le venía a la mente, aumentaba el peso. De esta forma, solo podía concentrarse en el esfuerzo que tenía que hacer y conseguía sacar a esa maldita zorra calientabraguetas de su mente.

Un, dos, un dos, arriba, abajo, arriba abajo... El mismo movimiento que hacía su potente miembro cada vez que la imagen del triángulo de las bermudas que había asomado por entre el vestido de Elsa le atormentaba el día.

No podía dejarse vencer. Él no era un fracasado: era Adonis, un ser perfecto, un cazador, un... maldito comemierda.

Capítulo 9

Alma llegó a su apartamento de alquiler en el barrio más lujoso de la ciudad. El dinero no era un problema, pues todos los dioses tenían su propia asignación —aunque modesta, para no destacar de más— en caso de que se les ocurriera adquirir cualquiera de los placeres terrenales de que tanto disfrutaban muchos.

Además, ella no pedía demasiado... Al menos no para ser una diosa. Era un buen apartamento, pero no demasiado grande: con solo dos dormitorios, cocina, baño y salón. Amplios, eso sí, pero no ostentosos. De todas formas, creía que no pasaría demasiado tiempo allí... Seguramente estaría de vuelta antes del parto, dependiendo de cuánto insistiera su querido marido Jon.

Se llevó consigo, eso sí, una doncella. A ella le gustaba tenerlo todo siempre reluciente, pero no podía trabajar tan duro con esa barrigota y, además, la compañía que le hacía la silenciosa muchacha le hacía sentirse, de algún modo, segura.

Había hablado con Apolo y habían acordado la manera de actuar, aunque el dios del sol le dijo que los detalles se los reservaba él. Después de todo, no había nadie con más experiencia, y Alma debía tener confianza en su forma de actuar. Así pues, ella hizo de tripas corazón, se tragó su manía controladora, y quedó en avisarle cuando todo estuviera listo.

Para ello, debía enfrentarse por primera vez en casi nueve meses, cara a cara, con su amiga.

Desde la noche en que había cenado con Marco, Elsa tenía claro que iba a volver a verle.

Lo único que no tenía tan claro era cómo y cuándo. Le daba como un repelús... Por un lado, sabía que la cosa no se iba a quedar así, que debía quitarse esa espinita de encima, pero por otro dejaba pasar los días por miedo a hablar con su amiga. Bueno, miedo, miedo... Ella no tenía miedo. Pero sí se sentía un poquito mal por querer que hubiera algo con ese tipo a quien tanto habían criticado. Era como una traición hacia Alma y hacia ella misma, incluso aunque esta última le hubiera dado carta blanca. Porque no se creía para nada que se la estuviera dando, vamos. Creía más en la lealtad hacia su amiga, en el pacto de no liarse con antiguos rollos, que en las palabras que había pronunciado para darle el visto bueno. No, no, no podía hacerlo. No se iba a liar con él. Para nada. Nunca. Jamás de los jamases.

Luego se le pasaba. Al día siguiente pensaba que su amiga estaba tan feliz ahora, allá lejos en Nueva York, viviendo una vida de ensueño en un apartamentazo en la séptima avenida con Central Park y se decía... ¿Qué coño? ¡La vida son dos días! Seguro que a ella de verdad que no le importaba, ¿para qué perder el tiempo? Había que disfrutar del poco tiempo que les quedara de juventud, hombre.

Y aun así, no volvió al gimnasio. Seguía con su vida normal: iba a su cutre trabajo de administrativa en una agencia de seguros en donde se pasaba el día escuchando quejas al teléfono, registrándolas en el ordenador y aguantando al salido del jefe, y de vuelta a casa, con su madre.

Había elegido seguir viviendo con ella. La ciudad no era un lugar barato, y su sueldo no era para tirar cohetes. Además, le gustaba gastar lo poco que ganaba en sus caprichos, y si se mudaba a un piso compartido tendría que limpiar la mierda de los demás y dejar de comprarse lacas de uñas y zapatos cada semana. Podría acostumbrarse a comprar más barato, tampoco le disgustaba la idea de los mercadillos y eso... Pero era más cómodo ir a un centro comercial en donde lo encontrabas todo juntito y pasabas la tarde probándote prendas frente al espejo y haciéndote fotos con el móvil.

Si tuviera el número de Marco le mandaría una de un vestido que se había probado...

Pero, ¿en qué estaba pensando? ¡Demasiadas vueltas le estaba dando ya al temita Marco!

Ese día, más de una semana después de la noche en que había cenado con él, se levantó tarde y desayunó junto a su madre.

—Ay, qué suerte tienes hija. Ya con veinticinco años, y mantienes ese cuerpazo y esa figura. Y aquí yo, intentando que no me engorde un vaso de zumo. ¡Qué hambre paso!

—Bueno mamá, habré heredado el metabolismo de papá, y ojalá me dure para toda la vida.

—Sí, claro, hasta que tengas hijos...

—No los pienso tener.

—¡No digas eso! Los hijos son lo que más quiere uno en el mundo... —susurró, mientras se daba la vuelta para fregar los platos.

Ya, claro. Se extrañó de que su madre dijera eso, porque a veces ni siquiera le prestaba la más mínima atención. De todas formas, ella vivía muy feliz sin tener críos, y por ahora a lo que más quería en el mundo era a ella misma. Y a su perro Paris, cuyo nombre se ganó gracias al estilo que tenía para llevar vestidos rosas y estampados con brillantina. Y con todo eso era más que feliz. ¿Para qué se iba a complicar la vida con críos y familias?

No había más que mirar a su madre. Una mujer de mediana edad que intentaba esconder por todos los medios los signos del envejecimiento, sin conseguirlo. Su madre era una mujer de lo más rara. A veces se escondía y no quería saber nada de nadie, y salía de la habitación con las peores pintas que te puedas imaginar… Y luego te sorprendía arreglándose como una falla, con todo tipo de adornos incluidos en la cabeza, para irse a trabajar a su saloncito de estética.

Y su padre, además, la había engañado desde que Elsa era bien pequeña. Con chicas mucho más jóvenes, delgadas y guapas. Y seguía en su línea: un hombre divorciado, mayor, con un trabajo mediocre (de encargado en unos grandes almacenes de alimentación) y siempre tonteando con chicas mucho menores que él.

¿Para qué quería ella casarse y tener hijos?

No era tan estúpida.

El sonido del timbre interrumpió sus pensamientos.

—Abre tú, que yo estoy terminando de fregar —le dijo su madre.

Y cuando lo hizo, casi alucina de la sorpresa.

—¡¡*Aaaaaaahhh*!! —gritó mientras se llevaba las manos a la boca—. ¡No puede ser! ¿Pero qué haces tú aquí?

Se abrazó a Alma con todas sus fuerzas. ¡Cuánto la había echado de menos! Su perrita comenzó a saltar entre las dos, contenta también de volver a ver a aquella vieja amiga.

Joder, pero qué gorda estaba. Casi no podía ni rodearla con los brazos.

Pero claro, eso no se lo dijo. Pobrecita.

Su amiga le respondió al abrazo, pero enseguida aflojó el agarre.

—¿Puedo pasar y sentarme? Es que no puedo con la espalda...

—¡Claro! Vamos a mi cuarto y me cuentas pero ya qué es lo que estás haciendo aquí cuando estás a punto de parir, nena.

Después de saludar a la madre de Elsa, pasaron a la habitación de ella y Alma aprovechó para coger todos los almohadones de estrambótico estampado para ponerse de lo más cómoda en la cama y contarle a su amiga, a rasgos generales, que había vuelto porque quería tener el bebé allí.

—¿Y dónde está Jon?

—Oh, vendrá pronto —le contestó Alma con un ademán de la mano, para restar importancia—. En cuanto pueda dejar el trabajo, ya sabes cómo son los americanos. Así después tendrá más días para estar con el bebé.

—Me alegro mucho de que estés aquí...

Alma asintió, intentando pensar en la mejor forma de atajar el tema.

—Te veo más delgada que nunca —comenzó, con el semblante serio.

«Pues anda que tú... estás hecha una foca», pensó la otra, para arrepentirse al instante. Ella no quería tener críos. Se sentía aterrorizada de engordar y después no poder perder ese peso.

—¿A que estoy guapa? —Fue lo único que dijo.

—Tú siempre estás guapa Elsa, pero me preocupas. ¿Qué tal con Marco? ¿Cómo fue todo? Aún no me has contado.

Tendida sobre un costado, su amiga comenzó a ponerse nerviosa y a hacer dibujitos en el edredón con el dedo.

—No me acosté con él —respondió, encogiéndose de hombros—. Al final resulta que no me atraía tanto, así que lo dejé pasar.

Alma la observó con los ojos entornados.

—Eso es nuevo. Normalmente te habrías pillado una cogorza y te habrías acostado con él de todas formas, aunque solo fuera para pasar el rato.

Elsa levantó la cabeza de repente, ofendida.

—¿Me estás llamando borracha? O lo que es peor aún, ¿me estás llamando pelandrusca?

Alma puso los ojos en blanco y volvió a mirar a su amiga con gesto de escepticismo.

—*Vaaaleeeee* —resopló Elsa—, ¿y qué si no lo hice? Mejor, ¿no? Es que a última hora me dio no sé qué... Me molan los capullos, pero saber qué es exactamente lo que ese capullo ha hecho... no te creas que me mola tanto.

—Eso es porque, en realidad, no te molan los capullos, solo los que lo parecen.

—Qué listilla eres...

Elsa suspiró, se recogió las piernas y apoyó la barbilla sobre sus rodillas, pensativa.

Mientras Alma la observaba de aquella guisa, se dio cuenta de que era muy posible que su amiga se sintiera más que atraída por Adonis... Y, de ser así, menudo lío se armaría. Esperaba que Apolo la hiciera cambiar de opinión. Seguro que si se le cruzaba por el camino otro buenorro, se le cruzarían los cables y se le borraría el anterior del disco duro.

—¿Cómo van las cosas por casa? —le preguntó.

Su amiga se encogió de hombros antes de responder:

—Como siempre. Mi madre llega de trabajar, a veces se encierra y llora, otras se pone a hablar como una histérica y me vuelve loca... Y mi padre sigue mareándola. Nada nuevo, todo sigue igual.

Alma le agarró la mano y la apretó con suavidad. Se concentró y esperó a que sus poderes, esos que Zeus decía que ella tenía, recorrieran su cuerpo y se transportaran hacia el de su amiga. Así debía funcionar la magia, ¿verdad?

Elsa pareció notar un cosquilleo y saltó, espantada.

—¡Joder, tía, que me has dado un calambre!

Ups, por lo visto no había calculado bien la potencia del envite. La próxima vez esperaba que fuera mejor.

—¿De verdad? Yo no he notado nada —respondió ella mientras sonreía inocente.

Su amiga necesitaba un buen chute de fuerza interior, y fuera como fuera, Alma iba a lograr que lo recibiera. Así tuviera que darle una patada en la cara y dejarla grogui para ello.

La tarde transcurrió tranquila. Se pintaron las uñas —al fin alguien pudo acceder a las uñas de los pies que se suponía que tenía debajo de aquella barrigota—, continuaron charlando de cosas triviales, y después las amigas se despidieron, porque la embarazada necesitaba descansar y hartarse a chocolate.

Cuando llegó a casa estaba más animada. Quizá, con ella allí de nuevo, Elsa podría centrarse y dejarse de tantas tonterías... Ahora que no tenía trabajo, necesitaba un objetivo. Necesitaba ayudar a alguien, un entretenimiento para no pensar en que estaba sola, sin su marido, su guapo pero egoísta marido...

Se acostó en la cama y comenzó a pensar en qué podría estar haciendo él. Desde que se marchó no se había puesto en contacto con ella... Todavía era pronto, pero esperaba que estuviera desesperado, dolido, y que la estuviera llamando para pedirle perdón, al menos. Se miró el móvil: nada. A lo mejor se sentía aliviado por haberse librado de ella, ahora que estaba barrigona, paranoica y malhumorada.

Al caer en la cuenta de eso, comenzaron a caerle lágrimas silenciosas. Se estaba comportando como una idiota... Pero aún así, esperaba que él diera un paso. Sí, le había pedido que la dejara en paz, pero él ya debía saber a esas alturas cómo eran las mujeres.

¿Y si no lo hacía?

Se giró en la cama intentando calmarse. No quería ponerse nerviosa. No quería que la niña naciera tan pronto.

Se centraría en Elsa para mantener la cabeza ocupada. Saldrían a dar una vuelta, la ayudaría con la habitación del bebé... Y controlaría a Adonis. Al menos, eso le daría tiempo.

Alma no se daba cuenta de que, poco a poco, se estaba comportando como una auténtica diosa del Olimpo: intentando jugar con las vidas de los mortales, cuando ellos, lo que en realidad necesitan, es que les dejen vivir su libre albedrío...

Esa misma noche, un Adonis borracho, que por primera vez había intentado ahogar sus penas en el alcohol, no pudo aguantarse más y envió un mensaje a Elsa:

«Necesito verte. No sabes lo que te has perdido, nena... Si quedas conmigo otra vez, te voy a enseñar lo que es disfrutar de verdad.»

Elsa, medio dormida, oyó el zumbido del móvil y abrió un ojo para leer el mensaje.

Bueno, si se trataba de disfrutar, oye, a nadie le amarga un dulce...

Las Moiras rieron como locas. ¡Pero qué divertido era aquello! ¡Y encima se iban a llevar una ración de cine erótico mucho mejor que el que estaban viendo últimamente, en donde no hacían más que vendarle los ojos a las mujeres y zurrarles con látigos! ¡Pero dónde había quedado el erotismo puro y duro, aquél que las hacía temblar con solo ver un roce de los dedos sobre la carne?

—¡Ahora sí que te vamos a ver cabalgar de verdad, jovencito!

—Más bien creo que a quien le van a cabalgar, es a él... —concluyó Cloto con una ligera sonrisa—. ¡Va a ser curioso ver a este semental doblegado!

Capítulo 10

Adonis se levantó con un dolor de cabeza enorme y recordó, vagamente, haber enviado un mensaje a Elsa...

Qué error más grande, haberse ahogado en alcohol... Nunca lo había hecho, no era su estilo. Pero claro, eso podía ser porque, en realidad, nunca había llegado a sufrir por amor ni por ninguna otra cosa. Y joder, cómo dolía la cabeza ahora... Y todo el cuerpo, además. Cogió el móvil a toda prisa para cerciorarse de que sus borrosos recuerdos eran realidad, y allí estaba.

¡Mensaje enviado!

Pero qué puñetero desesperado...

El caso es que tenía que tirársela como fuera, y si enviar ese mensaje desesperado le había conseguido una cita... Porque allí estaba la respuesta de ella:

«¿El viernes te viene bien? Y más te vale hacerme disfrutar de verdad.»

Comenzó a reír a carcajada limpia. ¿Que si la iba a hacer disfrutar?

No sabía con quién estaba hablando...

Después de echar ese maldito polvo la iba a dejar tan en la gloria que se arrastraría tras él de por vida pidiendo más, joder.

Pero primero, tocaba recuperarse de aquella maldita resaca.

Se duchó y, mientras el agua le recorría el pelo y resbalaba por su pecho, pensó que a la vida tan solo había que echarle un par de huevos. Si hubiera llamado antes a Elsa no lo habría pasado tan mal durante tantos días. Tenía que dejar de ser un estúpido orgulloso e ir a por ella, porque cuando la consiguiera, todo iría mejor. Seguro.

Salió a la calle con el pelo todavía mojado y, mientras bajaba las escaleras sumido en sus pensamientos, agitó la cabeza con fuerza hacia los lados.

Sin darse cuenta salpicó todo de pequeñas gotitas de agua, incluida a su querida vecina, que acababa de abrir la puerta con la fregona en mano.

—¡Si no tuvieras ese culo te iba a dar yo un escobazo que te ibas a enterar, so guarro! —la escuchó gritar mientras abría la puerta de la calle.

Siguió escuchándola refunfuñar conforme se alejaba, y se rió para sus adentros... Si es que en el fondo las tenía a todas en el bote, por mucho que se negaran a reconocerlo.

La espera hasta el viernes se le hizo muy, pero que muy lenta. Todos los días continuó entrenando al máximo para estar en forma el día «de», aunque el corazón saltaba en su pecho cada vez que llegaba al gimnasio por si ella aparecía por allí. Nunca lo hacía.

Supuso que estaba creando expectación... Pero qué lista era, a pesar de su juventud... Porque, bien meditado, la verdad era que él le llevaba miles de años y ella era tan solo una cría. Se veía en sus actitudes: era una chiquilla caprichosa y bastante loca. Aunque quizá no loca... Más bien se podía decir que estaba un poco mal de la cabeza, vamos, pero ahora sus extravagancias, sus reacciones, sus expresiones, le gustaban, le hacían reír. Y le hacían sentirse más enamorado todavía de ella, al recordarlas.

Pero qué moñas se estaba poniendo...

Y así, pensando cada día más en ella, llegó al fin el ansiado día.

Elsa y Alma se habían pasado la semana de aquí para allá. Cuando la primera salía del trabajo, su amiga le esperaba para que la acompañara a tropecientos sitios a mirar cosas para el bebé. No quería atosigarla, pero sabía que estaba sufriendo por estar allí sola, y por una vez, se puso una cremallera en la boca y no le preguntó por qué narices su marido no llegaba ya, cuando estaba claro que iba a dar a luz en cualquier momento.

Odiaba las cosas de pareja, y si Alma no quería contarlo, mejor para ella, porque no le iba a ser de mucha ayuda. En cuanto escuchara una queja seguramente le iba a decir que lo mandara a tomar viento a la farola, por decirlo finamente, y no quería ser la causante de una ruptura justo antes del alumbramiento.

Además, ella también callaba algo... Su cita con Marco. No se lo contó a Alma y no pensaba hacerlo, porque de todas formas no se iba a enterar. Siempre estaba cansada y se iba a dormir temprano, y para cuando Elsa se marchara sería justo la hora del encuentro furtivo.

Tenía muchísima curiosidad... Alma nunca le dijo que fuera bueno en la cama, no solía hablar de aquellas cosas, pero ella intuía que podía sorprenderla. Para bien o para mal.

Los tíos tan buenos o bien se relajaban y querían que ellas lo hicieran todo porque estaban acostumbrados a que les lamieran el culo —a veces hasta literalmente—, o bien eran unas máquinas del sexo que te comían todita entera a lo bruto. Unos guarros, vamos.

Y ella creía que Marco podía ser uno de los segundos...

Ays, y si lo fuera, qué bien lo iba a pasar, ¡que llevaba siglos sin tirarse a nadie, coño!

Así pues, la noche del viernes dejó a Alma en casa, triste y más callada de lo habitual, y se marchó a prepararse. Buscó el encaje más atrevido que tenía, se depiló a conciencia, se echó una crema corporal con olor a rosas, se alisó el cabello con la plancha hasta que brilló como un espejo —lo tenía tan lacio que a veces las orejas se le escapaban por entre los mechones— y se maquilló más que de costumbre. Al fin y al cabo, el *look* Amy Winehouse seguía estando muy de moda.

Escogió otro minivestido que poco dejaba a la imaginación... y lista.

Se sentía como la reina de la seducción.

No acertaba a adivinar que, aunque hubiera ido vestida con un camisón de abuela y se advirtieran todas y cada una de las imperfecciones de su cara, a Marco le habría dado igual, porque estaba total y completamente ciego de amor por ella.

Así que, cuando la vio aparecer a la vuelta de la esquina de su casa y puso aquella cara de *panoli*, Elsa pensó que el motivo no era otro que su belleza explosiva. Si es que cuando quería... podía hacer girarse para mirarla al mismísimo David Gandy.

Aunque, a decir verdad, el tío que tenía delante de ella no tenía nada que envidiar a ese modelo... La esperaba allí, recostado contra la pared y con una pierna encogida, con los pulgares en los bolsillos y aquella mirada verde que se la comía viva...

Y en ese momento la chica no pudo evitar pensar en mil y una formas de tirárselo a lo bestia. Las imágenes pasaron por su cabeza como diapositivas a pleno color y hasta con banda sonora incluida —la de Justin Bieber, claro, porque tenía un sonido como de echar polvillos—, e hicieron que se detuviera y tomara aire con fuerza.

«Tranquila churri, todo se andará», pensó con una sonrisa en los labios.

—Qué pasa, *pardillo* —le espetó al llegar a su lado.

Le encantaba burlarse de él, hacerle parecer que con ella no podía nadie, bajarle los humos. Porque ella no se sentía inferior a él en absoluto, ¡claro que no! Estaba bien segura de sus armas de mujer. Los tíos eran muy simples, por guapos que fueran.

El supuesto pardillo le dio un repaso que hizo arder cada uno de sus folículos pilosos y hasta los no pilosos y se irguió, tendiéndole la mano.

—Pensaba que te habías rajado —le dijo mientras la miraba a los ojos.

Ella se estremeció. En ese preciso momento, lo cierto es que sí se sintió algo acojonada, para qué negarlo... Porque la estaba intimidando con tanta miradita abrasadora y tanto repaso, y mira que estaba acostumbrada a causar ese impacto. Pero claro, lo causaba en hombres que no eran tan llamativos como ese, que podría conseguir a quien quisiera si se lo propusiese.

Hasta a ella.

¡Oh, Dios mío! ¿Pero qué acababa de pensar?

A ella todavía no la había conseguido, hombre, ¡era solo un polvo!

Solo un polvo... O dos, o tres, los que hiciera falta.

Vamos, los que diera tiempo a echar en una noche.

—Me rajaré si no cumples con tu palabra. En el momento en que empiece a aburrirme, me largo, que lo sepas, que vamos a lo que vamos —le contestó toda envalentonada.

—Tranquila, no lo harás.

Tiró de ella y entraron en el portal de un edificio que parecía estar cayéndose a trozos. Elsa miró con una mueca cada uno de los portales al tiempo que subía las escaleras, porque allí no había ascensor, y refunfuñó por lo bajo. Subir escaleras con los andamios que llevaba puestos no era el inicio ideal de una noche loca. Sin embargo, miró hacia adelante y se conformó al observar el culito redondo y prieto de Marco, que se movía a un ritmo cadencioso, casi como al de un reggaetón. En ese momento, todo el esfuerzo se le olvidó y quedó hipnotizada por aquél movimiento sexy.

Sonrió, aturdida, y si hubiera sido un dibujo anime la baba estaría ya cayéndole por la comisura de los labios y la lengua le llegaría hasta el suelo. Aunque a decir verdad, tuvo que sorberse la saliva, de todas maneras. De pronto, ese entorno oscuro, viejo y destartalado se le antojó de lo más erótico: estaba a punto de hacer algo prohibido, en un lugar cochambroso, con el hombre erróneo, que además estaba más bueno que los mismísimos dioses griegos...

«¡¡¡¡Yeeeehaaaaa!!!!», gritó su interior cual cowgirl embravecida. «¡Cabalga, vaquera!»

Llegaron al apartamento, él abrió la puerta y no la dejó ni mirar hacia el interior. Nada más entrar la empotró contra la pared, aplastándola contra su cuerpo y dejando sus labios a tan solo unos milímetros de los de él.

—Prepárate para disfrutar, muñeca... —le susurró antes de abalanzarse sobre ella.

Elsa casi no podía respirar, pero le daba igual. En cuanto él la besó de aquella forma tan salvaje, tan sensual, con aquellos movimientos lentos y eróticos de su lengua dentro de ella... las piernas comenzaron a temblarle de deseo. Levantó una de ellas para notarle más cerca, y él aprovechó la situación para apretarle el culo, levantarla en el aire y empujarla todavía más contra su cuerpo, permitiéndole disfrutar del roce de su miembro más que erecto contra su entrepierna.

Oh, sí... Aquello sí que le gustaba, que la empotraran a lo loco, sin pensar ni nada, sin estúpidos preámbulos.

Al final, parecía que aquella noche no se iba a aburrir.

No duraron demasiado tiempo allí, contra la pared, besándose y frotándose como locos mientras él la sujetaba contra sus caderas. Enseguida, él la levantó en brazos como si pesara una pluma y, abrazándola por la cintura, la llevó hasta la cama. El apartamento parecía ser todo lo que sus ojos a duras penas habían llegado a abarcar: un salón-comedor-dormitorio muy pequeño en el que casi ni le dio tiempo a reparar entre beso y beso.

La tumbó en la cama y la observó un instante mientras jadeaba como si hubiera corrido una maratón, con las piernas abiertas y los brazos ligeramente separados. Entonces, se quitó la camiseta con muchísima rapidez: se ve que tenía práctica con eso, pensó ella. Elsa respiraba aturdida, y al mismo tiempo disfrutaba de cada segundo. Le observó levantarse la prenda y, cuando tuvo ante sí aquél torso bronceado y tan esculpido, casi llora ante tanta belleza. Aquello era lo más bonito que hubiera visto antes... Pura perfección masculina, él era… EL HOMBRE. Se sintió tan sobrecogida, que de inmediato se encogió para taparse su propio pecho.

Él la observó y frunció el ceño; no entendió aquél gesto repentino de vergüenza de la chica.

—¿Tienes frío? —le susurró tras acercarse y tenderse sobre ella apoyando los brazos en la cama.

El cálido aliento de él le rozó la cara, pero sus ojos, aquellos pozos verdes dilatados por el deseo, parecieron ver su alma. Ella negó con la cabeza. No tenía frío, estaba… Era la primera vez que le pasaba con un chico, pero se sentía superada, tímida e incluso poca cosa.

Él rozó su nariz contra la de ella, cerrando los ojos, y apoyó su cuerpo cálido sobre el de Elsa. Después, le acarició los labios con la lengua hasta que ella abrió la boca de nuevo, y entonces volvió a serenarse, olvidándose del estúpido y repentino miedo que la había embargado. Él comenzó a moverse sobre ella como si de una serpiente sensual se tratara, rozándole el pelo en tiernas caricias al tiempo que jugaba con sus labios hasta que Elsa, al fin, se relajó por completo, le abrazó con las piernas y llevó los brazos hasta su nuca para que no se alejase. Lo necesitaba allí, tocándola, no lejos. No quería que la mirara. Quería que la tocara, que la hiciera sentir, disfrutar, justo como había prometido.

Mientras la besaba, comenzó a bajar la mano por el cuello de ella hasta llegar al nacimiento de sus senos. Allí se detuvo y la pasó con ligereza por encima en un ligero roce, sin llegar a tocarlos, haciendo que los pezones se le erizaran por la expectación, que gritaran por un contacto más fuerte, que él decidió reprimir por el momento. Continuó el camino trazado con su mano mientras seguía dándole pequeños besos por el cuello que la hacían estremecer, y ella se derritió por completo entre sus brazos.

Aquella mano... aquella mano descendió hasta su cintura, y Elsa arqueó el cuerpo en busca de más. Se sintió tan hermosa, tan atractiva, tan... explosiva, que abrió ligeramente las piernas para que él no perdiera más tiempo y la acariciara donde debía hacerlo.

Con un movimiento algo rudo, le levantó el vestido y dejó a la vista ese diminuto tanga con estampado de leopardo y un minúsculo encaje rojo. Descendió hasta donde aquél pedazo de tela se encontraba y aspiró con fuerza sobre el monte de venus en tanto que, con ambas manos, acariciaba con suavidad sus caderas y cintura, como alargando el momento en que la liberara de aquella diminuta prenda.

Elsa ya estaba jadeando. El corazón le bombeaba a mil, y no podía pensar con claridad. La estaba matando de deseo y, si no se daba prisa, cuando le quitase el tanga iba a estar empapada... y eso no podía ocurrir. Se moriría de vergüenza si él veía la facilidad con la que la había conquistado. Abrió los ojos de par en par y notó cómo él se lo quitaba poco a poco. No le había despojado del vestido, seguía llevándolo puesto de cintura para arriba, y se la iba a comer toda sin esperar a estar completamente desnudos. Si así era como iban a empezar...

Sonrió y dio las gracias a lo que fuera que le hubiera concedido ese deseo, porque llevaba siglos esperando a un tío que la devorara sin reparos y no pensara solo en su propia satisfacción. Los polvos rápidos era lo que tenían... Y este, por lo visto, no iba a ser uno de ellos.

Cuando al fin la liberó de la prenda y la arrojó lejos, ella volvió a cerrar los ojos y se dejó llevar. Iba muy depilada, tan solo le quedaba un pequeño triángulo de vello que apenas escondía nada, y le gustaba tenerlo así en especial porque de esa forma sentía mucho más las caricias, su sexo era mucho más sensible al tacto. Así que cuando los dedos de él le rozaron, primero con suavidad, y sintió un ligero soplo sobre la tierna y húmeda carne... Supo que no iba a tardar demasiado en llegar al clímax. Abrió los ojos y le vio allí, sobre ella, soplando con suavidad. Entonces él levantó la vista y sonrió, y ella no pudo corresponder de otra forma más que poniéndose colorada como un tomate —por suerte, el maquillaje lo cubría todo—. Entonces él descendió sobre ella y comenzó a lamerle, primero mediante toques ligeros, sin dejar de mirarla. La provocaba con sus ojos verdes, la acariciaba con los dedos y con la lengua al tiempo que se detenía una y otra vez para observar sus reacciones, para incrementar el deseo de ella.

Elsa no tuvo más remedio que cerrar los ojos y ahogar un quejido mordiéndose la mano. Se retorció al sentir su lengua recorrerla de abajo hacia arriba, sus dedos apartando la delicada piel que bordeaba el origen del máximo placer femenino. Comenzó a jugar con él mientras introducía un dedo en su interior y comenzaba a moverlo rítmicamente pero con muchísima lentitud. Ella se tapó la cara con la almohada para ahogar otro gemido, pero pronto desistió y se dejó llevar por la locura de aquellas placenteras sensaciones.

Cuando él introdujo otro dedo en su interior y rozó su zona más erógena mientras aumentaba la fuerza con que succionaba su clítoris, Elsa abrió los ojos de par en par y comenzó a gritar y retorcerse de puro placer.

Una de las manos de Marco ascendió y cogió con fuerza uno de los pechos de ella, apretando, masajeando, mientras ella se iba derritiendo a pasos agigantados en un orgasmo frenético que la dejó extasiada.

Cuando quedó rendida sobre las sábanas y jadeando exhausta, le dio un suave beso sobre aquella zona, ahora hinchada y enrojecida, y sacó los dedos con suavidad de su interior.

Ella abrió los ojos y le miró, y él se lamió los dedos sin pudor alguno, para después sonreír.

—Juraría que todavía no te has aburrido, ¿verdad?

Elsa le lanzó una mirada pícara y, tras cerrar las piernas en un arrebato de cohibición, le respondió:

—Todavía te queda noche para intentar entretenerme, chaval.

Observó cómo se levantaba con una media sonrisa en su cara y se llevaba las manos al botón del vaquero. La erección era más que patente, y cuando se libró de los pantalones se entreveía con claridad a través del slip negro.

Ella observó encantada aquél cuerpo perfecto que más de una vez había imaginado, pero no dijo nada. Meció con suavidad las piernas, juguetona, hasta que él se colocó sobre ella como calculando cuál era la mejor forma de devorarla.

Aunque estaba algo agotada por aquél efusivo comienzo, pronto su cuerpo comenzó a responder de nuevo ante la cercanía de aquél hombre. Tras el primer golpe de inusitada timidez, se percató de que sentirse en verdad deseada por un tipo así de perfecto la hacía sentir como una princesa, la princesa que siempre había querido ser... o más bien como la reina del sexo.

Mientras él le terminaba de quitar el vestido, ella se contoneaba para que él pudiera apreciar su bonito cuerpo, ese que le gustaba tanto lucir y del que tan orgullosa se sentía. Una pizca de inseguridad amenazó con surgir de nuevo cuando, al fin, estuvo completamente desnuda frente a él, pero las suaves caricias que Marco le dedicó, junto con los besos y roces de su lengua en las partes más sensibles de su cuerpo, fueron acabando con cualquier atisbo de reparo hasta que la tigresa volvió a renacer.

Él la intentaba manejar a su antojo, y lo hacía con audacia, con una sensualidad digna del hombre más experimentado... Sabía dónde rozar, dónde tocar, dónde lamer, dónde provocar y apretar con sus dedos… Pero ella también se sentía ansiosa por tocar su cuerpo, por cerciorarse de que aquella perfección sí existía y era real. En una ágil maniobra, le giró para acabar sentada sobre él y le agarró los brazos por encima de la cabeza. Mientras sus caderas se movían sinuosas, rozando su sexo contra el de él, que seguía oculto bajo el calzoncillo, él sonrió.

—Te gusta jugar... —Se soltó con rapidez del agarre de ella y se sentó en la cama, abrazándola por la cintura y apretándola contra sí—. Pero yo soy mejor jugador, ratita.

Ella no tuvo tiempo de replicar y decirle que no le gustaba que le pusiesen motes, y mucho menos el de «ratita», pues en seguida la echó hacia atrás para lamerle los pechos, humedeciéndolos a través de la tela del sujetador, y se levantó de la cama con ella a horcajadas para depositarla sobre la cómoda que había junto a la cama. La echó ligeramente hacia atrás y pasó la mano por su cuello para descender por su esternón y hasta el ombligo, al tiempo que le prodigaba besos y caricias con esa lengua ardiente. Después, en un rápido movimiento, le desabrochó el sujetador y lo lanzó al suelo en un gesto descuidado, y comenzó a lamerle cada uno de los pezones a conciencia, masajeando con la otra mano el que quedaba libre del contacto de su lengua.

Ella volvió a echar la cabeza hacia atrás y suspiró, disfrutando de aquello como nunca antes lo había hecho. Los cálidos besos de él, su saliva, le provocaban un calor sofocante, una especia de ardor a medias entre el dolor y el placer más puro. Marco la tomó entonces por las caderas y se colocó entre sus piernas, y Elsa intentó quitarle la ropa interior. ¿Por qué le estaba haciendo aquello? ¿Qué era aquella manera de hacerla sufrir?

Él acarició sus piernas de abajo a arriba, de arriba a abajo... Y, después de coger un condón del paquete que había tirado encima de la cómoda, como si fuese otro elemento decorativo más de aquella habitación, se despojó del calzoncillo a tirones. Por el bulto que había observado durante toda la noche ella ya intuía que no iba a tratarse de un miembro corriente, y le encantó saber que estaba en lo cierto. Él era un tipo grande, y su miembro no iba a ser menos. Lo acarició con sus manos con suavidad, tan solo un ligero toque por pura curiosidad, pero él la tomó por las muñecas y las colocó sobre la cabeza de ella, apoyándola contra la pared, para susurrarle al oído:

—Prepárate para un buen viaje.

Y ella sonrió.

Aquél fue el mejor polvo que había echado nunca.

Al principio, él entró en ella poco a poco, con mucha lentitud, sin dejar de mirarla a los ojos en todo momento. Cuando la llenó por completo, se agachó y le dio un suave beso en los labios antes de comenzar a moverse muy despacio. Todavía le sujetaba las muñecas, pero soltó una mano y siguió una línea hacia abajo por uno de los brazos de ella hasta llegar al pecho, cuyo pezón rozó con los dedos una y otra vez mientras aumentaba el ímpetu de las embestidas y jugaba con su lengua.

Él sabía en qué momento debía moverse con lentitud, cuándo debía rozarla y en qué lugar exacto, cómo moverse, cuándo acelerar y, finalmente, cómo tomarla por las caderas para presionar su sexo en el lugar exacto en el que a ella le provocaba más placer. Elsa se aferró con todas sus fuerzas al borde del mueble con una mano y al cuello de él con la otra para afianzarse mientras ambos se dejaban llevar por el ritmo cada vez más acelerado de la pasión que les desbordaba. Sus alientos se entremezclaron, sus jadeos se unieron en uno solo, sus labios se unieron en un único y agitado beso de respiraciones cruzadas.

Y sí. Aquél fue, en efecto, un buen viaje. Un viaje excelente.

Una pasada de viaje.

Elsa gritó como una salvaje. De su garganta salieron quejidos descontrolados que no dejaban lugar a dudas del placer que Marco estaba provocándole. Ni siquiera quería que la moviera, le molestó hasta que la arrancara de aquella cómoda, sin despegarse de ella, porque quería seguir meciéndose una y otra vez al ritmo que él marcaba.

Finalmente, aquella locura acabó con ella recostada al borde de la cama y él arrodillado frente a ella, introduciéndose en su interior mientras apretaba con sus pulgares aquél hinchado y enrojecido clítoris.

Glorioso.

Tras los últimos quejidos y suspiros de placer, él se recostó sobre ella para volver a recuperar el aliento y ambos cayeron rendidos sobre el colchón, pero Marco no dejó de acariciar con las yemas de sus dedos las caderas de Elsa y tampoco salió de su interior. Seguía meciéndose con parsimonia, como para no perder el contacto con ella.

Fue entonces, con aquellos ligeros roces postcoitales, que ella sintió algo extraño.

Todavía con los ojos cerrados y sin respiración, le pareció raro que él la tocara así después de echar un polvo, e incluso que le estuviera dando aquellos extraños y suaves besos en la curva de su cuello.

Por lo general, un polvo era un polvo. No había más caricias, ni arrumacos, ni cariñitos después de ninguno. Como mucho, «un gracias, qué bien ha estado», antes de separarse y caer en la cama, y eso en el mejor de los casos. Ella no solía decir nada, las palabras y los gestos sobraban cuando los dos sabían a qué se estaban ateniendo.

Pero entonces, ¿por qué no la soltaba? ¿Y por qué demonios la miraba ahora así? Había levantado el rostro y su nariz rozaba la de ella, como si estuviera dándole un beso de nomo, mientras acariciaba sus mejillas. Y entonces la volvió a besar de nuevo, pero en esta ocasión sus labios fueron tiernos, con un ligero toque de lengua, pero no agresivos. Era un beso sensual y, sobre todo, tierno.

Con el corazón todavía latiendo a toda prisa por el ejercicio, Elsa volvió a fruncir el ceño. Notaba el duro pecho de él pegado al de ella, y también sentía los latidos desbocados del corazón de Marco.

Abrió los ojos de par en par; él los tenía cerrados y no se percató de la extrañeza que sentía ella, pues intentaba seguirle el juego lo mejor que podía, pero su cabeza iba a mil por hora.

No le pegaba nada de nada ser cariñoso. Joder, se suponía que con su amiga había sido un capullo... ¿Por qué con ella no? Ella sí quería que lo fuera.

Poco a poco y con disimulo, se fue librando de él y le empujó con sutileza.

—Em... tengo que ir al aseo —se excusó.

—Ah, claro, no hay problema... Es esa puerta de ahí —le contestó él mientras se tumbaba de lado y se la comía con la mirada.

Elsa se marchó dando saltitos hacia el baño y escuchó el claro sonido del condón al ser desenfundado. Sonrió. Menudo polvazo...

Cuando salió, él la esperaba recostado boca arriba. Giró la cabeza para mirarla y sonrió.

—En una escala del uno al diez, creo que ha sido un veinte, ¿a que sí?

Ella soltó una sonora carcajada antes de responder, mientras se colocaba una mano en la cadera y se enfrentaba a él con altanería:

—¿No te lo tienes muy creído tú?

—Bueno... Yo diría que tus gemidos y gritos son clara prueba de ello, ratita.

—A mí no me llames ratita, qué cosa más fea, por Dios.

—Eres mi ratita presumida.

Elsa frunció el ceño, enfadada, y fue a por su ropa.

—¿Adónde vas?

La voz extrañada de él la sorprendió a ella todavía más.

—¿Cómo que adónde voy? Pues a mi casa —le respondió encogiéndose de hombros, como si fuera lo más normal.

Entonces le tocó al turno a él de extrañarse.

Para Adonis, sin duda alguna, aquélla había sido una experiencia maravillosa, única. Había hecho el amor por primera vez con una mujer, y la había deseado tanto que se había dejado llevar en todo momento por lo que sentía, algo que nunca antes le había ocurrido.

Sin embargo, la sensación de euforia comenzó a desinflarse con toda rapidez. Se irguió para apoyarse sobre un codo y volver a preguntarle:

—¿Y se puede saber por qué? ¿Es que tienes prisa?

Elsa volvió a encogerse de hombros y le dio un repaso a aquella cochambrosa habitación.

—¿Qué quieres que haga aquí? —le contestó mientras se vestía a toda prisa.

Él se levantó y, en un segundo, lo tenía junto a ella aferrándole las muñecas.

—No te vayas, podemos seguir disfrutando durante muchas horas más, si quieres. No tenemos por qué dejarlo ahí.

Aquella sonrisa ladina, unida al color verde de esos ojos de demonio, la derretían. Era perverso, era malvado, era... tan parecido a ella y, a la vez, tan distinto. Y ese era uno de los motivos por el que su mente le decía que debía marcharse, pero al mismo tiempo que no pasaba nada por quedarse.

La faceta de él que no le había gustado en absoluto y que la instó a largarse cuanto antes era la del oso amoroso...No soportaba las dobleces ni las segundas intenciones, y desde luego, él no era un romántico empedernido —según ella tenía entendido—, así que no pensaba pasar por el aro y hacer la idiota. Y tampoco le apetecía quedarse allí a dormir... ¿Para qué iba a quedarse con un tío con el que acababa de hacerlo?

Él continuaba observándola de arriba a abajo, comiéndosela con la mirada. Ella hizo lo propio: cuando descendió por su pecho y descubrió que seguía excitado, que aquella gloriosa erección no había terminado de marchitarse del todo, todas sus ideas se fueron al traste.

—Vale, me quedo, pero solo si me prometes que no te vas a poner moñas.

La amplia sonrisa de Marco le delató. Si lo sabía ella... Había estado fingiendo. Todas esas carantoñas no eran más que pura farsa. Vete tú a saber para qué quería volver a acostarse con ella, cuando podía hacerlo con cualquier otra chica distinta.

—Yo no soy un moñas, soy un animal del sexo —le respondió antes de lanzarse de nuevo sobre ella y agarrarla por la cintura para darle un apasionado beso.

Aquello bastó.

Elsa se quedó, pero no sería eternamente.

Ni siquiera hasta el amanecer.

Capítulo 11

$\mathcal{S}$iempre había sido sexo.

Solo sexo, puro y duro, sin compromisos, sin restricciones. Al menos, no en el plano puramente físico.

Para Adonis, disfrutar del contacto con el cuerpo femenino no había sido nunca más que eso: placer puro y duro.

Hasta aquella noche.

Nunca imaginó que las sensaciones que solía experimentar fueran a variar de aquella forma... Era tan extraño prodigar las mismas caricias que en otras ocasiones pero no sentirlas igual. Es decir, sí, en esa ocasión sintió placer, y muchísimo, pero también lo sentía surgir desde muy dentro de él: del estómago, del pecho, y le quemaba la garganta. Era un placer casi doloroso de tan extremo. Sus gritos y exigencias multiplicaban las sensaciones de su cuerpo, le enervaban, le volvían loco. Y además, verla a ella disfrutar de aquél modo era un añadido que nunca antes sospechó. Hasta el momento, el placer femenino solo le había provocado la satisfacción propia del trabajo bien hecho, pero aquella noche... Aquella noche el propio goce de ella actuó del más fuerte afrodisíaco y le hizo llegar tantas veces al borde del clímax que había tenido que frenar el ritmo de manera constante para no terminar antes de lo esperado.

La maldita flecha fue la que provocó todo aquello, pero él se sentía agradecido. Al menos en ese momento, porque estaba pletórico. Era como cabalgar libre, feliz, extasiado. Un chute de ambrosía en vena.

Tocarla, besarla, acariciarla para observar cómo se retorcía, qué era lo que más le gustaba, cómo hacerla llegar al clímax... Todo ello le producía el mismo efecto que en ella, el mismo gozo. ¿No era extraño? No es que antes no hubiera conseguido que las mujeres disfrutaran... Porque hacer que Afrodita se lo pasara en grande costaba lo suyo y cada día debía tratar de mejorar la técnica, pero saber que lo hacía bien le hacía sentirse pagado de sí mismo, como mucho orgulloso. Pero no le causaba placer a él a su vez, como le ocurrió con Elsa.

Perdía la cabeza en su cuerpo, se hubiera pasado la noche haciendo el amor con ella sin cesar, y de hecho lo hicieron tres veces... Pero hubo un momento en que se quedaron dormidos y, cuando Adonis despertó, ella ya no estaba.

Intentó pensar en todo lo acontecido. ¿Acaso había hecho algo mal?

Repasó los hechos y no encontró ningún fallo. No había sido demasiado imaginativo, pero suponía que, para tratarse de una mortal, no iba a soltar toda la artillería en la primera noche... Podía asustarla o, peor aún, hacerle daño. Se limitó a provocar su propio placer y disfrute de la forma más tradicional, más pura, y debía admitir que ir más allá quizá hubiera jugado en su contra. Tampoco era plan de arriesgarse y acabar demasiado pronto.

Cerró los ojos con fuerza pensando en la muñequita. Era su ratita presumida, su muñequita, pequeña y frágil. Pero también espontánea y...escandalosa. Sonrió. A esas alturas, todo el vecindario debía estar a punto de mandarle a la mierda por hacerles pasar aquella noche.

No la habría llevado a aquella casa... Pero no tenía otro lugar, ¿qué iba a hacer? A lo mejor la asustó. Igual aquel antro le daba asco... No sabía qué pensar. Sabía que ella también lo había pasado bien, la había visto disfrutar igual que él, ahogarse de placer entre sus brazos, pero entonces, ¿por qué ya no estaba allí?

Le hubiera gustado despertar y verla allí, y ya de paso, volver a hacerle el amor.

Pero, ¿desde cuándo llamaba él «hacer el amor» a follar?

Otro desastre más a añadir a la lista...

Está bien, se había marchado, le había dejado tirado... Pero no pasaba nada. Los mortales solían hacer eso una y otra vez. Y aun así, era incapaz de borrar esa sonrisa estúpida de su cara. Seguramente tuvo que marcharse por algún motivo, pero no podría olvidar esa noche en mucho tiempo. De eso no cabía duda.

No le dio más importancia y se levantó para continuar con su rutina, aunque le fue bien difícil, ya que no podía parar de rememorar las imágenes de la noche anterior una y otra vez, en bucle. Estaba distraído, en otro mundo, y era incapaz de centrarse en nada, ni siquiera de escuchar a quienes se dirigían a él de forma directa.

Permaneció en ese estado de profunda idiotez unos días más... Lo que le costó darse cuenta de que ella no se pondría en contacto con él nunca más.

O sea, que en esas estaban... Pensó que era él, por lo visto, el que debía dar el primer paso. Se lo estaba poniendo muy difícil, la muy...inteligente.

Sí, esa era la palabra: inteligente.

Y el suyo iba a ser un amor épico. Adonis estaba dispuesto a darlo todo por ella, lucharía hasta las últimas consecuencias por volver a tenerla entre sus brazos, porque cada día que pasaba una extraña agonía se apoderaba de su ser. Esa larga espera le estaba martirizando y no era habitual que se sintiera así. No estaba acostumbrado a la angustia ni a echar tanto de menos a alguien que doliera... Y eso que solo había estado con ella una noche.

Pero necesitaba más. Mucho más.

Comenzó a desesperarse, y al principio cogía el móvil y le daba vueltas con la mano una y otra vez, pensando en qué debía decirle, cómo dirigirse a ella, cómo expresarse de manera que no sonara desesperado. Cuando ya estaba convencido, le mandó un mensaje.

Al que Elsa ni siquiera contestó.

Pasaron los días y seguía sin saber nada de ella. Nada, ni un mísero *emoji* de esos.

Entonces comenzó a pensar que quizá ese mensaje había sido muy escueto, o muy poco cariñoso, o que no le había llegado... Pero sí, estaban las dos marquitas de recibido, así que supuso que el contenido del mismo no le había convencido.

Y le mandó otro mensaje.

Y después otro más, y otro... Y cada uno sonaba más desesperado que el anterior.

No sabía cuántos mensajes llevaba enviados, pero al cabo de cuatro días más se dio cuenta de que, quizá, lo que pasaba era que ella no quería contestar.

Le estaba rehuyendo.

Así que se tornó más agresivo, y comenzó a llamarla. La llamó una y otra vez, pero no contestaba, y llegado un momento incluso comenzó a cortar sus llamadas.

No deseaba verlo y él se negaba a aceptarlo, le parecía imposible... pero lo cierto es que así estaban las cosas: ella no quería saber nada de él.

Poco a poco su ánimo se fue apagando; la incredulidad dio paso a la rabia y esta, finalmente, a la tristeza. Estaba tan obsesionado que no podía pensar en otra cosa más que en ella y en su maldito rechazo. ¿Qué coño estaría pasando por esa cabeza para alejarse de él de aquella manera? Nunca le habían hecho nada similar y estaba perdido, no lo comprendía y, además, tampoco podía buscarla para pedirle explicaciones a la cara.

Porque de seguro había alguna, y ella debía tener los ovarios suficientes como para contársela, aunque de momento no quisiera.

Le habían rechazado por segunda vez en su vida y, por si fuera poco, sin ningún motivo aparente. Estaba deprimido, cabreado y hecho polvo, y aquella situación no tenía visos de mejorar.

Maldita vida la que le había tocado.

Bien, se estaban divirtiendo a su costa allá arriba, pero Adonis no les iba a dar esa satisfacción. Después de pasar aquellos días llorando —sí, lloriqueando como una nenaza—, despertó y tomó una decisión: ahora sí era momento de espabilar. Iba a salir adelante como el gran hombre que era, como el gran cazador que fue y como el excelente luchador que siempre deseó ser.

Alma consiguió al fin convencer a Elsa de que debía ver a un psicólogo «para lo suyo».

—¿Y para lo tuyo qué, bonita? Si tú estás peor que yo —le contestó la otra—, lo que pasa es que no lo quieres reconocer.

Alma había apretado los labios y puesto gesto de enfado, porque no pensaba derrumbarse ante nada ni nadie. Y mucho menos ante su amiga, que sí tenía un problema.

—¿Te crees que no sé lo que te pasa? —le espetó entre dientes.

La rubia le miró con las cejas levantadas.

—¿Y se puede saber exactamente qué es lo que me pasa?

Ella tampoco deseaba demostrarlo, pero en ese momento tuvo miedo de que, de algún modo, su amiga se hubiese enterado de que había pasado una noche con Marco.

Porque además, fue solo una... Como siempre. Una y no más, Santo Tomás. Y nunca mejor dicho.

—Estás peor que nunca —continuó Alma—. Estás más delgada, y eso significa que lo estás pasando mal. Ya me imagino lo que andarás haciendo por ahí, y no te atrevas a mentirme —le reprendió usando el dedo índice para resultar más amenazadora—. Y te juro que si no vas a un psicólogo...

—Pero vamos a ver, ¿cómo se supone que me voy a pagar yo uno de esos? ¿Tú sabes lo caros que valen? Para eso ya te tengo a ti...

—Sí, claro, por eso me lo cuentas todo, ¿eh?

Elsa se echó hacia atrás en su sillón y se cruzó de brazos.

Estaban en el salón de Alma, unos días después de su cita con Marco. La embarazada se encontraba cada día peor, más ojerosa y dolorida, y preveía el parto de manera inminente —aunque ya lo llevaba haciendo desde hacía un buen tiempo y la cría se negaba a salir de esa enorme barriga—, así que las visitas debían ser en casa.

—No me pasa nada, de verdad. Estoy igual que siempre —se defendió.

—Elsa, de verdad... Yo no tengo problemas de dinero, y te lo puedo pagar. Además, resulta que el psicólogo es amigo de Jon, y me ha dicho que te pasaras a verle solo un día, para charlar, y si no te sientes a gusto no pasa nada, no vuelves y ya. Anda, por favor, hazlo por mí... No me des más disgustos.

Al ver el pucherito que le hizo con los labios se ablandó. Amigo de Jon...

—No será un psicólogo gigoló, ¿verdad?

Alma le miró estupefacta.

—¿Por qué demonios iba a ser un psicólogo gigoló?

—¿Ya te has olvidado de cómo conociste a tu maridito, lista?

Alma entrecerró los ojos, apretó los labios y después se levantó hacia la cocina para beber agua. No quería ni pensar en su marido. No quería saber nada de ese imbécil. No se había puesto en contacto con ella desde que se marchó, no se había preocupado en absoluto por su estado ni por el de su niña... No se merecía ni un minuto de su preciado tiempo, y mucho menos sus lágrimas.

Cuando volvió al salón se encontró con la cara de lástima de Elsa.

—Vale —le respondió al fin, alargando la palabra hasta el infinito—, iré a ver a ese psicólogo, si te vas a poner así...

Obviamente, accedía a ir a ver a ese psicólogo por pena, porque tenía miedo de negarle algo a su amiga que ya bastante tenía con lo suyo...

Y bueno, también había influido un poquitín que el psicólogo en cuestión fuera amigo de Jon. Igual estaba tan bueno como él y resultaba entretenida la sesión...

Alma le sonrió y, sentándose de nuevo en su sillón, le dio las gracias en un suspiro.

—Verás cómo no te arrepientes.

De algún modo, Elsa lo dudaba... Nunca había creído en los loqueros y no pensaba que ese fuera a serle de ayuda, pero daba igual. No perdía nada más que su tiempo por satisfacer a su amiga y su curiosidad.

Se marchó a casa pensando en todo aquello y dándole vueltas al hecho de que su móvil había dejado de sonar de manera insistente, y ya lo estaba comenzando a echar de menos.

Pero eso era algo que no se podía permitir...

Se había largado la noche en cuestión mientras Marco dormía porque nunca había sido capaz de compartir con nadie una intimidad así, y desde luego no pensaba comenzar con él por muy bueno que fuera en la cama. Nunca antes le había pasado pero, ¿y si se quedaba y terminaba enamorándose? Había que evitar las zonas de peligro, y aquella era una muy muy roja.

Y más porque él, aunque le había prometido no ponerse ñoño, se había quedado dormido abrazándola por la cintura y echándole la respiración sobre el cuello.

Qué molesto. Nunca antes había tenido que soportar tanta sensiblería y, cada vez que él la acariciaba después del polvo, su cuerpo se retorcía interiormente como la gata esa de los dibujos animados que intentaba siempre escapar de las garras de la mofeta.

Sintió un escalofrío y se volvió a mirar el móvil.

Nada.

Por lo visto, al fin había claudicado.

Ya había tardado en comprenderlo, ya.

No pensaba volverle a ver, empezando por no volver a ese gimnasio. Aquella historia estaba más que acabada y, si él no lo entendía, es que era más estúpido de lo que ella creía.

Pero aún así, sintió un pinchazo de dolor cuando él dejó de insistir.

Alma se quedó sola en su apartamento. Su ayudante había salido para dejarlas charlar con tranquilidad, pero justo cuando Elsa cerró la puerta lo notó.

Un dolor tan grande en la barriga que no podía significar otra cosa.

Se recostó un poco y comenzó a respirar con profundidad para intentar serenarse. Igual así se le pasaba...

No estaba preparada para que aquello le pasara estando sola. Lo había intentado evitar a toda costa esperando que su marido corriera tras ella, había tranquilizado al bebé cada vez que lo notaba inquieto, había dejado de dar paseos... Pero aquello no podía retrasarse más. Quería salir y ella no podría hacer nada más para evitarlo.

El dolor se fue mitigando, pero al cabo de un rato volvió a aparecer, testarudo, y ella no podía ni moverse.

Vale, ¿es que como diosa del Olimpo no iba a tener la ventaja, al menos, de un parto sin dolor? ¿Con quién tenía que hablar para conseguirlo?

Mierda, estaban todos muy lejos... Y de hecho, era tan cabezota y tenía tanto orgullo que decidió que lo tendría allí, ella sola. No necesitaba a nadie.

Bueno, a los médicos sí, claro...

Pero no necesitaba a nadie del Olimpo. Ni siquiera al estúpido de su marido.

A la siguiente contracción, cambió de idea.

Cogió el móvil, llamó a un taxi, se fijó en que tenía el bolso preparado, y entonces envió un mensaje:

Alma: «Eres un imbécil. Tu hija va a nacer, y ni siquiera te has dignado en aparecer».

Hasta aquí habíamos llegado...

La respuesta le llegó enseguida, pero en forma del mismo Cupido, que apareció ante ella al instante como surgido de la nada.

Capítulo 12

Mientras Alma estuvo esos días en la Tierra, cerrada en sí misma y autocompadeciéndose por haber ido a parar con un marido que no la quería lo suficiente, Cupido había estado pasando por una pesadilla en su propio hogar.

Su mujer le había abandonado.

Le había dejado porque, según ella, le prestaba poca atención y no la tenía en consideración.

¿Cómo podía ella pensar algo así? Lo que hacía era trabajar, ocuparse de los asuntos que tanto tiempo había dejado apartados, ser un hombre responsable con el cargo que ocupaba... Y si no pasaba más tiempo con ella no era porque no quisiera, sino porque tenía sus obligaciones. Y habiendo pasado por todo lo que habían pasado, ella más que nadie debía comprenderlo.

Pero no.

Se largó, sin más, sin dejarle tiempo para reaccionar o enmendar las cosas, si es que había algo que enmendar porque lo que era él, ya no tenía nada claro ni este en ni el otro mundo.

Al principio estuvo en shock, pero luego no pudo evitar sentir rabia y, más tarde, desesperación. Se sentía tan solo sin ella... ¿Cómo estarían ella y la niña? ¿Qué estarían haciendo? ¿Estaría Alma cantándole una nana, como hacía todas las noches, antes de dormirse para que el bebé estuviera tranquilo en la tripita?

Sentía la necesidad de, al menos, ponerse en contacto con ella, pero recordaba con claridad que ella se lo prohibió. No quería saber nada de él durante un tiempo, le había dicho.

Pero estaba tan perdido... Lo estaba tanto que incluso fue a hablar con Zeus para pedirle consejo y el viejo le dijo que, lo mejor, era dejarle espacio para que ella misma se diera cuenta de las cosas. También le dijo que esas cosas eran normales en las mujeres, personas volubles muy sujetas a las fluctuaciones hormonales y más aun estando embarazadas. Aquello le sonó a antigualla y machismo radical de vejestorio decrépito, pero también podía tener algo de razón en el tema hormonal. Su mujer no parecía la misma, y quizá sí necesitara espacio.

Y así lo hizo. Se lo dejó, pero no se iba a olvidar de ella. Necesitaba saber cómo estaban, con lo cual se dedicó a controlarlas desde la distancia.

Cuando Zeus se ausentaba, él acudía a la Torre de Control y la observaba. Su mujer no hacía nada del otro mundo, se pasaba el tiempo sola y visitaba a su amiga, y a veces iba a comprar algunas cosas para el bebé. Pero a él le dolía tanto ver que ella no quería compartir todo eso con él... La habitación del bebé, su cunita, su ropita... Era como si él no existiera. Se sentía solo y hundido, excluido de algo en lo que podría haber participado.

Había llegado a echarla tanto de menos que, por las noches, la visitaba en su alcoba. Justo como hiciera cuando la conoció... Ella dormía plácidamente, y aunque se notaba que su rostro no era el de siempre —pues la tristeza dejaba un par de surcos bajo los ojos que eran difíciles de borrar—, estaba hermosa. Era una mujer en estado de buena esperanza, con una pequeña bebé en camino a la que todavía no habían puesto nombre.

Y así, cada noche, sin adoptar su forma corpórea, el esposo velaba el sueño de la esposa.

Todos los días la acechaba, la perseguía, la vigilaba esperando que ese fuera el momento en que ella acudiese a él de nuevo... Y nunca sucedía.

Hasta ese momento. El momento en que la niña quiso venir al mundo, y él creyó que su mujer lo iba a hacer todo sola. En un impulso desesperado, se teletransportó a la Tierra... Y fue ese el momento en que su móvil vibró con el mensaje de ella.

Lo miró pasmado. ¿Qué se suponía que quería decir? ¡Si ella mismo le había dicho que no quería saber nada de él!

Acojonado. Ese era el sentimiento. Acojonado por haber hecho algo mal, por haberse equivocado... Y ese mismo acojonamiento le hizo aparecer frente a ella en un abrir y cerrar de ojos.

Y allí se quedó, como un pasmarote, sin saber qué decir y mirándola como un estúpido.

Ella se sobresaltó y se llevó la mano al pecho.

—¡Qué susto me has dado! —le reprendió enfadada.

Sin embargo, al instante los ojos se le llenaron de lágrimas y comenzó a llorar como loca, hipando. Eso hizo despertar a Cupido de su letargo, y al fin se abalanzó a las rodillas de ella.

—Eh... Alma, ¿qué te pasa, cariño? Shhh... No llores... —la intentó tranquilizar mientras le acariciaba la mejilla.

Ella, que se había tapado la cara con ambas manos para ocultar su vergüenza, se apartó las manos de los ojos e intentó hablar entre hipidos:

—Yo... me... siento... sola... y... tú... tú no estaaaabaaaaaassss —continuó sollozando y volvió a taparse la cara.

No estaba acostumbrada a llorar delante de nadie y se sentía horrorosa y avergonzada por no poder controlarse.

—Pero, tú dijiste que no querías que te molestara, Alma —le susurró él, nervioso.

¿En qué se había equivocado? No entendía absolutamente nada.

—¡Yo te dije que no quería que me molestaras, pero en realidad lo que quería es que vinieras corriendo detrás de mí, si es que te importo algo! ¡Ay!

Su marido, que seguía arrodillado delante de ella, no supo qué hacer y la miró perplejo: primero, por lo que le había dicho, y segundo, porque estaba teniendo otra contracción y no tenía ni idea de qué hacer para aliviar el dolor. Al verla gemir, lo único que se le ocurrió hacer fue abrazarla y repetir sin cesar «lo siento».

Al fin y al cabo, tenía la culpa de todo... Hasta de que ella estuviera en esa situación.

Cuando la contracción pasó, ella volvió a respirar con normalidad y le miró. Estaban muy cerca el uno del otro.

—Te necesitaba, y no estabas ahí.

—Pero tú me dijiste...

—No me refiero ahora, me refiero a nuestro hogar... Pero da igual, es hora de irse.

El taxista había llamado al timbre, así que le pidió que cogiera el bolso que había preparado y marcharon juntos al hospital.

—Todo esto me parece un sinsentido... —dijo él mientras iban en el taxi, Alma cada vez con más dolores—. ¿Por qué no vamos a casa? Allí estarás mejor y yo...

Ella levantó la cara, desafiante.

—Esa no es mi casa, quiero que mi hija nazca aquí, como yo.

Cupido no alcanzaba a entender muy bien las motivaciones mortales y, además, se le hacía muy raro tener que cambiar de apariencia para que todos pudieran pensar que era una persona normal. Parecía como si hubiera dado marcha atrás y se encontrara de nuevo en la Tierra, castigado, sin sus alas y sin sus poderes... Y entonces cayó en la cuenta de que esa era la forma en que ella debía de sentirse allá arriba, una extraña por completo, y teniendo en cuenta el delicado estado en el que estaba era mejor dejarla hacer.

Sí, a veces tenía esos pequeños brotes de sabiduría.

Las contracciones eran cada vez más seguidas, y al llegar al hospital la pasaron directamente al área de maternidad, donde una matrona la revisó y le indicó que el bebé venía bien y que no tardaría en llegar.

—¿Con no tardar a qué te refieres? —le preguntó Alma muerta de dolor y miedo.

—Un par de horas, como mucho. Ya no da tiempo a ponerte la epidural, cariño.

Ella se retorció y gritó, pataleó e increpó a todo el mundo, dioses y mortales por igual, mientras Cupido observaba con la boca abierta cómo su mujer se convertía en Hulk. ¿Por qué no cedía y se marchaban al Olimpo? ¡Allí no sentiría dolor! ¡Allí se encargarían de ella mucho mejor que en aquél cruel hospital!

La intentó convencer, pero ella no daba su brazo a torcer.

Y entre contracción y contracción, entre paseo y paseo para que la niña se abriera camino, bañada en sudores y con la espalda encorvada a causa del esfuerzo, le decía todo cuanto se había estado callando durante su estancia entre los dioses.

—Me dejabas, yo estaba embarazada y sola y tú nunca estabas. Yo te necesitaba, no sabía qué hacer, no sabía ni siquiera cómo debía comportarme y tú no me ayudabas porque nunca estabas...

—Alma, por favor... —le respondía él mientras le sostenía

el brazo para que pudiera caminar por el pasillo—. No podía hacer otra cosa, es mi trabajo. Si hubiera sabido cómo te sentías... Lo tendrías que haber dicho antes y yo...

—¡Te lo dije una vez y no hiciste nada!

—Pues haberlo dicho más veces, porque al parecer no lo entendí bien.

Él intentaba estar sereno, responderle con tranquilidad para que ella no se alterara más, pero con todo aquello encima Alma seguía sollozando. Al verla encogerse sobre su barriga y gritar más fuerte que nunca, la tomó en sus brazos y la llevó de vuelta a la habitación que les habían asignado. Al llegar allí, y justo después que Alma intentara darle una patada y chillarle que todo aquello era culpa suya, volvió a llamar a la matrona, que al explorarla decidió que ya era la hora.

Menos mal, porque ahora el que estaba sudando era él. Nunca más volvería a pasar por aquello.

Se la llevaron al paritorio, y fue entonces cuando él se vino abajo.

Una hija.

Iba a tener una hija.

Y su mujer le odiaba. Se pasó las manos por la cara con desesperación y esperó a que le llamaran para acudir al paritorio. Al llegar, Alma estaba con las piernas abiertas, la matrona le chillaba, ella gritaba todavía más alto, las enfermeras volaban de un lado para otro y todo parecía estar manchado de rojo. Era como si estuviera dentro de una película de terror, American Psycho o algo así. Solo veía azulejos blancos, sangre derramada, gritos de dolor… Y se mareó. Cayó justo al lado de donde su mujer se retorcía y empujaba, y una enfermera le intentó sacar a rastras. Pero entonces despertó de nuevo, aturdido, y su niña, su niñita, al fin había asomado la cabeza.

Vino al mundo a las tres de la madrugada de un viernes, la hora de las brujas.

La hora que a Cloto, la mayor de las tres Moiras y la que tenía el poder de decidir cuándo nacían los bebés y cuándo debían morir los ancianos, le gustaba más.

Esa niña iba a ser su pequeña brujilla, la niña de sus ojos.

Pero nunca nadie la querría más que su padre y su madre.

Los ojos de Cupido se llenaron de lágrimas en cuanto vieron a aquella cosita tan pequeñita, tan indefensa, toda ella sucia y llorosa. Pero era normal, tenía la apariencia humana, como cualquier otro bebé, y unos mofletes redonditos que se sonrosaron todavía más al hacer pucheros. El dios del amor observó a madre e hija, mientras la primera tomaba a la pequeña entre sus brazos, agotada y dolorida.

Las protegería con su vida de ser necesario. No las dejaría sufrir nunca más. De ahora en adelante, no existiría mayor prioridad para él que las dos mujeres de su vida.

Y fue Ananké quien decidió que aquella preciosa pequeña debía llamarse Voluptas: el placer nacido de la unión del cuerpo el y el alma.

—¿¿¿En serio, abuela???

Alma no podía más que mirar a la anciana con gesto de estupefacción.

—Sí, es el destino, niña.

—Pues el destino se las trae... —Alma se calló al ver la mirada de reprobación que le lanzaba su abuela—. A ver, yo soy la madre, ¿no debería tener al menos algo que decir? Que la he parido al estilo antiguo, con todos los dolores, eh.

Ella le observó con los labios apretados y negó la cabeza.

Observó las ojeras negras como el carbón y el pelo de una vagabunda que lucía su nieta, pero las cosas eran así, y esa criatura debería cumplir un papel en el mundo así que...

—Vale, pues yo la llamaré Lucía, leñe —se enfurruñó ella.

—Llámala como quieras, pero ya verás que, con el tiempo, ella te dirá que quiere que la llames Voluptas.

—¿Y por qué iba a querer que la llamen así?

Ananké se encogió de hombros y respondió:

—Porque será alguien especial.

Cupido sonrió mientras observaba a su pequeña dormir. La tenía en sus brazos, aunque al principio le daba miedo hasta mirarla. Pero cuando le acarició la carita y el bebé hizo un mohín, su corazón cayó rendido por esa cosita tierna e indefensa y, de repente, perdió todo el miedo que había sentido al verla venir al mundo.

Sí, había un amor que no era causado por sus flechas, y era distinto, pero podía dar fe de que era tan fuerte como el primero.

Ahora sabía que había sentimientos que nadie, ni siquiera el mismísimo dios del amor, puede controlar.

Cuando Ananké se marchó, se levantó de su asiento sintiéndose el padre más orgulloso del mundo. Se acercó hasta la cama y observó a Alma, ahora más tranquila, al fin serena.

Ya todo había pasado.

O eso esperaba...

Le tendió al bebé y ella alargó los brazos para tomarla con cuidado.

—Creo que tiene hambre...

Su mujer le sonrió tímida, como reticente. Sabía que no podía olvidarlo todo y empezar de nuevo... pero aquello no quería decir que él no debiera seguir esforzándose por ser mejor y más humano.

Observó cómo se colocaba a la niña al pecho y, cuando la madre la logró calmar para que comiera y las dos estaban más tranquilas, apoyó su frente en la sien de ella.

—No volveré a separarme de vosotras, ni aunque me lo pidas, ni aunque me lo exijas, ni aunque el mismísimo Poseidón hiciera crecer un océano entre nosotros. Siempre estaré a vuestro lado.

Alma comenzó a llorar en silencio.

—Lo siento —le dijo, con suavidad—. Siento haberme comportado como una loca, lo sé… Pero es que… Tenía miedo. Tengo miedo. —Le miró con aquellos enormes ojos dorados de ella que siempre parecían hipnotizarle, y él esperó a que continuara—. Al principio pensé que era porque no pensaba que tú fueras a ser un buen padre… Tenía miedo de no poder afrontar esto sola, porque tú siempre estabas fuera y yo… —se encogió de hombros—, me sentía sola, eso ya lo sabes.

Él asintió. Esperaba no olvidar eso nunca más, pero no estaba seguro de poder evitar cometer errores.

—La verdad es que tenía más miedo de mí que de ti.

—¿Por qué? —le preguntó él frunciendo el ceño.

—Porque, en realidad, soy yo la que tiene miedo de no ser una buena madre, de no estar preparada… —ella volvió a lagrimear mientras observaba al bebé comer con toda tranquilidad y omitir esos pequeños ruiditos tan adorables—. Esta sensación, esto es lo más bonito que he experimentado nunca, ¿lo entiendes?

Él asintió, aunque ella no le estuviera mirando, y acarició la cabecita de la pequeña. Apoyó su cabeza sobre la de Alma y cerró los ojos.

—Todos tenemos miedo. Todos nos equivocaremos, Alma, no somos perfectos… No podemos evitar cometer errores. Pero lo haremos bien, ya lo verás. Cuidaremos de ella y la querremos, y eso es lo que más importa.

Ella tendió su mano para tomar la de él, y ambos entrecruzaron sus dedos en señal de unión. Entonces, Cupido levantó ambas manos entrelazadas y besó la de ella.

—Os quiero con todo mi corazón.

Capítulo 13

Estaba impacientándose en aquella sala desde hacía tanto tiempo que ya ni llevaba la cuenta, y ahora sí que se arrepentía de haber cedido ante su amiga.

¿Para qué coño necesitaba ella un psicólogo? Ella no necesitaba a ningún «comeollas»... Prefería que le comieran otra cosa, ya puestos. Y a poder ser, a nivel físico, no emocional.

Miró otra vez a aquella secretaria estirada que se limaba las uñas a escondidas. Tenía pinta de llevar metido un palo por el culo, pero seguro que eso a su jefe le encantaba, claro. Si no, ¿por qué la iba a tener ahí, sin hacer nada, de florero? Seguramente se la estaba tirando el muy capullo.

Resopló, hizo una pompa que explotó de manera muy sonora a propósito, tan solo para molestar a la recepcionista, y cambió de posición en la silla. La mujer la miró por encima de sus gafas falsas y puso cara de haberse tragado un limón.

—Oye, y tu jefe qué pasa, ¿está con una sesión a cerebro abierto o qué?

Decidió portarse todavía peor de lo que ya lo estaba haciendo porque aquella mujer la sacaba de sus casillas, y no sabía por qué.

Y la tía, encima, ni se dignó a responderle.

Resopló y comenzó a masticar chicle más fuerte, solo para fastidiarla.

Fue entonces cuando sonó el telefonillo y aquella emperifollada respondió con un «sí, doctor» que casi taladra los tímpanos de Elsa.

—Sí doctor, sí doctor —refunfuñó ella por lo bajo.

La recepcionista / petarda acababa de colgar el teléfono y la miró con cara de bobalicona. Acto seguido, cerró esa boca de pez y le dijo:

—El señor Sonne está preparado, puede pasar.

Y se giró para cruzarse de brazos y darle la espalda.

Elsa comenzó a reírse sin disimulo y se levantó para acceder a la estancia que le habían indicado, es decir, la única puerta que había allí y que no era la de salida, por supuesto.

El señor Sonne, con retintín y todo... ¡Vaya nombrecito! Tenía toda la pinta de ser vejestorio alemán arrugado a punto de jubilarse, seguro.

Y como no estaba muy acostumbrada a formalismos, abrió la puerta sin llamar.

—¡Ay! —gritó nada más ver al hombre que había sentado tras un imponente escritorio de color blanco.

A decir verdad, todo allí era blanco. Se giró y miró las paredes, los suelos, las cortinas, hasta la alfombra y los sofás... Volvió a depositar su mirada sobre el rubiales cachas que había allí sentado. Y decía cachas porque la camisa blanca que llevaba tenía un par de botones abiertos y se adivinaba un pecho fibroso, y hasta el bronceado relucía bajo aquella capa de fina tela...

—¿Ocurre algo? —inquirió él alzando una ceja al ver que ella se había llevado la mano al pecho.

Ella bajó la mano de allí donde todavía la tenía y carraspeó para volver a recuperar la compostura.

—No, no, qué va a pasar... Eh... Es usted el psicólogo, ¿no?

Él sonrió, y Elsa no creyó haber visto antes una sonrisa tan luminosa y perfecta. Vaya, le recordaba vagamente a alguien, pero no sabía decir con exactitud a quién...

—Supongo que sí, «el psicólogo», ese soy yo, señorita, el doctor Sonne. Y usted es... —Tecleó en el ordenador que tenía frente a sí y continuó—: Elsa Fernández, ¿me equivoco?

Ella asintió con la cabeza, pero él no la miraba, así que respondió bajito. Tan bajito que el tal Sonne alzó de nuevo la vista para saber si estaba viva, y ella respondió más fuerte para no parecer una idiota. Aunque lo pareciera, pero solo eso, que de idiota no tenía nada.

—Pase y tome asiento en ese sofá, por favor.

Ella hizo lo indicado, aliviada al fin de poder sentarse porque las piernas le temblaban. ¿Cómo coño le había mandado su amiga a ver a un psicólogo que estaba tan bueno? Ah, espera, le había dicho que era amigo de Jon... A ver si iba a tener ella razón y resultaba que ese tío era gigoló, o stripper, o vete tú a saber, porque pinta de haber salido de Magic Mike sí que tenía, vaya. A decir verdad, hasta se traían un aire... Solo que este tipo era como más maduro, más hecho, más... HOMBRE.

Se cruzó de piernas y se alegró de haber llevado ese día unos vaqueros ajustados y altos de cintura, porque era la única prenda que le permitía estar cómoda y, al mismo tiempo, le evitaba la tentación de marcarse un *Instinto Básico* delante de aquél queso. Y ella esa escenita sabía recrearla muy bien, se la tenía pero que muy bien estudiada y no fallaba. No había más que recordar lo cazurro que puso a Marco, vaya.

El susodicho dejó al fin de trastear con el ratón y se levantó, provocando un amago de infarto a la chica.

—Bien, señorita Fernández... ¿Puedo llamarla Elsa?

—Sí, claro, puedes llamarme como quieras, bombón, digo... doctor.

El psicólogo hizo una mueca con la boca y después de encogió de hombros.

—Con llamarte Elsa creo que estará bien, porque llamarte «paciente» es demasiado impersonal... Y yo necesito que esto sea lo más personal posible —le anunció mientras tomaba asiento en un sillón que había frente a ella.

«Ay, señor, dime por favor que se refiere a lo que yo creo que se refiere...», rogó ella mientras se mordía el labio inferior al más puro estilo de protagonista de película romántica.

—Y de paso, ya que estamos —continuó él—, puedes llamarme Sonne.

—¿Es ese su nombre? Pensé que era su apellido.

—Lo es, pero me gusta que me llamen por mi apellido —le contestó con una franca sonrisa.

Aquel hombre era tremendo: era atractivo, sexy, masculino, inteligente... y encima la hacía sentirse tan cómoda y relajada que se notaba hasta alegre. Además, nada más verlo sentarse frente a ella, con esos gestos tan elegantes, sintió la necesidad de ir y colocarse sobre sus rodillas como si de una niña pequeña se tratara, para que le diera mimitos, calorcito, un besito aquí, otro acullá…

—Sonne, bien —carraspeó para evitar continuar pensando en qué lugar le gustarían más sus besos

—¿Estás resfriada, Elsa?

—Eh... no, ¿por qué?

—Carraspeas mucho.

—Es que estoy algo nerviosa —mintió.

No estaba nerviosa, estaba... cachonda, por qué no confesarlo.

—Pues conmigo puedes estar completamente tranquila, no tienes por qué estar nerviosa. Ya verás que soy una persona muy fácil de tratar, podrás hablar de todo...

—Ya, claro, si no, no serías psicólogo, ¿verdad? —dijo ella para terminar con una risa bobalicona, casi de cerdita.

—Eh... sí, bueno, claro... Por supuesto, por supuesto.

Él parecía algo nervioso también. Bajó la mirada hacia una carpeta que había pulcramente colocada encima de la mesita que les separaba y la cogió, para acto seguido anotar algo con el bolígrafo que llevaba en el bolsillo de la camisa.

—Vaya... Ya vas anotando y todo, qué bueno debes de ser en tu trabajo —intentó bromear Elsa.

Él levantó la vista sin mover la cabeza, y esta vez estaba serio.

—Lo soy. Soy el mejor —y continuó escribiendo.

Eso sí que la puso nerviosa. ¿Qué demonios había deducido de ella con tan solo un par de frases tontas e insulsas? Se dio un repaso mental y se pasó las manos por el pelo... Al parecer, todo estaba en orden. Pues nada, que anotara lo que le diera la gana.

—Bueno, Elsa... A ver... Tu amiga... Eh...

—Alma.

—Eso, tu amiga Alma me ha dicho que... no te encontrabas muy bien, ¿verdad?

—Pues no sé por qué te ha dicho eso, porque yo me encuentro perfectamente, como siempre. Que sepas que he venido solo porque estaba a punto de dar a luz y no quería darle un disgusto, pero si no, no me ves el pelo, chato.

Sonne golpeó el bolígrafo contra la carpeta mientras la estudiaba, y lo hizo con tal intensidad que hasta llegó a inquietarse un poco. Pero después mudó el gesto y sonrió de nuevo, y ella sintió como si el sol hubiera vuelto a salir después de un día de lluvia.

—Podemos hacer una cosa, Elsa, a ver qué te parece... ¿Qué tal si, entonces, la hacemos creer que vienes a sesión y lo único que hacemos es charlar, como amigos? La mayoría de la gente, en realidad, no tiene ningún problema, lo que necesita es alguien en quien confiar para hablar de sus cosas.

Elsa se creía una mujer muy lista, aunque en realidad, para algunas cosas, no lo era tanto como ella creía. Pensó que el tipo, lo que quería conseguir con aquel arreglo era simplemente ganarse un dinero sin trabajar... Y bueno, a ella le venía bien si se hacía amiga de ese *pivonazo*. Total, por charlar no iba a pasar nada y a lo mejor hasta conseguía quedar con él fuera del trabajo...

Y ahí se le encendió una bombillita.

—Oye, ¿y por qué no quedamos entonces fuera de la consulta? Digo, como amigos...

La risa de él fue contagiosa, y sin darse cuenta ella se encontró también riendo y sin saber todavía por qué.

—Vaya, eres rápida eh, cielo.

Cuando terminó de reír estaba algo confundida, pero le dio igual. Se sentía flotar en el aire, y esa sensación era tan bonita que no quería dejarla pasar.

—Pero siento decirte que eso no puede ser. ¿Qué dirían de mí si me vieran? Un psicólogo tomando copas con su paciente... Lo siento, no puedo arriesgarme —y le guiñó un ojo.

Parecía estar muy acostumbrado a hacer aquello, el cabronazo. Pero también tenía razón, así que Elsa accedió y se sintió más relajada, incluso aunque él le hubiera dado calabazas. Qué más daba.

Porque no se las había dado, claro... Es que tenía razón, si le pillaban con ella le quitarían el título o lo que fuera.

—Bueno, pues aquí estamos bien... —le contestó, despatarrándose en el sofá. Qué bien haber traído los vaqueros—. Cuéntame: y tú, ¿estás casado?

Sonne parpadeó varias veces y después negó con la cabeza, resoplando.

—Eres un caso...

—Soy un caso especial, sí, pero eso ya lo irás descubriendo por ti mismo —le comentó mientras ahora era ella quien le guiñaba un ojo a él.

—Eso espero, ir descubriendo muchas cosas sobre ti.

Él le sonrió y ella sintió un escozor en la entrepierna. Era un efecto extraño, porque en realidad solo se lo habían provocado dos hombres hasta la fecha: el doctor Sonne y Marco.

Mierda, Marco...

Suspiró y desvió la vista. Él continuaba mirándola fijamente y ella se sintió mal, como si estuviera traicionando a alguien. Pero eso no era cierto, ella no traicionaba a nadie... porque no tenía ninguna relación especial con nadie.

Apretó los labios, respiró hondo y volvió a mirar a Sonne, que escribía en la libreta.

—¿Puedo saber qué escribes?

—Soy muy observador —le respondió sin levantar la mirada.

—Ya veo, ya, pero vamos, no sé qué tienes que observar.

—Eres un libro abierto, querida.

Entrecerró los ojos y lo fulminó con la mirada. Él levantó la vista y, al verla en esa actitud, rió.

—Si te dijera a quién me recuerdas con esa expresión maquiavélica...

—A mí háblame en castellano. ¿Qué tiene de malo mi expresión y a quién te recuerdo?

—Nada, déjalo. No, no estoy casado... Y tú, ¿tienes pareja?

Ella agradeció el cambio de tema y, de inmediato, su expresión se suavizó. Iban por buen camino, qué bien...

—Pues no, yo tampoco la tengo.

—Ajá... ¿Y cuándo fue la última vez que has estado con alguien?

Ella meditó; no sabía si contestarle la verdad, porque en

realidad tampoco sabía si la verdad era relevante o no... Es decir, ¿por estar se refería a acostarse, o como pareja?

—He tenido mis rolletes, como todos, supongo —le contestó al tiempo que se encogía de hombros.

—¿Y pareja seria?

—Eh... bueno, no, no he tenido pareja seria nunca. Pero en fin, no me preocupa, aún soy joven y la verdad, ¿para qué complicarse la vida cuando puedes pasarlo bien sin preocupaciones?

Le lanzó una sonrisa abierta, de esas que usaba para coquetear con sus conquistas y que tan bien le funcionaban, pero la del psicólogo no lo fue tanto.

—Claro, claro... ¿para qué preocuparse por alguien?

—Hombre, tampoco es eso... No es que no me preocupe por nadie... ¿Tú has tenido alguna relación... estable hace poco? —Se cogió un mechón de pelo y lo retorció mientras le hacía esta pregunta.

Sonne suspiró. Era un hombre con paciencia, con mucha paciencia... Pero es que esa chiquilla le estaba sacando de quicio, y eso que no llevaban ni media hora de sesión. Si había aceptado tratarla y le había parecido tan interesante era porque le recordaba a alguien que una vez no pudo tener, a alguien a quien quiso mucho. Y ese recuerdo le hizo desear que ella estuviera bien, pues, de algún modo, se le hacía insoportable que la niña tuviera problemas. Quería ayudarla, pero de un modo casi paternal.

Durante lo que les quedó de tarde, Apolo intentó disfrazar de amistad lo que procuró que fuera una conversación de investigación por la que pretendía hacer un diagnóstico clínico, pero Elsa se lo estaba poniendo más que difícil. No dejó que coquetear con él, algo que comprendía el dios olímpico, pero es que su persistencia era tal que, por lo vito, la mente se le había nublado y se hacía cerrado en banda.

Conseguía esquivar todas sus peguntas y, al final, estaba sonsacándole más información ella a él que al contrario.

Al acabar la sesión, lo único que tenía en claro de la muchacha era su incapacidad —o ausencia de voluntad— para comprometerse, que sus padres estaban separados y que su amiga íntima era Alma, mientras que ella sabía de él que se había enamorado varias veces, que le rompieron el corazón una vez y que era un hombre muy dado a las relaciones amorosas en el más amplio sentido de la palabra.

Se preguntó si, algún día, conseguiría extraer alguna conclusión mediante la que pudiera ayudar a esa extraña niña... o si, por el contrario, sería ella la que terminara volviéndole majara a él.

Capítulo 14

A pesar de que no supo nada de ella en las semanas siguientes, a Adonis le dolía el corazón y la cabeza le retumbaba de tanto pensar en ella. Se sorprendía haciéndolo una y otra vez, y lo peor de todo era que su ánimo iba decayendo conforme pasaba el tiempo.

Nunca se había sentido igual... Estaba tan harto de todo. Harto de su trabajo, de su vida, de los mortales a quienes ahora tanto se asemejaba... Era un mierda más, y lo seguiría siendo hasta que se muriera y pudiera al fin regresar a casa de nuevo.

Y aquella era su condena. ¿Se lo merecía por todo lo que había hecho? En un momento dado, pensó que todos allí arriba estarían burlándose de él, riéndose, jactándose de la que le había caído... Así que decidió dejar de arrastrarse por los suelos como un maldito cobarde y ser un hombre, que es lo que era.

Saldría adelante. Les daría por detrás a todos esos miserables de allá arriba. No les dejaría humillarle más.

Todos los días, en cuanto pensaba en ella, se ponía a hacer flexiones. No le vendría nada mal el esfuerzo, de todas formas... Y estuviera donde estuviera, se agachaba y se ponía a hacer cincuenta, al menos.

Un día, al salir del supermercado, se encontró de nuevo pensando en ella. En ese momento maldijo su estampa porque tuvo que dejar la compra en el suelo y tirarse en medio de una cochambrosa acera donde acababan de mear al menos dos manadas de perros, pero no sabía que su fortuna estaba a punto de cambiar para siempre.

Escuchó los gritos histéricos de una mujer, seguidos del llanto de unos críos. O igual era el berrido de un crío y el llanto de un perro, pero no sabría diferenciarlos. De todas formas, esperó a contar hasta sus cincuenta flexiones, y después intentó saciar su curiosidad, más por aburrimiento que por otra cosa.

Con las bolsas de su exigua compra en la mano, trató de averiguar de dónde provenían los berridos. Parecían salir de un portal no muy lejano, cuya puerta estaba abierta y de cuyo interior manaba, además, un olor un tanto extraño... En resumen, que olía a mierda, vamos.

Empezó a llegar gente, pero era de esa que se acerca solo a curiosear, como él, y que no se atreve o no tiene ganas de meterse en líos. Como él.

Esas personas le daban codazos y le decían que entrara a ver qué pasaba. Claro, para que se tragase él el marrón... Supuestamente le tocaba a él, porque era el más joven y el más alto, y claro, también el más fuerte. Pero lo que le hizo decidirse fue escuchar a la mujer gritar de nuevo:

—¡Ay! ¡Aaaaaay, qué bicho más grande! ¡Ay, que se come a mi niñooooooooo!

La palabra bicho desató algo en su interior. Una furia escondida, largo tiempo olvidada... O quizá no fuera furia, quizá fuera... pasión. No supo cómo, pero acabó tirando las bolsas y entrando allí como una flecha con el único objetivo de ver qué era ese bicho, y no de salvar al crío.

No, no os creáis que él era una buena persona, o que se había convertido en una, porque no van por ahí los tiros. Lo único que quería era enfrentarse a algo peligroso, algo que le supusiera un reto y le hiciera olvidar su reciente miseria: un animal. ¡Una mala bestia! ¡Como en los viejos tiempos!

¿Cómo no se le había ocurrido antes? ¡Revivir aquella intensa emoción!

Cuando llegó al final del pasillo había un pequeño patio, que atravesó en dirección a la puerta desde donde provenían los chillidos. Aquello resultó ser el baño y, en efecto, había un niño llorando, una mujer tirándose de los pelos como loca y un bebé igual de berreante, rodeado por una boa de casi dos metros de largo. La muy espabilada se lo estaba queriendo zampar como tentempié, y Adonis debía actuar rápido para evitarlo.

No es que no tuviera corazón, joder... Sí que lo tenía, y aquél bebé era un ser indefenso. La boa también lo era, era un bicho de la naturaleza que no tenía por qué entender qué debía servirle de comida y qué no, pero aquí el más débil era el pobre niño.

Supuso que el enorme animal había salido del váter e inundado con su paso toda la casa del fétido líquido parduzco que no quería ni recordar. Tendría un dueño, y ese dueño querría verla viva —a saber en qué coño estaría pensando un tío para tener una serpiente de ese tamaño en un bloque de pisos—, pero no podía permitir que siguiera cercando al crío.

Se acercó con toda la templanza del mundo y obró su magia... Gracias a su buena forma física y las constantes flexiones que estaba haciendo últimamente para no pensar en la loca que le había robado corazón, fue capaz de agarrar a la boa de la cola e ir desenroscándola poco a poco mientras ejercía sobre ella el poder hipnótico y cautivador de que siempre hizo gala en la antigüedad. Con templanza, con tranquilidad, la boa se fue relajando y soltando a su presa poco a poco hasta que, al final, el niño pudo echar a correr hacia su madre.

Fue toda una proeza...

Cuando el crío estuvo a salvo, detrás de él sonó un coro de aplausos y vítores, pero lo único que Adonis quería era volver junto al animal y mirarle a los ojos para acercarse de nuevo, de algún modo, a la naturaleza más primitiva.

Eso es lo que quería. Marcharse lejos, donde nada existiera más que ella y él. Deseó desaparecer, estar lejos de allí, convertirse en una serpiente como ella y nadar, aunque fuera a través de las fétidas tuberías, hacia lugares lejanos. No debería haber escogido la ciudad, debería haber elegido vivir en la selva, como un salvaje. Preferiría estar allí.

Los bomberos llegaron, después la tele, y la gente no paró de hacerle preguntas. Él las contestaba aturdido, porque había vuelto a descubrir algo en su interior que había sido enterrado tiempo atrás, y ese anhelo era ahora todo lo que le importaba.

La mamá abrazaba a su hijo feliz, llorando como una histérica, los bomberos se llevaron a la pobre boa, la televisión desapareció, y él se quedó allí, en la puerta de aquella casa, aturdido y encima sin la compra, que se la habían robado.

Se marchó a casa pensando en que había errado el lugar donde quería vivir: debería haberse ido al Amazonas y disfrutar allí como si no existiera un futuro... Si pudiera volver atrás, no sería allí donde habría ido a parar al llegar a la Tierra.

Y puesto que esa noche sus ánimos estaban más bien difusos, no fue consciente de que estaba apareciendo en todas las televisiones como un héroe.

Un héroe atractivo, fuerte, varonil, con carisma, con encanto, bondadoso... El hombre perfecto. Y las personas a quienes entrevistaban decían que parecía un encantador de animales, que tenía magia, que la serpiente parecía haber hablado con él, que le miraba con adoración y que hizo lo que él le pedía.

Había nacido toda una estrella de la televisión.

—¿Y qué es lo que hizo ese hombre para sacar al niño de allí? —preguntaba el periodista.

—¡Uy! Pues no se lo puede ni imaginar usted... —le contestaba una señora de mediana edad que llevaba, con todo descaro, la bolsa de la compra de Adonis en los brazos—. Le susurraba al oído, bueno, ya me entiende, que yo no sé si tendrá oídos el bicho ese, pero el chico le susurraba y la serpiente se iba desenroscando, y el niño dejaba de llorar. ¡Una locura! Tendría que haberlo visto, era un milagro, un portento...

—Sí, sí, que se lo digo yo —empujaba a la señora otra mujer de su misma edad más o menos, a buen seguro su amiga—, que ese hombre era como un mago. Y además, oiga, guapísimo, y qué fuerte por Dios, si parecía un Adonis, yo creo que eso no era normal eh...

Al fondo se veía su imagen, la imagen de un hombre derrotado, apabullado y, desde luego, de un hombre que no se estaba enterando de la que se había liado en torno a su persona.

Por la noche le llamaron del trabajo pare decirle que le habían visto en la tele y para hacerle la pelota también, claro. Ahora todos querían ser amigos del gran salvador.

Pero no fue hasta el día siguiente que llegó el bombazo... Las televisiones comenzaron a tocar a su puerta, literalmente, porque alguien les había dicho que vivía allí y porque había apagado el móvil para que dejaran de atormentarle con sus desvaríos. El primero que tocó le encontró recién despertado y hecho un desastre, y por supuesto se marchó por donde había venido tras un breve pero más que claro mensaje de bienvenida por su parte.

Pero siguieron insistiendo, y siguieron y siguieron... Y cuando salió a la calle allí estaban, aparcados frente al edificio, con sus furgonetas y sus cachibaches. Adonis pasó de ellos, pero hubo uno que le persiguió con insistencia y consiguió al fin despertar su interés.

—Venga, no puede rechazar nuestra oferta —decía mientras corría para intentar seguirle el paso.

Él pensó que era otra más para salir en televisión, claro. Al parecer, todos querían tener en plató al encantador de serpientes. Y más si era tan guapo como Adonis, como era obvio. Al ver que ni le contestaba, el chico continuó:

—Mi productora, DamePanyDimeTontoyViceversa, está interesada en rodar unos cuantos programas con usted como protagonista... Queremos verle actuar en vivo, con los animales...

Se detuvo en seco, alzó una ceja y le lanzó una peligrosa mirada verde.

—¿Estás de coña?

Esperó, pacientemente, a que el muchacho recuperara la respiración.

—No... —negó a su vez con la cabeza—, es en serio, quieren ficharle, y están muy interesados en usted. No hace falta que le diga... que... eh...

—A ver, espabila, que no tengo todo el día, joder.

Se cruzó de brazos y le miró con cara de asco. Ese enclenque no podía estar hablando en serio, si parecía un monigote de goma, no más grande que el muñeco de El Fary que llevaban algunos taxis.

—Pues eso, que estarían interesados en hablar con usted, en conocerle para hablar del tema.

—¿Te piensas que me lo voy a tragar?

El tipo se puso rojo como un tomate.

—Yo... —aquél tipejo pareció encogerse de miedo— Señor, le estoy hablando en serio, esto no es una broma. No perdería nada por escuchar nuestra propuesta. Se le ofrece una gran oportunidad, podrá ver mundo y vivir aventuras —terminó mientras se levantaba las gafas que le colgaban del puente de la nariz.

Le miró de arriba a abajo y casi podría jurar que le vio temblar, pero cuando llegó de nuevo a su cara no le dio mala espina. Era un miedoso, y los miedosos tenían miedo de mentir por la que les caería de hacerlo. Además, ¿qué podría hacerle ese gnomo? Se caería al suelo con solo soplarle...

Así que accedió. Llamó al trabajo para explicar su falta y ellos accedieron encantados de tener a un famoso entre sus filas... Aquello le daría un buen empujón y todavía más renombre a aquel gimnasio.

Y así, Adonis se montó en una de las furgonetas blancas que inundaban su portal, perseguido por los gritos de envidia del resto de periodistas, y comenzó, al fin, su ansiado sueño en la Tierra.

~Torre de Control del Olimpo~

—No me lo puedo creer... —susurró Zeus, asombrado.

No estaban junto a él ni Apolo, ni Cupido, ni nadie a quien aquella historia pudiera interesar... Estaban demasiado ocupados con sus propios asuntos allá abajo, pero él sí tuvo curiosidad por saber cómo le estaba yendo a aquel muchacho tan enigmático y bravo, y además, se había quedado con las ganas de averiguar cómo continuaba la relación con la amiga de Alma después de que se apostaran cuántos polvos serían capaces de echar en una noche.

Era como ver telebasura... Un *reality* de lo más entretenido. A su edad, cada vez le distraían más aquel tipo de cosas, pues era ya incapaz de vivir en sus propias carnes lo que aquellos jóvenes estaban experimentando.

Cuando observó cómo Adonis era lanzado al estrellato al más puro estilo Kardashian, pensó que aquello tenía que encerrar necesariamente una intervención divina... ¿Sería acaso cosa de Ananké? ¿De alguna de sus Moiras? ¿De otro dios del Olimpo? No entendía quién podría tener interés en algo así, pero desde luego, aquello no podía ser obra de la mera providencia.

Tomó su copa de ambrosía y se la bebió de un trago para después coger un puñado de frutos secos y llevárselos todos de golpe a la boca. Se recostó, subió los pies sobre una almohada y decidió que, por el momento, no intervendría en aquel inusitado juego... Quería ver hasta dónde era capaz de llegar aquel jovenzuelo, y si era tan letal como lo fue allá en el Hades, estaba seguro de que terminaría grabando películas de acción en Hollywood.

Capítulo 15

—No me lo puedo creer... —negó Alma con la cabeza mientras miraba la tele.

Elsa, por una vez en su vida, permanecía callada. Respiraba con normalidad y entrecerraba los ojos intentando pensar si aquello que estaba viendo era verdad... o una artimaña óptica.

No podía apartar la mirada del televisor, aunque tampoco es que quisiera... Porque prefería mirar ahí que a su amiga dándole el pecho al bichejo llorón que tenía por hija. No la envidiaba nada. Nada en absoluto.

Qué horror.

Bueno, a decir verdad, lo único que quizá envidiara un poquito era la forma en que Jon las trataba a las dos... Era tan mono, tan guapo él, desviviéndose por las mujeres de su casa.

«Pero ya veremos cuánto les dura, ya», pensó.

Terminarían como todos, solo era cuestión de tiempo.

Aun así, algo se le retorcía por dentro al observar aquella imagen de Marco sosteniendo al bebé en una recopilación que la cadena estaba emitiendo para anunciar el comienzo de su nuevo programa: *Wild Marco*.

Aquél tipo que le había comido hasta las entrañas, en el mejor sentido de la palabra, ahora parecía ser un buen samaritano, un hombre que adoraba a los bebés y hasta les salvaba de las bestias...

—De verdad, que esto parece un despropósito... —susurró Alma a su lado, para después comenzar a reír como loca.

Elsa frunció el ceño y se giró hacia su amiga.

—¿Por qué te parece un despropósito? ¿Tan raro es que decidiera ayudar a un bebé? Pues hija, yo no lo veo así, para una vez que se porta bien...

Alma no quería decir cuál era en realidad el motivo de sus risas, pero le parecía una buena jugada del destino que Adonis volviera a sus orígenes, a jugar con las bestias, a enfrentarse a ellas y, encima, que se convirtiera en un personaje famoso. No sabía qué era lo que pretendían hacer con él pero, francamente, ahora tampoco le importaba.

El centro de su vida era ahora su bebé, y después salvar su matrimonio. Si a causa de eso tenía que descuidar otros asuntos, como la vida de Adonis y su amiga Elsa... No tendría otro remedio que hacer esa concesión. Además, siempre podría intervenir más adelante.

Observó, en realidad sin presar atención, qué era lo que sucedía en la pantalla. Un guapísimo Adonis de ojos más verdes que nunca, a buen seguro realzados por efectos de cámara, las miraba fijamente, como queriendo hipnotizarlas, mientras reptaba por el suelo. De la trifulca con la boa había salido la idea de una serie de grabaciones de aventuras en donde el intrépido hombre, que tanto atractivo ejercía, se enfrentaría a difíciles situaciones por salvar a animales salvajes en peligro de extinción. Eso le llevaría a viajar por todo el mundo, a alejarse del lugar donde residía...

Y también de ella, pensaba Elsa.

Aunque, en su caso, le daba igual. Qué ironía... Había tenido a esa futura estrella de la televisión a sus pies, casi la había acosado, y ella pasó de él. Se sintió fuerte y orgullosa de sí misma... Si era capaz de rechazar a un hombre así, eso quería decir que era mucho más valiente de lo que pensaba.

De repente, escuchó a su amiga preguntarle:

—A todo esto... ¿y qué tal te va con el psicólogo que te recomendé?

La rubia despertó de su ensoñación y la miró extrañada.

—*Pff...* Pues me va... Cómo quieres que me vaya, me va bien, claro.

Alma notó el nerviosismo en su voz, pero no supo si era por lo de Adonis o por sus encuentros con Apolo, que bien podrían dejar una huella bien honda. Porque esperaba que lo que hubiera dejado bien hondo, solo fuera una huella y no una extremidad física.

Se volvió hacia ella y la taladró con la mirada.

—Necesito más datos.

Elsa suspiró; qué pesada se ponía a veces...

—Vamos progresando adecuadamente.

—Venga ya, o me cuentas qué tal vas con él de verdad o le mando ahora mismo a Marco un mensaje de tu parte.

Elsa puso los ojos en blanco y se decidió a contarle más o menos, sin entrar en detalles que no le convenían, qué tal iban las «sesiones» con Sonne.

—Bueno, hablamos mucho. Yo le cuento cosas, él me pregunta más, charlamos de mi vida, y estoy muy a gusto con él. —Omitió el hecho de que él, a veces, también le contaba mucho de la suya...

Pero eso no tenía que importarle a Alma. No quería que su amiga se enterara de que estaba haciendo trampillas.

—Eh... O sea, lo que viene siendo una terapia con un psicólogo.

—Supongo.

—Pero este es muy bueno, muy... inteligente. Te habrás dado cuenta, ¿no?

Ella miró hacia arriba, preguntándose en qué momento podía haberse dado cuenta de si el tío era listo o no, y al ver que no contestaba, Alma siguió:

—Tiene muchos estudios, muchos títulos, ha viajado muchísimo, habla no sé cuántos idiomas...

—Vale, vale, que sí, que lo he pillado... Si lo que quieres saber es si voy a dejar de ir, no. No voy a dejar de ir. En realidad, me gusta hablar con él.

Demasiado. Le gustaba hablar con él demasiado. Aunque ahora que había visto a Marco en aquél anuncio, salvando al bebé y posando como si de un héroe de guerra en la selva salvaje se tratara, parecía habérsele olvidado el psicólogo por completo...

Cuando estaba con él era como estar en el cielo. Era tan guapo, tan embaucador, tenía una voz tan seductora, tan varonil, le atraía tantísimo... A veces incluso se sorprendía soñando despierta mientras le miraba. Soñaba que se la llevaba a una playa de finas arenas blancas y la tiraba sobre ella para besarla con locura...

Y, de nuevo, Marco.

Joder, qué putada. ¿Por qué tenía que venir ahora ese a entrometerse en los sueños de ella con el psicólogo?

—No quiero ni imaginar en qué estarás pensando... —le dijo Elsa antes de comenzar a reír de nuevo—. ¡Uy! Lo siento, pequeña, te he despertado...

Se imaginó que el bebé que había salvado Marco era de ellos dos, y que cuando se lo entregaba en brazos le besaba... E hizo una mueca de asco. No estaba hecha para los niños. Ella amaba a los perros. Los niños la superaban.

Bueno, que Marco se fuera a donde quisiera a vivir y disfrutar de su vida... Ella seguiría yendo a las clases del doctor Sonne, porque no tenía nada mejor que hacer y tampoco ganas de dejar de ver a un hombre que prometía mucho. Todavía no había podido llevárselo al huerto, pero estaba segura de que en la cama sería todo un semental. Tan efusivo que seguro que aventajaba a Marco...

¡Otra vez con Marco!

Se levantó del sofá y se dio la vuelta para encontrarse a Alma cambiándole el pañal al bebé.

—Eh... Oye, me voy a casa ya, que mañana tengo que trabajar y aún tengo que hacerme las uñas.

—Como quieras, pero vuelve pronto para que podamos seguir charlando.

Ella le miró con un poco de asco. Sí, claro, y para volver a ver y oler aquella apestosa caca... Intentaría tardar un poco más de lo normal en volver.

Salió de aquella casa y pensó que, si así podía librarse, pondría las citas con el psicólogo los fines de semana.

Alma se quedó en casa esperando que llegara Jon, que no tardó mucho. Desde que tuvieron a la niña intentaba pasar más tiempo con ellas, aunque insistía en que sería mucho mejor que vivieran en el Olimpo, pues así no tendría que estar teletransportándose de aquí para allá.

Alma no quería. Quería vivir la experiencia de ser mamá como todo el mundo, como ella había nacido. Todavía no se sentía un miembro más de la familia de su marido, y allí, en la Tierra, era una persona normal... Además, la suerte es que tenía ayuda, y si se sentía muy cansada podía dejar a la niña un ratito con su doncella para dormir un poco. Sabía que esa era su única hija, y quería disfrutar de ella al máximo incluso aunque estuviera muerta de cansancio.

Cuando él apareció por detrás, ni se enteró. Estaba todavía sonriendo como una idiota a la niña, que a la vez sonreía y hacía gorgoritos a su madre. Él las vio y su corazón se estremeció: eran tan bonitas juntas... Sintió miedo a perderlas, ese miedo que siempre le atenazaba después de que ella se marchara, y abrazó a Alma con fuerza por la espalda.

—Hola, cariño... —le susurró al oído.

Ella notó el cálido aliento de él en la oreja y los fuertes músculos de su pecho apretándose contra su espalda y se estremeció. Le estaba costando volver a su ser, era duro sentir que a veces se venía a abajo sin motivo alguno, sin explicación... Pero luego volvía a recuperar las fuerzas y a ser, más o menos, la de antes. Eso sí, para el sexo todavía no estaba preparada...

Él le acarició la cintura y ella cerró los ojos.

O quizá sí lo estuviera.

Pero ahora tenían a cargo a una pequeña que les necesitaba, y no era el momento oportuno de probar suerte.

—¿A que no sabes qué ha ocurrido con Adonis?

Él detuvo las caricias y se movió para colocarse delante de ella, interesado. La miró de arriba a abajo y sonrió.

—¿Ya le ha dado calabazas?

Alma negó con la cabeza.

—Te vas a reír...

Y le contó el extraño suceso del repentino éxito de su archienemigo, ahora convertido en futura superestrella.

—Qué cabrón... —comentó mientras mecía a Veti, que así había decidido llamarla, entre sus brazos—. Hasta para eso está teniendo suerte. ¿No tendrán nada que ver tus amigas, no? —le inquirió, refiriéndose a las Moiras.

—¿Y qué iban a ganar ellas con esto?

—No sé... Quizá mantenerle separado de Elsa, o qué se yo, a lo mejor quieren verle triunfar para luego verle caer... Eso tampoco estaría mal.

—No te pases, el pobre no se merece sufrir tanto, bastante ha tenido ya.

—¿Ah, sí? Tú crees que unos meses aquí han sido bastante para todo lo que ha estado haciendo durante siglos? Eres demasiado blanda, cariño.

—Sí, puede ser, pero eso a ti te convino en su día, ¿verdad?

Él sonrió abiertamente y después le sacó la lengua, como un chiquillo.

—Y por eso te quiero *taaantooooo* —canturreó después.

Alma negó con la cabeza. Jon tendría siempre ese puntillo infantil que a veces la enamoraba, a veces la sacaba de quicio, pero tenía que reconocer que esas cosas eran superadas en muchos aspectos por otras virtudes, entre ellas, las amatorias...

Vale, en cuanto la niña se durmiera iba a probar, definitivamente, la vuelta al mundo del erotismo por la puerta grande.

Capítulo 16

Cada vez que acudía a la consulta del doctor Sonne le daba un subidón.

Por fin iba a ver de nuevo a ese bombonazo... Y para celebrarlo, hoy se había hecho las uñas de color fucsia con unos pequeños brillantes que eran una chulada. Tenía las manos tan bonitas que se quedaría prendado nada más vérselas y querría tenerlas por todas partes de su maravilloso cuerpo.

Pero claro, no todo podía ser perfecto... Justo al abrir la puerta para salir de casa se topó de bruces con su padre.

—¡Hombre, tú por aquí! Qué, ¿necesitas dinero? ¿Te ha dejado la novia? ¿Se te ha estropeado la alfombra en casa y vienes a pisotear a mamá?

Juan la miró con ojos tristes.

—Y no me pongas esa cara de corderito degollado porque a mí tú no me mamoneas eh...

—Hija, sabes que yo...

Pero la voz de su madre les interrumpió.

—Déjale pasar, Elsa.

Ella se dio la vuelta y le lanzó una mirada asesina.

—¿En serio, mamá? ¿De verdad vas a dejar que vuelva a aprovecharse de ti? No le des dinero, ni se te ocurra, o me enteraré.

—Eso no es asunto tuyo, niña, así que vete a donde tengas que irte y sigue con tu vida, ¿estamos? —le respondió su madre poniéndose firme.

—Es asunto mío desde el momento en que yo también pago las facturas de esta casa y...

—¡Dejadlo ya! Me voy, no soporto veros así...

—¡Ja! ¿Que no soportas vernos así? ¡Pues es tu culpa!

—¡Basta ya, Elsa! Es tu padre, y sea como sea, le debes un respeto. Si no te parece bien que venga, ya puedes ir buscándote otro apartamento.

—Isabel, por favor, vamos a dejarlo estar… —rogó su padre.

Pero aquella frase de su madre la dejó perpleja. ¿En serio le estaba diciendo eso? ¿De verdad que estaba dejando a su padre venir de nuevo a destrozarla, y además le daba la razón a él? No podía creérselo.

Se enfadó tanto, que se marchó dando un portazo con el que casi despega el marco de la puerta. Aquello era una tremenda mierda. Una maldita injusticia. Y su madre era una ciega, una imbécil que se dejaba pisotear una y otra vez por ese hombre que había tenido la desgracia de caerle como padre. Un traidor y un rastrero, eso es lo que era, y su madre una estúpida que se estaba haciendo vieja y se iba a quedar sola. Sola y amargada.

Cuando llegó a la consulta de Sonne estaba hecha una furia. De muy mala leche.

Doña Secretaria Estreñida se llevó la peor parte, como es obvio.

—Ni me mires a la cara, y no quiero escucharte ni respirar. Háblame solo cuando tu jefe esté listo, mosquita muerta.

La mujer se la quedó mirando perpleja, pero luego suspiró y se preció de ser una chica comprensiva. Con razón acudía al psicólogo… Aquella muchacha estaba más loca que un cencerro.

Cuando le sonó el telefonillo, le dijo con voz amarga que ya podía pasar... Qué desperdicio, que su adorado doctor perdiera el tiempo con esa mocosa y no con ella, que era toda una mujer, hecha y derecha, refinada y con muchas más tetas que esa...

Volvió a suspirar de nuevo y se puso a teclear en el ordenador en busca de páginas que le aclararan cómo seducir a un jefe.

Mientras, Elsa se había levantado y accedido de mala gana al despacho de Sonne, donde este le esperaba ya sentado en su inmaculado sillón, frente al sofá que se había adjudicado como propio.

Llegó, se sentó con un resoplido y subió las piernas a la mesita que les separaba.

El psicólogo la dejó hacer, divertido. Tenía que encontrar la forma de llevar a esa chica a su terreno, y creyó que aquél día, cuando ella estaba enfadada, sería más vulnerable y tendría ocasión de tirarle de la lengua.

Y no se equivocó.

—¿Qué te ocurre, princesa?

Había descubierto que tratarla así hacía que se abriera mucho más a él. Debían de haberla mimado más bien poco.

—¡Que estoy harta! ¡Harta de todo y de todos! ¿Sabes lo frustrante que es...? *¡Pufff!* —Hizo un amago de tirarse de los pelos y se tapó la cara en el sofá.

—¿Quizá te vendría bien desahogarte conmigo, para eso están los amigos, ¿no?

Ella dudó. Desde luego, no tenía ningún deseo de ir a visitar de nuevo a Alma para despotricar de su vida, y contarle esas cosas a otras personas era algo impensable, así que sí, tendría que servir el *doctorucho*.

—Odio mi vida, te lo juro, la odio... —se tapó las manos y estuvo casi a punto de llorar.

Casi, porque allí delante de ese guaperas no lo iba a hacer ni de coña... Bueno, lo haría si ello implicaba llevárselo al fin a la cama, así que ya vería.

Por el momento se tragó las lágrimas y se quitó las manos de la cara para mirar a Sonne con rabia.

—Mi madre es una estúpida.

—Nunca me habías hablado de ella...

La mirada azul de él la tranquilizó de tal forma, que sintió que esa persona nunca podría hacerle mal alguno.

—Ya, es que no es un tema interesante, la verdad.

—Si no fuera interesante no te afectaría de esa manera.

Ella bajó la vista hacia las manos de él, que reposaban tranquilas sobre la carpeta donde todavía no había garabateado nada. Eso era bueno. Era una charla entre amigos, solo eso.

—Yo solo sé que mi padre le puso los cuernos desde el principio, más o menos. Y desde entonces le ha estado dejando venir a casa cuando le daba la gana. Le deja entrar, se meten en su habitación, discuten, o susurran, o vete tú a saber qué hacen... Seguro que cuando no estoy echan un polvo. Y el caso es que él tiene aventuras, está con otras mujeres, pero mi madre sigue dejando que la manipule. Le saca dinero y se va, y ella se queda echa polvo. Y no aprende.

—¿Cómo sabes que le saca dinero?

Elsa se encogió de hombros.

—Porque siempre nos falta, y no es que ganemos poco entre las dos. Con nuestros sueldos podríamos vivir bien, más o menos.

—¿Llevas un control exhaustivo del gasto?

Ella resopló.

—¿Qué te crees que soy, una calculadora? Pues no, pero sé sumar dos y dos.

—Ya veo... Bueno, en realidad no sé muy bien qué decirte, no puedo estar dentro de la cabeza de ellos, pero... ¿No deberías dejar de preocuparte por su vida y pensar en la tuya?

Ella le miró, perpleja.

—¿Y desde cuándo un psicólogo no es experto en meterse en la cabeza de nadie? Se supone que tienen que ser expertos en todo tipo de relaciones... humanas, ¿no?

De pronto, el dios se vio en un callejón sin salida. Un pequeño desliz, y todo podía irse a tomar viento fresco...

—Quería decir, que no soy adivino, en realidad.

Aunque eso sí que podía serlo, haciendo uso del Oráculo... Pero ella no tenía por qué ni debía saberlo.

—Yo tampoco soy adivina, pero los conozco. Y me da rabia que eche su vida a perder así. En realidad, ya la ha echado... Se ha hecho vieja, y lo será todavía más. Y estará sola y amargada.

Y entonces Apolo lo entendió.

Entendió por qué aquella chica tenía miedo al compromiso.

Entendió por qué se esforzaba tanto en arreglarse, en maquillarse, en no ganar peso... En aparentar siempre belleza —aunque a su estilo— y felicidad.

Entendió cuál era en realidad su problema, aunque Psique hubiera intentado explicárselo antes.

Una versión distorsionada de la realidad podía afectar a un niño durante toda su vida, y ahí residía la cuestión...

—¿Crees que si solucionas la vida de tu madre, a ti te irá mejor?

No había que ser psicólogo para deducir aquello, pero sí un hombre inteligente, con sólidos conocimientos en medicina, en arte y, sobre todo, en el alma humana. Y con un poder de convicción inigualable entre los dioses que, en los mortales, era infalible.

—Pero qué estás diciendo. Qué cosas tienes, Sonne...

Y aunque ella negara con la cabeza y se enfadara todavía más, él sabía que había dado en el clavo.

—Explícame entonces de dónde viene tu obsesión por la imagen.

La que ella creía que era una imagen atractiva, claro estaba, porque la chica, según él, se equivocaba de cabo a rabo en lo que resultaba atractivo o no, pero no podía decirle que le faltaban unas clases de estilo, claro.

—¡Yo no estoy obsesionada con la imagen! ¿Pero qué coño te pasa hoy? ¿A qué viene toda esta mierda?

El enfado en aumento de Elsa no inquietó en absoluto a Apolo, que se levantó de su sillón y se sentó junto a ella en el sofá. Sabía que igual le estaría enviando señales equivocadas, pero era necesario calmarla o terminaría marchándose de allí como alma que lleva el diablo.

Intentó no rozarla con su pierna, cosa que no hizo falta, pues ella dio un salto y se sentó en el extremo opuesto del sofá para alejarse al máximo de él. Lanzaba chispas por los ojos y, más que una inocente mortal, parecía un secuaz de Hades.

—Escucha, tranquilízate. Si me equivoco no tienes más que corregirme, soy una persona, como tú. No estoy libre de error... Pero no tienes por qué ponerte así.

Sin embargo, eso pareció ponerla todavía más furiosa.

—¡Yo no me pongo de ninguna manera! Estás diciendo cosas sobre mí horribles...

—A ver, Elsa... ¿De verdad crees tan horrible que te diga que te preocupas por tu aspecto?

Entonces, ella pareció tranquilizarse un poco. Era posible que estuviera exagerando, sí, porque si él solo había dicho... Pero, ¿por qué se sentía amenazada?

El caso es que tuvo que reconocer que lo que más le dolía

es que él se acercara demasiado y tan pronto a tocar su alma. No quería que destapara sus errores, sus miedos, sus motivaciones... No le importaban, eran solo cosa suya.

—Solo intento ayudarte, cariño.

Le vio recostarse en el sillón al decir esas palabras y observó como la camisa se ajustaba a los músculos de su pecho y hombros. La boca se le hizo agua, pero fue todavía peor cuando bajó por su abdomen y se centró en la zona de los vaqueros que se ajustaba a su entrepierna, debajo de aquél cinturón... Tenía unos muslos preciosos, largos y esbeltos, pero qué coño... Volvió a la entrepierna y la boca se le secó con solo imaginar que él podría usar aquello para quererla.

Quererla.

No sabía cómo aquella palabra le había venido a la cabeza.

Apolo comenzó a inquietarse con aquel escrutinio, pero pensó que todavía le quedaba margen, que era su oportunidad de tensar un poco más las cuerdas y llevarla donde quería.

—Puedes confiar en mí. Sé que a veces no te sientes tan guapa como en realidad eres, pero créeme que lo eres.

En un principio, Elsa había estado a punto de saltar sobre él para comérselo, literalmente, a besos... Pero algo la hizo detenerse.

Un momento... ¿Qué ella no se creía guapa?

Claro que se lo creía, estaba muy buena. ¿Es que en realidad ese hombre pensaba que era fea?

—Claro que soy guapa, y lo sé —le respondió al tiempo que le temblaba el labio inferior.

—Pero tienes miedo de terminar como tu madre, y por eso vomitas a veces.

Fue entonces, cuando su secreto fue al fin desvelado, que no pudo reprimir las ganas de llorar.

Elsa nunca había considerado tener problemas graves de autoestima, pero sí se sentía al límite, podría decirse. La relación de sus padres la había marcado tanto, que desde niña aprendió a creer que las relaciones nunca eran duraderas y que no se podía confiar en la mayoría de las personas.

Pero lo que peor llevaba era el hecho de desperdiciar su juventud y su belleza en quienes no merecieran su cariño.

Por eso nunca se comprometía. Y ni pensaba hacerlo. Jamás.

Estaba tan convencida de ello que no necesitaba una relación en su vida, y mucho menos una que le hiciera sentir dependencia, como era el caso de su madre. Esa mujer dependía tanto de que su marido se dignara a verla aunque fuera ocasionalmente, que había acabado por tirar su vida entera por la borda.

Ella prefería divertirse.

Y además, estaba obsesionada con permanecer guapa y joven. No quería engordar, siempre se maquillaba hasta el extremo y llamaba la atención por donde iba. Sabía que era guapa, por supuesto... Lo tenía muy claro.

Pero sin todo ese maquillaje... Ya no estaba tan segura.

En las ocasiones en que no tuvo más remedio que salir con lo puesto, como por ejemplo, estando enferma, se sentía como un despojo humano. Le daba vergüenza mirar a nadie y pensaba que todo el mundo la observaba por encima del hombro, con desprecio. Y es que no podía entender que la gente no se molestara en cuidarse e ir siempre guapa, con lo poco que costaba...

Está bien, a veces le costaba mucho, pero merecía la pena el esfuerzo, ¿verdad?

Aquella tarde, sentada frente a Sonne y sin discernir todavía cuál era su error, o si estaba cometiendo siquiera alguno, se sintió desnuda. Pero desnuda de una forma en que nunca antes lo había estado... Podía dejar pasar mil cosas, pero que alguien supiera que, en muy raras ocasiones, vomitaba... Eso no.

—¿Cómo coño sabes tú eso? ¿Te lo ha dicho Alma?

Traición. Dura, fría y terrible traición... ¿Cómo podía haberle contado eso su amiga?

Pero Sonne negó con la cabeza.

—No hace falta ser demasiado listo para deducirlo.

—Bueno, y si lo he hecho, ¿qué? No es que tenga por costumbre hacerlo... Ha sido solo en... ocasiones en que estaba muy nerviosa o preocupada por algo.

Apolo se preguntó entonces por qué había vomitado el día en que quedó a cenar con Adonis... Y, en primer lugar, por qué había comido como una posesa. ¿Estaba nerviosa por estar con ese hombre? ¿Acaso le gustaba mucho más de lo que aparentaba y no quería admitírselo a nadie, ni siquiera a ella misma?

—Pues te aseguro que, aunque sea en ocasiones puntuales, es una costumbre... muy fea. Y tú no eres fea, Elsa. Puedo verlo debajo de todo ese maquillaje que usas —le dijo mientras rozaba la mejilla de ella con las yemas de los dedos, ante lo cual ella sintió un escalofrío—. En realidad, deberías aprender a aceptarte tal y como eres de una vez por todas. Tú no eres tu madre, la vida de ella nunca será la tuya. Pero solo tú puedes cambiar ese hecho, empezando, en primer lugar, por dejar de actuar como lo haces.

Conforme hablaba el psicólogo, más se indignaba ella. ¡Que no era fea! ¡Que ella sabía que no era fea! ¡Y tampoco era su madre! ¡Qué manía, la de ese medicucho! Que fuera tan guapo no quería decir que lo supiera todo... Es más, se estaba comportando como un imbécil con ella.

—O dejas de decir todas esas estupideces que te estás inventado sobre mí, o te juro que...

—¿Qué vas a hacer? ¿Esconder la cabeza bajo tierra como un avestruz, Elsa? Piénsalo bien... Incluso aunque tuvieras unos kilos de más, serías igual de guapa. Eres una mujer, una persona distinta a todas. Tus ideas se reflejan en tu forma de actuar, de relacionarte con los demás... Y eso te convierte en única. Tienes algo que nadie tiene. Solo por eso ya eres especial, disfrútalo, siéntete orgullosa de ello...

—¡Me cago en...!

Se levantó del sofá casi fuera de sí. No entendía todas aquellas gilipolleces que ese tipo estaba diciendo, ella no era fan del yoga ni de esas filosofías zen que estaban tan de moda, era una chica práctica, y Sonne estaba empezando a tocarle muy mucho los ovarios.

—No te permito que me hables así, ¿entendido? Y escucha una cosa... —le señaló amenazante con el dedo índice—, si sigues hablando en chino o en plan filosófico para que no te entienda y hacerme pensar que soy tonta, vas listo. No pienso volver a este despacho... en un mes por lo menos. Si tenías alguna esperanza de que fuéramos algo, ya puedes ir despidiéndote, imbécil, porque de este cuerpo no vas a catar ni gota.

Y se colgó el bolso al hombro, toda digna, esperando que él se abalanzara sobre ella y le dijera... vete tú a saber qué.

Se le habían quitado las ganas de tirárselo, pero aún podía redimirse si se disculpaba como era debido.

Pero la disculpa no llegó. Él la miraba con el ceño fruncido. Tenía cara de idiota. Sí, era guapo, pero en ese momento tenía cara de idiota.

Así que ella pataleó indignada, soltando un gritillo de indignación, y se marchó de allí dejando a Apolo congelado y patidifuso.

Eso lo pensó él, claro, porque ella no hubiera usado la palabra «patidifuso» en su vida.

Por su parte, la chica salió como una exhalación, sin mirar siquiera a la estirada, y se dirigió al ascensor, donde se miró al espejo para retocarse el maquillaje. Todo estaba en orden, más o menos. El rímel se le había corrido un poco, pero nada que no pudiera arreglarse en un *plis*. Volvió a pintarse los labios e intentó sonreír para ver cómo tenía la cara.

Tanto arreglarse para terminar así...

Pero vamos, que ella no se iba a quedar así de hundida. Ella era guapa, estaba buenísima, y ese médico de mierda no iba a confundirle con su palabrería. Lo que necesitaba para dejar claro que sí estaba buena era echar un polvo.

Sí, eso.

Y tenía que hacerlo fuera como fuese. Y ahora más, que sentía tanta rabia por todos aquellos insultos que le había echado Sonne a la cara...

Así que cogió el móvil, buscó el teléfono de Marco y esperó que todavía no se hubiera marchado a sus «aventuras televisivas».

Capítulo 17

Adonis tenía la casa patas arriba.

Bueno, casa, casa, lo que se dice casa... Ese *apartamentucho* de mierda en donde todavía debía «habitar» por unos días antes de salir de viaje. Estaba metiendo sus pocas pertenencias en cajas y pensando qué necesitaría para aquella travesía cuando notó que el móvil le vibraba. Al principio no lo cogió, porque ni por allá lejos podía imaginarse quién podía estar requiriéndole... Pensó que era uno de los productores dando la lata de nuevo para asegurarse de que no iba a fallarles y empezaba a estar un poco (o demasiado) harto de su insistencia, así que no tuvo prisa en contestar a sus demandas.

Terminó de cerrar una caja, la aseguró bien con cinta adhesiva, y puso una etiqueta marcando el contenido. Después, con un suspiro, fue a comprobar el mensaje. Tampoco podía apretar demasiado, porque aquel trabajo era en realidad algo que ni siquiera había llegado a soñar y estaba deseando comenzarlo más que nada en el mundo.

Bueno, no. Había otra cosa que también deseaba más que nada en el mundo... Pero la había dado por perdida.

Sin embargo, al ver el remitente de aquel mensaje, no podía creerlo. El corazón comenzó a palpitarle con fuerza y le entró un terrible dolor en el pecho que casi no le dejaba respirar. No sabía si alegrarse o maldecir, porque aunque tuviera que sufrir por amor por el resto de sus días, ya se había convencido de ello y lo tenía más que asumido. Empezar la ruleta rusa de nuevo no era nada apetecible.

Y sin embargo, al mismo tiempo, lo era tanto...

Los dedos le temblaron al posarse sobre las teclas y, finalmente, decidió darle al botón de abrir el mensaje.

Elsa: «Hola, guapetón. ¿Tienes planes para esta noche o ya te has ido a la jungla?»

¿Qué era aquello, una broma? Porque no podía ser... Así, sin más. Como si no hubiera pasado nada... Como si no le hubiera estado esquivando durante semanas, la muy... Guapísima, adorable, preciosa, hermosa, bella.

Le dio rapidísimo a responder y se dispuso a contestarle. En el teléfono de Elsa aparecía:

Marco: «Escribiendo...

Escribiendo...

Escribiendo...»

Era incapaz de decidirse. Al principio le iba a decir que no tenía nada que hacer, que quedaran cuando y donde quisiera. Pero luego pensó que no, que se lo estaba poniendo demasiado fácil, así que decidió ponerle que dependía de para qué... Pero luego volvió a pensar que eso también era ponérselo demasiado fácil.

«¡Te estás pasando, tío! No te arrastres como una nenaza, pónselo difícil, haz que sude...»

Y volvió a escribir finalmente:

Marco: «Perdona, ¿quién eres?»

Elsa: «Vale, pues si me vienes con esas, chao, colacao.»

¿*Chao*? ¿Qué significaba *chao*?

De inmediato se apresuró a contestar, sin entretenerse más en minucias.

Marco: «Era broma... ¿Cómo estás, pequeña? No diste señales de vida en bastante tiempo, ni siquiera te dignaste a cogerme el teléfono. Pensé que habías quedado más que satisfecha.» Finalizó el mensaje con un *emoji* guiñando un ojo, para que no se sintiera ofendida. Solo por si las moscas.

Tardó demasiado en responder. Igual se había echado para atrás, ahora que sabía que él estaba dispuesto a quedar de nuevo con ella... Las ansias le podían.

Elsa: «No acostumbro a repetir con nadie, y ya sabías cómo soy. Sin embargo, estoy dispuesta a hacer una excepción contigo, porque sí, me lo pasé muy bien. Pero vamos, igual de bien que muchos otros, no te vayas a pensar... Lo que pasa es que tienes la suerte de que quiera repetir contigo porque creo que tienes todavía mucho más que ofrecer. ¿Te hace?»

Pedazo de zorra calculadora...

¿Que si le hacía? ¿Que si le hacía?

Si no la hubiera deseado tanto, si no hubiera querido estar con ella más que con nadie en el mundo, la habría mandado a tomar por culo. Pero no podía evitarlo. La quería.

Y esa pequeña brujilla no sabía en dónde se estaba metiendo... Claro que tenía mucho más que ofrecer. Por todos los demonios del inframundo, era Adonis, no sabía ella lo audaz que podía ser en la cama ni el placer infinito que sería capaz de darle.

Sonrió. Puede que no repitiera nunca con nadie, pero había vuelto a él. Y eso significaba algo.

Sus palabras despertaron en él algo tan intenso, tan desconocido, tan... placentero: la esperanza. Porque si realmente quería repetir con él... con él, y no con cualquier otra persona, solo con él... Eso quería decir que era especial. La había convencido.

Era suya. O lo sería, solo que ella todavía no lo sabía.

Marco: «Me hace. Pon lugar y hora y déjame sorprenderte.»

Para qué andarse con tonterías...

Por lo visto, ella estaba preparada e impaciente, así que le dio poco tiempo de ventaja. Esta vez pasó de llevarla a su antro cochambroso y quedaron en la playa: ahora que disponía de dinero en metálico gracias al anticipo que le dieron los de la tele, pensaba llevarla a un hotel precioso con vistas al mar, donde le iba a dar duro... Tan duro, que olvidaría que existía la palabra «más» y, a partir de ahora, la sustituiría por «Marco».

Las olas del mar eran su única compañía mientras esperaba por ella.

Aquel ritmo, el baile del mar, era embriagador. Adonis cerró los ojos y respiró hondo... Quería estar calmado, quería estar centrado en todo momento para no volver a perderla. Apoyado en la baranda del paseo marítimo, esperó a su llegada sin mirar hacia la calle, sino al mar. Estaba concentrado en cada paso que debía dar esa noche.

No se le ocurrió ni siquiera pensar que, de conseguirla, ¿cómo iba a conservarla si se iba a largar de viaje durante un tiempo indefinido?

Pues no, ni se le pasó por la cabeza en ese instante, pues solo podía soñar con tenerla de nuevo entre sus brazos. Sexo duro. Sexo salvaje. Buen sexo, era lo que iban a tener... Y lo que a ella le gustaba. Y a él también, por supuesto, aunque además de eso quería pasar tiempo con ella a solas, disfrutar del momento, acariciar su piel... Gozar del silencio junto a la persona que quería.

Qué iluso. Pensaba que iba a poder disfrutar del silencio alguna vez con esa mujer.

Pero en fin, volvamos a lo que se estaba relatando.

Que estaba él allí, todo romántico, apoyado en aquella barandilla con su rostro bañado por la brisa del mar y por aquel precioso tono rojizo del sol poniente... cuando, de repente, ¡*zasca*!

—¿Pero qué hostias...? —se tocó la nuca por el golpe que había recibido y se giró con una mala leche que, de ser otro el agresor, le hubiera dejado la cara como un cuadro de Picasso.

—¡Hola, pringado! —saludó Elsa como si tal cosa, poniéndose a su lado.

Pues sí, tenía razón, pringado era un rato, porque en vez de enfadarse con ella y decirle que se podía meter las collejas por el culo, se limitó a sonreírle y responderle un «hola preciosa...» en un tono ronco, como de actor de cine clásico, para sonreír de medio lado y tomarla por la cintura sin siquiera darle tiempo a pensar.

Pensar era muy malo para las mujeres. Había que darles acción.

Así que le metió la lengua hasta el esófago. Pero no os confundáis eh, no de esa forma en que parece que te han metido un proyectil a presión y lo retuercen para ver si encaja, o como un bicho de esos extraterrestres que se te meten dentro a la fuerza para chuparte los sesos en modo *zombie*... No, de esos de los que son especialistas la mayoría de los hombres, no: de los de Adonis. De los que la lengua acaricia las paredes de la boca de una manera sutil, sublime, sensual... De esos en los que esa misma lengua inicia un juego de seducción con la otra, un baile en el que ahora te rozo, ahora me retiro, ahora te toco con descaro, ahora me vuelvo a retirar, ahora te abrazo con todas mis fuerzas y dejo que mis labios se unan a la fiesta para que tú, oh mujer con suerte de disfrutar de ello, te derritas merced a la suavidad y calidez de esta exquisita coreografía capaz de poner a hervir a una olla a presión.

Así, a lo bestia. Un beso capaz de poner a freír una bolsa de calamares congelados.

De repente, ella se separó.

—Joder, tío, ¿es que quieres que follemos aquí mismo?

Él la miró frunciendo el ceño.

—Bueno, no era la idea, pero todo es proponérselo... —respondió, mirando hacia los lados por si venía alguien.

—Preparado sí que estás, sí... te has venido arriba y todo —añadió, bajando la mirada hacia el lugar donde su miembro pugnaba por reventar los vaqueros.

Cerró los ojos y respiró hondo. Él no era romántico. Nunca había intentado serlo, coño, y para una vez que le había salido de dentro, como las saetas, a ella le importaba un bledo y aplastaba el momento con su personalidad ruda y directa.

—No estoy empalmado, solo es su tamaño cuando está… a medias.

Ella le miró allí debajo de nuevo y comenzó a reír a carcajadas.

—Vale, lo que tú digas —le contestó poniendo morritos. Unos morritos que habían perdido la pintura rosa que llevaba y que ahora lucía emborronada por toda su cara. Qué diablos, él debía tener la misma pinta, pero le daba igual.

En esos momentos la observó a ella, tan bonita, tan divertida, tan angelical... Esa cara tan frágil, ese cuerpecito tan pequeño, vestida de aquella forma coqueta; con sus vaqueros ajustados y los inseparables tacones que hacían que esas piernas parecieran kilométricas... Volvió a levantar la vista y ella se dio la vuelta, sacando el culo hacia afuera y moviéndolo en circulitos de forma más que tentadora.

—Qué, ¿te gusta mi cuerpo serrano, *baby*?

No podía permitir que siguiera burlándose de él. Adonis no era un colega con el que salir de juerga y echar un polvo, a él le debía respeto. Y se lo debía porque se tenía que enamorar hasta las trancas, así que ya iba siendo hora de que dejara de torturarle así y se pusiera seria, como lo estaba él.

Se aclaró la garganta y le dio la vuelta mientras la tomaba de la mano.

—Ven aquí, ratita. Tienes manchados los labios —le susurró, al tiempo levantaba la mano y se los limpiaba con suavidad.

Fue una caricia sutil, y ella, de repente, perdió la sonrisa y apartó la vista hacia el mar mientras le dejaba hacer, como si aquella caricia no fuera con ella. En ese momento Adonis deseó averiguar en qué estaría pensando, qué era lo que la hacía parecer tan vulnerable. Elsa ocultaba algo, en ese momento lo supo: bajo esa fachada de descaro, alegría y frivolidad se escondía una chica tierna, una a la que costaba mucho ver. Sin embargo supo que, en esos momentos, debía tener paciencia y conseguir que cayera rendida a sus pies. Sería el tiempo el que le ayudara a desvelar quién era ella en realidad.

—¿Sabes una cosa? Me he alegrado mucho de que quisieras quedar hoy, porque me apetecía tomarme un descanso en un buen hotel, con *spa*, *jacuzzi* y todo eso... ¿qué te parece?

A ella le cambió el semblante en un santiamén.

—¡Genial! ¿Con servicio de habitaciones también? ¿En plan *Pretty Woman*? —Y comenzó a tararear la cancioncilla con bastante mal tono, pero de forma muy graciosa.

Fue ella quien le hizo reír a él al verla contonearse y parafrasear la letra de tal manera que no sabía si lo estaba haciendo a propósito o es que, en realidad, no entendía ni papa de lo que estaba diciendo.

«¿Cuánto tiempo hace que no me río?», se preguntó él.

Mucho, y era una sensación tan agradable... Una sensación que, además, le encantaría repetir.

—Sí, algo así, como en *Pretty Woman*.

—Uy, chico... —dijo, burlona, al tiempo que le daba un manotazo en el hombro—. Qué acento inglés más molón, ¿de dónde lo has sacado? Pareces un gángster...

Ella le lanzó una mirada pícara y se mordió la uña del pulgar mientras le recorría de arriba a abajo. Fue justo en ese momento cuando pareció percatarse de verdad de que él estaba allí presente, en carne y hueso, de que tenía a un hombre nada común delante de ella y de que lo era mucho más que cualquier otro que hubiera conocido hasta ahora.

Que Zeus y todos sus secuaces se pudrieran en las alturas. Esta mujer iba a ser suya. Y no solo en cuerpo, también en espíritu...

Se estaba volviendo cada vez más moñas y ni siquiera se daba cuenta, el muy cretino.

A lo que íbamos: la dejó devorarle con la mirada. Se recreó en esos ojos que, bajo unas tupidas pestañas marcadas de manera kilométrica gracias a un rímel milagroso, parecían perversos, casi pecaminosos. Le permitió hacerlo porque, además, estaba bastante seguro de sí mismo: no solo por su cuerpo, sino porque además, gracias al adelanto de la productora, había podido adquirir todo un armario de sofisticados atuendos que pronunciaban, todavía más si cabe, la perfección de sus músculos.

Y de su paquete, claro.

Paquete que estaba empezando a notar a pasos agigantados su mirada repasándole.

Cuando llegó a sus brazos, que tenía cruzados sobre el pecho, apretó los bíceps para que los contemplara a placer, y sonrió ante su clara respuesta: en primer lugar abrió un poco los ojos, como con sorpresa, y luego lanzó esa sonrisa de demonio que tanto le volvía loco.

Sabía perfectamente en qué estaba pensando ella. Era totalmente transparente en ciertas cosas.

Y estaba muy seguro de que pensaba en cómo estos brazos ya la habían llevado al cielo y en cómo la volverían a llevar esa noche. Muchas veces. Sin descanso.

Su paquete se alegró mucho ante la perspectiva, pues dio un pequeño respingo y se apretó contra la bragueta.

—Pues estoy lista para que me pegues un buen meneo, Richard —le dijo mientras separaba un poco una pierna y daba suaves golpecitos con el pie.

Adonis se sentía henchido de felicidad por todas partes, y no solo lo notaba su aparato del amor, sino también su pecho, que parecía necesitar más aire de lo normal para poder respirar. La tomó de la mano, seductor, y se la besó como si en realidad fuera un caballero. Al rozársela con los labios, cerró los ojos y disfrutó de aquel momento. Ahora entendía cómo se sentía Casanova al seducir a las mujeres: era un juego mágico y tremendamente sensual. Al final, no pudo evitarlo: sacó la punta de la lengua y le rozó el dorso de la mano con la misma antes de añadir:

—Como desees, preciosa.

Capítulo 18

No sabía cómo lo había conseguido, pero Marco borró de su mente todo lo ocurrido aquella tarde con el doctorcito de los cojones en tan solo unos minutos.

Fue llegar y verle allí apoyado, con aquél aire místico mirando hacia la puesta de sol... Como si fuera alguien que, obviamente, no era. A Elsa se le antojó, al principio, un modelo de esos de novela rosa, un empotrador que, además, buscaba esposa e hijos porque tenía el corazón tan grande como su verga.

Pero luego cayó en la cuenta de quién era... Coño, que era Marco, ¿a quién pretendía engañar?

Era ese tío sin cerebro, como los que solían gustarle a ella, que se ganaba la vida a costa de sus musculitos y que, por suerte para ella, en la cama era un semental. Y además, como tenía ganas de desfogarse un poco y soltarle una leche a alguien por no haber podido dársela a Sonne, le pareció de lo más divertido estamparle una colleja nada más llegar para despertarle de aquella tontuna mística en la que parecía haberse sumido. Vamos, que si hubiera estado posando para una foto lo entendía, pero posar así, por posar... Era tontería y, además, una mariconada como la copa de un pino.

Por eso, se alegró profundamente ante el giro que estaban dando los acontecimientos: que la llevase a un hotel con todo tipo de lujos era un sorpresón. Aparte de que nunca había ido a un hotel caro porque la miseria que le pagaba su jefe le daba para zapatos, laca de uñas y poco más, sabía que se lo iba a pasar en grande en el plano sexual por el morbo que el hotel le daría.

Marco le gustaba, tenía que reconocerlo. Le gustaba muchísimo, aunque solo era algo físico, claro. Ahora iba tan bien vestido, con esos pantalones grises de verano y aquella camisa de hilo de color crudo y ajustada, con el escote en pico que dejaba entrever su musculado pecho, que no pudo evitar sentirse algo insegura con su ropa barata.

Bueno, no era tan *tan* barata, pero sí de tienda de saldos, y mientras caminaban de la mano hacia el hotel, que según él dijo no estaba muy lejos, no pudo evitar preguntarse si alguien pensaría que ella era también una pilingui. Al fin y al cabo, solo venía buscando eso, el polvo que necesitaba para recuperar su autoestima.

Ni siquiera se dio cuenta de que lo que había pensado: que el polvo la haría recuperar su autoestima.

Se miró el escote e intentó disimularlo un poco antes de llegar, y por primera vez en su vida, se arrepintió de haberse pintado las uñas de aquél color tan llamativo y de haberse puesto unos tacones con el talón dorado y tachuelas en la punta.

Pero qué coño.

Ella no tenía que arrepentirse de nada, a quien no le gustara esa ropa tan moderna y juvenil es que tenía un problema de *mojigatismo* agudo. Ella iba a la última, y le daban pena todas esas amargadas que no sabían verlo y que usaban bragas de algodón que les llegaban hasta el sobaco.

¡*Ja*!

Sacó el pecho de nuevo y, de repente, se percató de que habían estado paseando con las manos entrelazadas.

¿Desde cuándo caminaba ella así con los tíos?

Miró aquella mano morena y enorme que apresaba su pequeña y delicada manecita blanca, coronada con aquellas uñas enormes, y decidió que no le gustaban. Al día siguiente se las quitaría. No le agradó en absoluto lo que parecían al lado de aquellas manos masculinas, pero no supo decir el porqué. No se veían bonitas. No se veían... correctas. Parecían las manos de una pequeña bruja.

Pero bueno, por aquella noche valdría, porque le arañarían la espalda a ese semental que tenía al lado y que, en esos momentos, la miraba con esos ojos verdes y profundos, semejantes a los de un demonio.

Pero un demonio amoroso, al parecer. Tipo muñequito Gusiluz.

En ese momento, a Elsa le temblaron un poco las piernas y sintió que perdía el equilibrio sobre sus tacones de vértigo.

¡Recórcholis! Era muy peligroso salir con ese tipo. Tenía que estar recordándose constantemente que era quien era, y que a su amiga se la había camelado a base de bien, y que además se estaba convirtiendo en una estrella de la tele que pronto se olvidaría de ella, aunque claro, eso le venía bien, ¿no? Seguramente coleccionaba amigas como trofeos, y ella intentaba convencerse de que no le importaba, porque ella era igualita que él.

No le atraían más que su cuerpo y sus ojos. Y su pelo, y los músculos de sus brazos, y de su abdomen, y de su espalda, y de su culo… Bueno, vale, sus músculos en general.

Bueno, *vaaaaaale*. *Toooodo* su cuerpo en general.

Era el tipo perfecto a nivel físico, pero eso le venía mejor que bien, porque tirarse a un guaperas era mucho mejor que tirarse a uno del montón. Sobre todo si el guaperas sabía cómo hacerte pasar un buen rato, porque también había conocido a otros que… En fin, seguramente serían buenos en la cama, pero con ellos mismos, porque lo único que hacían era tumbarse y esperar a que ella se lo currara, los muy imbéciles.

Pero este guaperas era diferente. Al menos, aquella noche había sido diferente… Las necesidades de Elsa habían quedado de sobra cubiertas. Era un amante apasionado, sensual y generoso, y por eso quería más.

Sobre todo aquél día.

Pero sin miradas de Gusiluz, por favor.

Suspiró, apesadumbrada, y miró hacia otro lado. Ni de coña iba a dejar que ese tío la ablandase. Estaban allí para lo que estaban.

Y además, tampoco se iba a sentir intimidada. Para nada. Ella también era guapa. Tanto o más que él, lo sabía, aunque nadie se lo dijera. Con su atuendo y su maquillaje se sentía segura, era muy atractiva y llamaba la atención por donde fuera. No iba a salir en la tele ni hacerse famosa, pero eso no quería decir que no estuviera a su altura.

Así que no se iba a sentir menos que él. En absoluto. Irguió la espalda y sacó todavía más pecho. Las palabras de Sonne volvieron a su mente en ese momento: «Tienes algo que nadie más tiene: eres especial, disfrútalo, siéntete orgullosa de ello».

Quizá el doctor de los cojones tuviera razón, solo que a ella le costaba un poco más de lo normal encajar las palabras en su sitio.

Pero ese no era el momento de pensar sobre eso, era momento de disfrutar y pasarlo bien, con la ayuda de Marco.

Llegaron al hotel y se dirigieron al mostrador de recepción sin mediar palabra, y ella mantenía la cabeza bien alta para que nadie pensara que era una pelandrusca.

Pero claro, mientras que su acompañante hablaba con el

de recepción, cayó en la cuenta de que debía parecerlo, y no solo porque todas las personas de aquel lujoso lugar no dejaran de mirarla como a un bicho raro, sino porque no llevaban equipaje… Y eso gritaba a pleno pulmón que se trataba de un polvo rápido.

Se sonrojó de la cabeza a los pies. Hasta la uña del meñique se le puso de color púrpura.

Ay señor, sí, era una pelandrusca.

Oyó cómo su chico le daba las gracias al recepcionista cuando este le entregó la tarjeta de la habitación y le sonrió antes de tirar de ella hacia los ascensores.

Un momento, ¿su chico?

¿Desde cuándo pensaba ella que un tío con el que se fuera a acostar era su chico?

—¿Estás nerviosa? —le preguntó al subir al ascensor.

—¿Eh? ¿Nerviosa yo? ¿Por qué iba a estarlo? Qué tontería —respondió con sequedad.

—Pues estás muy rara, si no quieres subir a la habitación podemos ir a otra parte y solo cenar o algo…

Ni de coña.

Ni de coña iba a dejar que esa noche se convirtiera en una aburrida cita de novios tipo «Vamos a cenar porque no tenemos otra cosa que hacer y empecemos ya a engordar por aburrimiento, porque total ya ni follamos».

—Ni de coña, chaval.

El tono con que le contestó hizo que él agachara la cabeza y se riera con gusto. Después, antes de levantarla, la meneó hacia los lados.

—Eres increíble.

«Y tu sonrisa también», estuvo a punto de responder ella con cara de bobalicona. Pero, por suerte, se mordió la lengua a tiempo.

—Ya lo sé —respondió encogiéndose de hombros.

Se miraron fijamente a los ojos. De repente, ambos dejaron de sonreír y él se apoyó en la pared del ascensor mientras la lucecita que anunciaba los pisos era lo único que hacía entrever que el tiempo seguía transcurriendo.

El aire se espesó, y a ella comenzó a sentirse más consciente de cada poro de su piel.

Recordó esas manos sobre su cuerpo, esos dedos cálidos y hábiles recorriendo partes de ella que nunca había creído erógenas, y la boca se le secó.

Se lamió los labios, pero no quería parecer la protagonista de una novela romántica cutre, así que hizo lo posible por aparentar que no se los estaba lamiendo y que, en realidad, le picaban, con lo que al final en vez de sensual, su gesto acabó en un guiño bastante torpe y, a la vez, cómico.

Y aun así, él le miró la boca y no apartó la vista ni movió centímetro alguno de su cuerpo al sonar el pitido de llegada y abrirse la puerta del ascensor.

Elsa liberó su labio inferior del extraño mordisco al que le tenía sometido e hizo un ruido como de sacacorchos que pareció espabilar al fin a Marco.

—Vamos, guaperas, hay que aprovechar antes de que te hagas famoso y ya ni me mires.

Tiró de él mientras Adonis pensaba que eso era imposible, nunca podría olvidarse de ella porque estaba condenado: la flecha le había atravesado y, en ese momento en que estaba junto a ella y las perspectivas eran tan favorables, se le antojó una divina condena. Siempre volvería a ella, por muy lejos que estuviera, porque no había nada que le provocara los mismos sentimientos que esa pequeña mujer.

Llegaron a la suite, que el chico intentó abrir con manos temblorosas.

«Pues sí que está necesitado…», pensó ella y, sin quererlo, se le escapó una risita tonta que no pareció molestar en absoluto a su acompañante, que seguía concentrado en la titánica tarea.

Cuando al fin abrió la puerta, Elsa, directamente, lo flipó en colores. Era una habitación con un ventanal enorme que ocupaba toda la pared lateral y que daba directamente al mar. Abajo podían verse las olas besando las rocas a la hora del crepúsculo, y los últimos rayos del día lanzaban destellos rosados sobre las oscuras aguas.

Ella soltó la mano que la aferraba con fuerza y se pegó al cristal para observar lo que se iba a perder el resto de su vida. En ese momento se olvidó de quién estaba con ella, que la miraba sonriendo al verla tan emocionada, y se dirigió al balcón para poder contemplar aquella maravillosa visión con todos los sentidos.

O como ella diría, para poder oler el mar, vamos.

Ni siquiera se había fijado en el interior de la habitación, que a todas luces era de lo más lujoso; lo que a ella la emocionó de verdad fue aquel espectáculo de la naturaleza. Parecía como si pudiera tirarse al agua directamente desde la habitación, y pensó que, quizá tras unas cuantas copas de champán lo haría.

Bueno, quien dice unas cuantas copas de champán también dice unos cuantos gin-tonics… Pero para el caso venía a ser lo mismo.

Marco se acercó a ella por detrás y la abrazó por la espalda, rozando con la nariz el hueco de su huello y aspirando el fuerte aroma a perfume que la envolvía. Ella se dejó hacer, como perdida en otro mundo, y apretó los brazos que la rodeaban.

Por un momento, solo por un breve momento, se sintió

como la princesa del cuento. O sea, como la puta de Pretty Woman.

—*Pretty woman, walking down the Street, pretty woman, the kind I like to meet, Pretty woman, I don't believe you, you're not the truth, no one can look as good as you… Mercy… Cause I need you, I'll treat you right. Come with me baby, be mine tonight…*[1]

¿Estaba su maromo recitándole la canción de Roy Orbison al oído? Era difícil de decir, porque ella de inglés ni papa, pero coño, que la colgaran si no le estaba cantando esa canción.

Con una voz ronca y muy sexy, por cierto… Cerró los ojos y de verdad, en serio, lo que pensó en ese momento es que no había Richard Gere que pudiera compararse con su hombre.

Su hombre.

Ese pedazo de tío musculoso y de ojos verdes que sabía cómo usar su po…

Antes de acabar de pensar la palabra, se dijo a sí misma que tenía que dejar de pensar así. Estar con él la hacía querer ser más fina, más educada, más delicada.

Pero era una tarea tan difícil, sobre todo cuando sentía su cosa que empezaba por «p» pegada a su espalda, ya dura, recordándole lo que era capaz de hacerle sentir y, lo que era mucho mejor, que era ella quien le provocaba esa reacción.

---

[1] *Traducción: Una mujer preciosa que camina por la calle. Una mujer preciosa, de esas a las que me gusta conocer. No lo puedo creer, no puedes ser verdad, no hay nadie tan guapa como tú. Ten piedad, porque te necesito. Te trataré bien. Ven conmigo, sé mía está noche…*

Entonces notó cómo el fuego volvía a invadirla de nuevo, exactamente igual que la primera vez que sintió sus manos sobre ella. Él le recorrió su cuerpo con suaves caricias mientras continuaba respirando contra su cuello y depositaba suaves y cálidos besos que le provocaron escalofríos.

—¿Te gusta?

Ella no sabía si se refería a las vistas o a sus besos, pero le dio igual, todo le gustaba. Asintió con la cabeza y suspiró. Iba a dejarse llevar. Iba a disfrutar de aquella noche, y no iba a tener miedo de nada, porque ella era fuerte. Y era hermosa. Era única, y no necesitaba a ningún jodido psicólogo que se lo recordara.

Entonces, Marco le dio la vuelta y la alzó entre sus brazos hasta tenerla a su altura.

—Quiero que esta noche te sientas como una reina. Quiero que esta noche te olvides de todo y te quedes junto a mí. ¿Lo harás?

Ella se olvidó de quién era. Ya no era Elsa. Ya no tenía una familia rota, ni problemas de autoestima, ni siquiera tenía nombre.

Era solo una chica que empezaba a permitirse sentir.

Se perdió en su mirada verde, en esos ojos entrecerrados que no se apartaban de su boca, y se acercó para rozar sus labios con los de él. Era una locura, su perdición, lo sabía, pero no dejaría que eso la detuviera esta vez. Quería explorar sus límites, dejarse llevar por lo que sentía sin pensar en nada.

Cuando las bocas de ambos chocaron, ya no hubo marcha atrás. Algo dentro de ella continuaba diciéndole que aquello estaba mal, que él no valía la pena, que se estaba adentrando en zona de peligro… Una vocecita que era difícil de silenciar, la muy cabrona.

Y aun así, no quería ser la chica que tenía miedo de que le

hicieran daño. Ella era valiente y podía con ello. Así que le tapó la puñetera boca a aquella vocecita y dio la bienvenida a las sensaciones, puras y duras.

Y, oh, aquello le gustaba tanto… Adoraba la forma en que él la besaba, apretándola todavía más contra su cuerpo, haciéndole sentir que ella era el centro del universo al darle aquellos besos tan dulces y, al mismo tiempo, tan llenos de pasión.

De alguna manera, él sabía cómo le gustaba que la besaran, como en esas películas de los años ochenta que ella solía ver cuando era pequeña… Besos sensuales, con toques de lengua que la dejaban sin aliento, literalmente. En ese preciso momento, estando elevada sobre el aire en aquel precioso entorno, casi oscureciendo y con el sonido del mar de fondo, ella se sintió casi como la protagonista de Top Gun.

—Vamos adentro —logró decirle una vez se separaron sus bocas.

Marco asintió, su rostro lleno de deseo. Deseo por ella.

Verle así la hizo sentirse segura, y se dio cuenta de que era la primera vez que le ocurría algo parecido. Él le hacía sentirse como una diosa. Sí, aquello era lo que necesitaba para sentirse mejor, sin duda.

—Podemos ir donde tú quieras. Aquí mismo, adentro, en el jacuzzi…

—¿Hay jacuzzi? —preguntó emocionada.

En ese momento olvidó todo lo que su cuerpo estaba sintiendo.

Bueno, casi.

—Pues claro, ¿qué sería de una suite sin jacuzzi? —Sonrió él—. Pero eso no es gran cosa, algún día te llevaré a las termas de…

—Chitón —le mandó callar antes de aplastar de nuevo sus labios sobre la sensual boca de Marco.

Él volvió a sonreír sobre sus labios mientras la introducía, todavía en brazos, en la habitación.

En un lugar muy lejano de su mente, la vocecita que Elsa había conseguido acallar quería gritarle por qué la trataba así, por qué tanta molestia para volver a acostarse con ella, por qué con ella era así y con su amiga había sido tan… asqueroso. Algo no le encajaba a aquella lejana vocecita que hacía de conciencia de Elsa, pero como ya hemos dicho antes, era más poderosa la necesidad que su cuerpo tenía de reafirmar su hermosura en ese momento.

Se limitó a dejarse llevar hasta el centro del salón, donde la bajó muy, muy despacio, rozando todas las curvas de su menudo cuerpo contra los duros músculos del de él. Una vez estuvo de pie, comenzó a desvestirla poco a poco, de forma tan lenta que casi le provoca un ataque a su maltrecho corazón. Estaba desesperada por meterse en la cama, desesperada por vaciar todas sus energías lo antes posible, por olvidar todo cuanto le había ocurrido poco antes.

Sin embargo, él no parecía tener prisa alguna.

Rozó con sus dedos el borde inferior de la camiseta, justo donde acababa en su cintura, sin apartar la mirada de los ojos de la chica. Ella los cerró. Si continuaba mirándole, de ninguna manera iba a dejarle hacer nada más: terminaría lanzándose sobre él como una hiena hambrienta. Los cerró, pues, e intentó relajarse y, de paso, calmar aquellos dichosos latidos de su corazón que le estaban haciendo parecer una gata en celo.

Y ella no estaba en celo.

¡Ni mucho menos!

Con los ojos cerrados descubrió que todo era mucho mejor.

Se relajó y se dio cuenta de que dejar hacer a un tipo que realmente tenía experiencia era lo más de lo más. Despojarla de la camiseta era todo un arte para él, al parecer. Dibujando delicados círculos a lo largo de su piel, fue levantándosela hasta sacarla por encima de su cabeza y, poco después, notó cómo le recorría la mejilla con el dedo índice en una caricia casi imperceptible, seguida por los labios de él al continuar con el mismo rastro.

Él continuó bajando por el pómulo, abrasando con sus caricias cada milímetro de piel que tocaba. Besó la vena que palpitaba en su cuello, llegó hasta los delicados huesos de su clavícula y ella, que se había relajado, volvió a notar dificultades para respirar al notar cómo le recorría la línea del encaje del sujetador con la yema de los dedos, haciendo cosquillas por la blanda protuberancia del pecho que se dejaba ver.

Fue la cosa más extraña que le había ocurrido nunca, pero en esa ocasión —la única vez en que se lió la manta al cuello y se permitió disfrutar sin temor a lo que pudiera pasar—, creyó que los latidos de su corazón podían escucharse sin ningún problema en toda la habitación, como si tuviera un hilo musical. Él tomó la mano de Elsa, le abrió la palma y se la colocó sobre el pecho, sin presionar ni palpar con brusquedad.

Simplemente la detuvo allí, y ella pudo percibir cómo los corazones de los dos latían al mismo compás.

Capítulo 19

Adonis la estrechó contra él, apretando ligeramente la mano que había colocado sobre su corazón, y levantó la otra para ponerla a su vez sobre el pecho de ella en busca del suyo, de aquella unión que nunca antes había experimentado. No sabía qué le había ocurrido con anterioridad ni qué le había pasado por la cabeza antes de acudir a él, pero eso era algo que siempre le sucedía con ella; todo lo contrario que con el resto de mujeres que habían pasado por su vida.

Sin embargo, en el momento en que allí, de pie, cerró los ojos y se relajó, supo que era una mujer tan vulnerable como cualquier otra, o quizá más. Supo que, a pesar de parecer atolondrada y de toda esa fachada de chica dura y cínica, había una niña que, alguna vez, tuvo que llorar mucho, y que ahora temía hacerlo de nuevo.

Y él quiso protegerla.

Con su mano posada sobre su pecho, cerró los ojos y se concentró en sentir los latidos de ambos. Unos latidos que fluían en sintonía. Eso le hizo sonreír.

Quizá los imbéciles de allá arriba pensaban que estaban jugando con él, y quizá creían que le habían vuelto la vida patas arriba al endiñarle a esa jovencita que daban por imposible… Pero, sin saberlo, lo que habían hecho era concederle un regalo: el placer de saber lo que era querer a alguien.

Al fin miraba a otra mujer de igual a igual.

Abrió los ojos y ella le estaba mirando, ruborizada. El color teñía sus mejillas y parecía llenar sus labios, y volvió a acercarse a ella para besarla de la manera más dulce que lo había hecho jamás. La tomó con más fuerza de la cintura y, pronto, su beso dio paso a algo más fuerte, más ansioso.

Quizá estuviera mal dejarse llevar, quizá hubiera debido esforzarse más por tratarla de una manera más delicada, por no comérsela a ávidos besos que recorrieron todo su cuerpo, por no llevarla en brazos como un loco hasta la cama al sentirse incapaz de contenerse.

Quizá, pero no pudo, y eso fue lo que terminó haciendo.

Sus ropas duraron poco tiempo puestas, las manos de ambos no podían evitar moverse con frenesí, apretar la cálida carne, alentar el deseo. Acomodada bajo el cuerpo de Adonis, lo único que deseaba él era que ella supiera cuánto la necesitaba, y hacerle consciente de que así es como debería pasar el resto de su vida, uniéndose a él, permitiéndole adentrarse en ella en el más amplio sentido de la palabra.

Porque hacer el amor era la forma más natural de declararlo. Sentirla desnuda bajo su piel era lo que más había deseado desde que la viera de nuevo, y poseerla estar en el cielo.

No, no pudo esperar más. No necesitaban declaraciones de amor eterno ni engañosos subterfugios: la despojó de toda la ropa, lamió su cuerpo besó la cara interna de sus muslos mientras se los abría para exponerla a él, y la poseyó por completo. Con cada movimiento en su interior, con cada ansioso envite de su cuerpo, sus miradas se decían todo lo que había por decir: que ella era suya, y lo sabía. Las manos de Adonis pasaron de sus piernas a su pelo, enmarcando su cara mientras le hablaba sin decir nada, mientras la hacía gemir y suspirar de placer al tiempo que ella provocaba lo mismo en él con solo un leve movimiento de sus caderas.

Podría haberle hablado, podría haberle dicho que estar así, con ella, haciendo el amor, era mejor y más necesario para él que incluso que respirar.

Porque, si no le dejaba volver a tenerla así, sentía que no podría volver a hacerlo jamás. Se ahogaría. Se moriría de angustia, de sed, de amargura, y volvería a ser el mismo de antes. El estúpido amargado de siempre.

Y ese corazón, ese que tanto le hacía sentir ahora, continuó acelerando su ritmo mientras sus cuerpos de fundían de placer en un tórrido abrazo y pareció estallar cuando, al fin, ambos parecieron rozar el paraíso.

Poco a poco, y sumidos todavía en un abrazo, sus respiraciones fueron calmándose de nuevo. Adonis todavía seguía en su interior, no quería abandonar aquel lugar tan cómodo y placentero, y deseaba disfrutar de ese íntimo instante en que lo único que le apetecía era besar hasta el último rincón de su cara.

Ella abrió la boca para decir algo, pero se calló y suspiró. Él intentó pensar en qué podría preocuparla.

Y entonces cayó en la cuenta.

—Mierda, no hemos usado protección —dijo mientras se levantaba para salir de ella.

—No importa, tomo la píldora —le contestó apoyándose sobre los codos.

Algo en esa frase despertó su lado más machista y celoso.

—Pues deberías usar condón aunque la tomes, hay otras enfermedades por ahí por las que preocuparse.

—¿Me estás dando un sermón? —Alzó las cejas con incredulidad—. A ver, ¿en serio? ¿Tú me das el sermón a mí?

Él tragó con fuerza, y su nuez hizo el movimiento típico del hombre que se ve en apuros y no sabe cómo salir de ellos. Sí, era machista y, por lo visto, también celoso. No en vano era un hombre nacido muchos años antes de Cristo, para qué vamos a engañarnos. No podía ocultarlo ni fingir que era de otra manera con ella, ¿verdad? Si pretendía comenzar una de esas relaciones sinceras y moñas, tendría que portarse de una manera bastante más moderada. Nunca había creído ser posesivo con nadie, pero por lo visto, eso podía ocurrir si el objeto de deseo no parecía estar por la labor de iniciar una relación con uno.

—Bueno, quizá los dos hemos perdido hoy un poco la cabeza… —Al ver el rostro ceñudo de ella intentó suavizar el asunto—. Pero estás a salvo conmigo, preciosa, no hay nada, absolutamente nada, de qué temer. No sé qué me ha pasado hoy, pero nunca olvido usar el preservativo, de verdad.

Volvió a tumbarse sobre ella y comenzó a darle ligeros besos cariñosos en la comisura de los labios, las mejillas, la mandíbula. Ronroneó como un gato meciéndose encima de ella, y disfrutó de esa desconocida sensación de laxitud que sobreviene tras haber practicado sexo.

Aunque aquél no solía ser su estilo, y por lo visto tampoco el de ella, porque se removió inquieta e intentó separarle con los brazos. Él la miró preocupado.

—Tengo que ir al baño —dijo en un tono neutro.

—Ah, ya.

Lo de siempre. Parecía tener la necesidad imperiosa de ir al baño cada vez que terminaba… A él le daba absolutamente lo mismo que estuvieran más o menos cubiertos por los flujos del sexo, solo le importaba disfrutar del momento, pero por lo visto ella no pensaba igual. Observó su trasero mientras caminaba erguida, toda orgullosa, y se dio cuenta de que no podía quitarse esa sonrisa tonta de la cara. No podía evitarlo. Sí, parecía un imbécil enamorado, pero le daba igual lo que pareciera, en realidad, porque estaba disfrutando como nunca antes de una mujer. Y ella era tan… pequeña, tan frágil, tan bonita, tan… extraña. A veces escandalosa, a veces enfurruñada.

Entenderla sería lo más difícil que había hecho en su vida.

Le dejó unos instantes de intimidad, pero luego pensó: «qué cojones…».

Tenía que aprovechar al máximo esos últimos momentos con ella antes de marchar, porque sabía que la echaría muchísimo de menos. Y además, quería tratarla como a una princesa, para que ella quisiera volver a él antes de lo que lo había hecho esta vez.

Si tenían ese pedazo de baño con jacuzzi de mármol para ellos dos solos, bien podían sacarle partido.

Abandonó su postura indolente sobre la enorme cama y se dirigió al baño para dar unos suaves toques en la puerta.

—¿Qué pasa? —susurró ella.

—Eh… ¿puedo pasar?

Silencio.

Él frunció el ceño, esperando.

A lo mejor estaba ocupada.

—Si no has terminado vuelvo luego y…

—No. Sí, he terminado, pasa.

Abrió la puerta y la vio frente al espejo, con la cara agachada. Se había cubierto el cuerpo con una toalla.

Adonis se dirigió al jacuzzi y comenzó a llenarlo y a aplicar unas pocas sales de baño, intentando aparentar normalidad.

Ella se dio la vuelta y comenzó a salir.

—Puedes usarlo, ya había acabado de…

—No, no, tú no vas a ninguna parte cariño… —le dijo mientras se acercaba a ella con gesto pícaro.

Ella levantó la cabeza y le miró enfadada.

—¿Cariño? Te estás pasando un poquito, chaval.

Levantó la mano y le dio un empujón para apartarle de en medio y salir del aseo. Adonis comenzó a notar una sensación extraña que le dejó paralizado, una inquietud quizá algo conocida.

Un momento: ¿era pánico?

Tenía que pensar, y rápido.

—Vamos, Elsa, podrías relajarte por una vez en tu vida, ¿no? —presionó, gritándole desde su posición, donde se había quedado estupefacto observando cómo se marchaba.

Fue un intento desesperado, lo sabía, pero tenía que apostar fuerte. Era todo o nada.

Vio cómo se detenía antes de llegar a donde sus ropas estaban esparcidas por la habitación.

—Nadie puede decir que no me haya relajado, pero creo que…

Él se movió con rapidez para llegar hasta ella. Le colocó las manos sobre los hombros, que tenía rígidos, y comenzó a masajearlos con tranquilidad mientras respiraba el embriagador —o quizá algo más que embriagador—perfume de la curva de su cuello.

—Si no quieres que te llame cariño, no lo haré… Pero dime, ¿cómo prefieres entonces que lo haga? —le susurró contra la piel.

Un escalofrío recorrió todo el cuerpo de Elsa antes de contestar.

—Cualquier guarrada me viene bien.

No pudo evitar reírse ante esa contestación y, al hacerlo, su cuerpo se restregó contra el de ella ligeramente, volviendo a encenderle hasta la médula tan solo con ese mínimo contacto.

Le acarició los brazos con las yemas de los dedos y le susurró al oído:

—Entonces serás mi diosa. —Sus besos continuaron en su oreja, cuyo lóbulo mordisqueó con suavidad, tirando ligeramente de él antes de continuar—: Mi diosa del placer. Y eso es lo que nos daremos mutuamente. Déjate llevar, disfruta pequeña.

Con un rápido movimiento la despojó de la toalla que se había atado con fuerza al cuerpo. No entendía el motivo de tanto pudor después de todo lo compartido, pero optó por no esforzarse en entender nada de ella por el momento, porque entonces podría perder la oportunidad de hacer lo que estaba haciendo.

—Si a ti te sirve llamarme eso —le contestó jadeando—, me da igual. Pero no te acostumbres, no me gusta que me pongan nombrecitos. Las guarradas las dejas para la cama.

Adonis sabía que se estaba poniendo cabezota, porque algo la hacía negarse a continuar y la retenía quieta entre sus brazos, pero él iba a conseguir que sucumbiera.

—Ven.

Tiró de ella y la llevó hasta el baño, y después arrastró la bandeja con la botella de champán y las fresas hasta el jacuzzi.

Ella le observó en silencio. No tenía pudor alguno en ir desnudo, pero claro, aquello era normal. ¿Quién lo tendría cuando no había ningún motivo? Sirvió dos copas de champán, que dejó junto al baño, y después la tomó de la mano y la instó a entrar en el jacuzzi con él.

La abrazó por detrás, tomó sus pechos entre sus manos y los amasó. Ella notaba su respiración agitada contra la oreja, y de alguna manera aquello obró el mismo resultado sobre ella. Comenzó a respirar con mayor rapidez, sus pechos levantándose y queriendo crecer entre las manos del antiguo semidiós. No eran demasiado grandes, pero él adoró su forma redondeada y suave, su peso, el efecto que ejercían sobre todo su ser. Le acarició los pezones y se los pellizcó, y su lengua recorrió su cuello una vez más, lamiendo, probando su sabor, consiguiendo excitarla cada vez más con su contacto.

Hizo una pausa para coger las copas de champán y le entregó una a ella.

—Por nosotros —brindó.

Ella chocó su copa, pero él solo alcanzó a ver su rostro de lado, pues seguía sentada de espaldas a él. No dijo nada, solo bebió, suspiró, y volvió a beber, y él hizo lo mismo. Cuando se giró para dejar la copa, el trasero de ella se rozó contra su miembro, y la sujetó fuerte por las caderas para volver a repetir aquel maravilloso movimiento.

Resultaba extraña e inusualmente erótico el tener a una mujer cubierta de espuma. Era extraño e inusual porque ya había disfrutado antes de lo mismo, pero ahora, poder atisbar entre el agua retazos del cuerpo de la mujer exacerbaba sus sentidos. Le apretó las caderas resbaladizas, que cada vez se movían con mayor rapidez contra él, la levantó para colocarla encima, sin darle todavía la vuelta, y disfrutó de todos aquellos sentidos que despertaba Elsa en él cada vez que se tocaban.

El agua comenzó a agitarse frenética, la espuma llenó sus cuerpos, las burbujas les rozaban y sonaban en sus oídos en un canto libidinoso.

Entonces, él le dio la vuelta y las piernas de Elsa le rodearon, ansiosas. Se frotó contra él aprovechando el movimiento ondulante del agua, y él tomó de nuevo una de las copas para arrojar el dorado líquido por entre los pechos de ella, de donde lo lamió con un quejido de deseo.

Ya no oía nada, los oídos le pitaban, solo quería fundirse en ella de nuevo.

Sus gemidos se entremezclaron cuando volvieron a unirse. Aunque no lo dijera con palabras, por mucho que se negara a expresar su deseo por él, Elsa se encendía cada vez que la tocaba, se estremecía, se retorcía con sus caricias y buscaba sus besos como loca. Le apretó fuerte con las piernas y los brazos, y él hizo lo propio con los glúteos de ella, empujándola hacia él, haciéndola vibrar de pasión.

Elsa echó la cabeza hacia atrás y él siguió lamiendo su cuello extendido, allá donde todavía quedaban restos de champán. Las puntas de sus pechos, que asomaban entre la espuma, le rozaban la piel y él la apretó más contra sí. No podía soportarlo más, se rendía a ella, que hiciera con él cuanto quisiera.

Malditos aquellos que tramaran algo contra ellos. Podían marcharse todos al inframundo y ahogarse en las apestosas aguas del Leto, porque nada ni nadie le iba a poder separar de ella.

Se hizo aquella promesa mientras ambos se relajaban, ya consumido el deseo que les había incendiado, y se movían cada vez con mayor lentitud el uno contra el otro. No soltó su abrazo, continuó acariciándola bajo el resbaladizo tacto del agua conforme recobraba su respiración: solo existía ella, su cálido interior, su bonita voz cuando gritaba de placer, su deliciosa piel.

Ella se apoyó en su pecho, respirando agitada, y él movió su mano por su espalda, de arriba abajo, en una caricia protectora. La mirada de Adonis se perdió en la lejanía del paisaje que podía divisarse a través del ventanal de aquel lujoso baño, calculando qué sería capaz de hacer por protegerla. Le dio un beso en la cabeza y cerró los ojos con fuerza.

Hacía solo un instante había mandado a todos esos idiotas al inframundo, pero en ese momento se sentía tan vulnerable, incluso frágil, que pensó que no podría soportar que alguien se la arrebatara, que la alejaran de él.

«Quédate, quédate, quédate», se repitió una y otra vez. «No os la llevéis, cabrones. Si lo hacéis, juro por Hades que os perseguiré hasta que me muera...»

Capítulo 20

enudos polvazos echaba ese tío.

No era de extrañar que se hubiera quedado tan atontada… Nunca lo había hecho en un jacuzzi y, desde luego, las burbujitas habían ayudado pero que muy mucho a que el acto fuera… cómo diría… A-P-O-T-E-Ó-S-I-C-O.

Elsa se quedó blandita como una muñeca de trapo, y fue solo por eso por lo que se dejó guiar por él después.

Pero solo por eso eh, no por ninguna otra cosa… O al menos, eso era lo que se repitió a sí misma después.

Una y otra vez.

Porque, en algún momento después de que él la sacara de allí en brazos, después de que la secara con cuidado como si fuera una niña pequeña mientras continuaba dándole pequeños besos sin cesar y le sonreía con ternura, después de que la alzara y la llevara de nuevo a la cama mientras bromeaba con ella acerca de las bondades del agua al practicar sexo, se quedó dormida en sus brazos.

Y ni siquiera había tenido que recordarse toda la perorata que le había dicho el maldito doctor.

Tenía la cabeza como atontada, y la culpa la tenían las manos de Marco. O sus peligrosos ojos verdes. O ese mechón de pelo negro que caía sobre ellos cuando la miraba. O quizá fuera esa sonrisa traviesa… Sí, debía ser eso, porque tenía una boca tan bonita y tan sensual… Con unos labios carnosos y tan bien formados, que debía ser pecado que alguien hubiera tenido la suerte de ser agraciado con ellos. Si hubiera sido religiosa, creería que él era la viva imagen de Adán, el primer hombre de todos los hombres, y que la zorrasca de Eva le dio la manzana para incitarlo a comerse otra cosa con esa boca.

«Cómeme la pepita», habría susurrado la muy fresca pasándose la manzana por encima de los pechos. Y seguramente él la habría mirado de la misma forma en que Marco la miraba a ella justo antes de llevársela al catre, en ese momento en que se le notaba un hambre voraz de carne femenina. Después, habría mordido la manzana para hacer sufrir a Eva, claro. Para que ella esperara que hiciera lo mismo con su pepita. Morderla no, claro: comérsela.

Porque hay que ver qué bien lo comía… TODO.

Pero Elsa no podía volver a pensar en eso. Había tomado una decisión, y una vez tomada, nada la haría cambiar de idea. Ni el doctor Sonne, ni su amiga Alma, ni nadie.

Más que nada, porque no le contaría a nadie lo ocurrido.

No es que no lo hubiera hecho otras veces, contar cómo, cuándo y con quién se acostaba…Disfrutaba de todas las etapas del apareamiento, desde el tonteo inicial o «fase de apareamiento» hasta el momento en que se echaba unas risas con su amiga al recordarlo. Y que conste que ella era selectiva eh, que no se acostaba con todos… Solo los buenorros cachas. Y por eso resultaba tan gracioso contarlo después, porque solían ser una decepción en la cama. Era fácil olvidarse de ellos siendo tamaña decepción.

Pero este tipo no lo era.

Y, una de dos, o Alma le había engañado al contarle cómo fue cuando se acostó con él, o es que Marco se estaba tomando unas molestias con ella que no eran ni medio normales. Y al final, después de retorcerse de los nervios antes de abandonarle en la cama y pensar y pensar, había llegado a la conclusión de que podía ser lo segundo. Y de que ella corría el peligro de caer en picado… ¿Sería posible que, a la primera de cambio, en cuanto un tipo se ponía cariñoso con ella, ella cayera rendida a sus pies? No, no podía verse atrapada en aquella «cárcel de amor».

Porque fue justo así como vio en aquel momento a esa lujosa habitación de hotel.

¿Por qué coño la había engatusado así? ¿Por qué se había dejado ella llevar hasta aquel sitio, para empezar? ¿Por qué se había tomado él tantas molestias en acostarse con ella, si lo hubiera hecho de todas formas?

El corazón le latía a mil por hora mientras él continuaba dormido como un tronco, con la cabeza sobre los pechos de ella. No la había soltado, y aunque al principio ella también se había rendido al sueño, fue al intentar moverse cuando se dio cuenta de la situación en la que estaba.

Y no tembló en reconocer que lo que sentía era terror.

Estaba jugando con ella. Seguro. Estaba jugando con ella, y por primera vez en su vida, ella podía acabar mal, destrozada y quién sabe qué más.

Ese tipo debía ser muy malo. Seguro que era un manipulador. Se servía de todas las artimañas posibles para engatusar a las tías. Las conocía, se enteraba de cuáles eran sus debilidades, y se lanzaba sobre ellas como un depredador. Tenía que ser eso, estaba casi segura, y por la estupidez de querer negar lo que Sonne le había contado ese mismo día, ella había dado un paso en falso, algo que jamás había pasado.

Estaba metida en un buen lío, porque al despertar con él sobre sus pechos y sentir la suave respiración de él sobre su corazón, sintió una oleada de ternura infinita.

«Soy una princesa, y estoy con mi príncipe, que me adora», fue lo primero que antes de reaccionar.

Eso había sido lo primero que le vino a la mente.

Y después abrió los ojos como platos.

¡Imbécil! Eso no era amor. Ni siquiera sabía si el amor existía en realidad, solo lo había visto en Alma y Jon y, desde luego, no eran un ejemplo a seguir *para naaada*. Le daba repelús cada vez que les veía hacerse carantoñas.

Además, ¿cómo iba a estar él enamorado de ella? Eso era imposible.

Incluso en el hipotético caso de que fuera así, Elsa se sintió muy, muy mal. Horrible. No pudo soportar estar allí tendida con él, así que poco a poco consiguió quitárselo de encima y, cuando estuvo segura de que no se despertaría, se levantó, se vistió, y salió como una exhalación de la habitación del hotel.

Ella no podía permitirse colarse por nadie. No podía abrir su corazón a nadie. No podía enamorarse, ni tampoco era posible creer que alguien se hubiera enamorado de ella.

Y, de repente, se dio cuenta de que Sonne había tenido razón.

Mientras bajaba en el ascensor, sola, al borde de las lágrimas y soportando aquella horrible música de pijos del hilo musical que no hacía más que aumentar sus ganas de llorar —si no recordaba mal, era un tipo con un saxofón que se llamaba Kenny G. o algo así, y del que se acordaba por el punto G, claro—, cayó en la cuenta de que todo lo que aquel idiota le había echado en cara podía ser verdad.

Igual las razones no eran las que él le había dado, o sí, no lo tenía claro todavía, pero lo que sí tenía claro cristalino era que no se sentía ella misma. De hecho, uno de sus principales miedos, entre tantos, era despertarse sin maquillaje y que él la viera tal cual. Y después de ese estaba el miedo de que, con la brillante luz del día, él descubriera en ella defectos horrendos que no había visto antes y la echara a patadas de la cama del susto.

La humillación, el sentirse menospreciada… Fea, y cómo no, quizá algún día gorda. Ese era su verdadero yo. Uno que no quería, por nada del mundo, que nadie descubriera.

Cuando logró salir al aire libre comenzó a llorar como una tonta y se marchó a casa.

No, no se lo contaría a nadie. No confesaría que le dolería muchísimo que precisamente fuera él quien le rechazara. No diría que había tenido una noche de sexo fuera de serie, pero que también había sido de lo más romántica. O al menos, lo más romántico que ella había hecho hasta la fecha. Y tampoco reconocería que le hubiera encantado repetir con él, y no pocas veces. Incluso aunque no hubiera sexo, aunque solo fuera para ir al cine y verle sonreír todo el rato, como le había visto hacer en varias ocasiones. La verdad era que una parte de ella se moría por saber más cosas de él, por conocerle de verdad, y deseaba que todo lo que sospechaba sobre su posible afecto por ella fuera cierto.

Tenía que hacer algo. Tenía que arreglar todo aquel embrollo y no sabía cómo. Al único al que podía acudir era, por extraño y jodido que fuera, al estúpido doctor Sonne.

Torre de control del Olimpo

Las cosas se habían calmado con su familia y, en esa ocasión, había sido la misma Alma quien le había pedido el favor de que echara un vistazo a Elsa, porque hacía bastante que no sabía nada de ella y estaba muy preocupada.

Nunca habían estado tanto tiempo sin hablar, ni siquiera

cuando se mudaron durante el embarazo de su mujer. Siempre charlaban por ordenador, o por teléfono, o por ondas electromagnéticas, porque parecían saberlo todo la una de la otra incluso estando tan lejos.

Y allí estaba él ahora, junto con Zeus y el idiota de Ganímedes, dando a los botoncitos y buscando en las pantallas qué coño podría estar pasando con esos dos.

La verdad era que Adonis se la sudaba. Y mucho. Sí, vale, estaba *un poco* agradecido con él por salvarles, pero cómo estuviera llevando su vida en la Tierra no era su problema, más allá del hecho de haberse divertido bastante a su costa cuando le mandó la flecha para joderle un poco y que se colgara de Elsa, la amiga loca de su mujer.

Su mujer. Qué raro le sonaba a veces esa palabra, todavía… Y eso que ya habían tenido un bebé. Una niña preciosa a la que él adoraba, por la que se le caía la baba, por la que estaba dispuesto a hacer cualquier cosa. Si ya se había tomado su trabajo en serio después de enamorarse de Alma, tener a la niña le había cambiado por completo. Ya no era aquel chico superficial y caprichoso que una vez fuera Cupido; ahora se sentía más Eros que nunca. Era un hombre maduro, hecho y derecho, que estrangularía y le cortaría los huevos a cualquier gilipollas que se atreviera a tocar a su niñita.

Y por eso, porque ya era un hombre serio y no le negaba nada a su mujer, ahora le tocaba velar por Elsa. Y si con ello le tocaba Adonis de rebote, pues se aguantaba… Lo haría por sus chicas.

Sonrió mientras seguía dándole a los mandos.

—Espero que tú y Apolo no estéis haciendo de las vuestras por ahí. —La voz ronca de Zeus sonó tan cerca, y él estaba tan ensimismado con sus pensamientos, que se llevó un susto de muerte.

—Joder abuelo, la próxima vez que vayas a hablarme tan de cerca avisa, que me busque un chubasquero. Me has llenado de babas, qué asco.

—Un poco de respeto, majadero. Que todavía puedo dar marcha atrás y mandarte al Inframundo.

—La marcha atrás es lo que te gusta a ti, viejo verde… —susurró.

—¿Qué has dicho?

Su voz sonó ahora tan amenazante, que Cupido tuvo que reconocer que igual se había pasado un poquito.

—Que tengo que verle, a Adonis, digo.

—Ah, sí, sí… ¿Qué tal con Elsa? ¿Quién de los dos perdió la apuesta? ¿Al final fueron cinco o siete?

—La perdimos los dos. —Sonrió—. Fueron tres, pero en tan corto espacio de tiempo, que igual si hubieran pasado la noche entera juntos es posible que Apolo me hubiera ganado.

—Tu madre entrenó bien a ese chico —replicó Zeus en tono condescendiente.

—Abuelo, eres el único padre que conozco que habla así de las relaciones sexuales de su hija, ¿no te un poco de repelús? Al menos podrías cortarte un poco.

—La costumbre. Demasiados años, ya sabes. A veces hasta se me olvida que es pariente mía. Estáis todos a mi cargo, no lo olvides, así que para mí es como si todos fuerais un poco hijos míos. Hijos caprichosos y rebeldes. ¡Mi rebaño de descarriados!

Pobre, pensó. A veces se le veía tan débil y viejo… Pero luego recordaba que para fornicar no lo estaba tanto, y se le pasaba.

Volvió de nuevo la vista hacia las pantallas. Ya había encontrado a los dos.

Muy lejos.

Muy, muy lejos.

¿Cómo coño habían llegado hasta ahí? ¿Y qué había pasado para que terminaran así las cosas? Joder, aquello no era normal. Adonis había pedido ese destino al convertirse en mortal, y Elsa nunca había salido de su ciudad más que para irse de fiesta a otra. Algo muy gordo tenía que haber sucedido, y él no se había enterado.

Algo o alguien…

Entrecerró los ojos y apretó los labios mientras negaba al mismo tiempo con la cabeza.

Aquellas viejas brujas… Solo esperaba que su mujer no le obligara a ir a verlas de nuevo, porque su cupo de streapteases estaba cubierto para varios siglos.

Y Mientras tanto, en su galaxia lejana… O dondequiera que esas tres viejas brujas se escondieran

—¿Qué andas haciendo por ahí, vieja?

Láquesis se asomó donde Átropos miraba tan concentrada. Su decrépita y huesuda mano, cuyas venas se transparentaban y parecían querer saltar del aquél horrendo cascarón, se movía frenética intentando aferrar el ratón.

—Tú eres más vieja que yo —le respondió a su hermana.

—Qué más quisieras tú, con esa papada enorme que tienes y esos tres pelos de loca, parecerte a mí, que soy toda una belleza.

—Si tú eres una belleza, entonces yo soy Miss Universo, imbécil.

—*Tú* eres imbécil. Yo soy una fruta madura que ha caído del árbol esperando que algún apuesto joven la rescate y extraiga todos sus jugos…

—Por favor, voy a vomitar —sentenció Cloto.

Láquesis se había asomado, mientras soltaba su disparatada diatriba, al ordenador de Átropos para intentar husmear un poco.

Su hermana se levantó y tapó la pantalla con su frondoso cuerpo.

—Vieja pelleja… —le reprendió—. Ahora me toca a mí jugar. Espera tu turno.

Cloto levantó de nuevo la vista de la rueca y tocó el precioso telar con sus manos. Qué complicado, qué arriesgado, qué entretenido…

—Cuando os canséis de jugar con ellos, me avisáis. Su destino ya está decidido. Y vosotras no pintaréis nada llegado el momento.

—Ya veremos, querida, ya veremos…

Capítulo 21

Adonis no sabía todavía cuál había sido su error.

Ni siquiera sabía si en realidad había cometido alguno, para empezar.

Por más vueltas que le daba, lo único que se le ocurrió fue pensar que, al final, algunos de allá arriba habían conseguido su ansiada venganza, que por fin se habían desquitado con él. Fue el objeto de demasiadas envidias en el Olimpo por ser el protegido de Afrodita durante tanto tiempo, casi más que el mismísimo Ares. Incluso ahora, en la tierra, la diosa había intentado tentarle de nuevo. Era como una adicción para ella, pero lo cierto es que esa mujer tenía tantas que ahora comprendía que para ella no tenía otro valor más que el de fiel siervo.

Cuando despertó ya era de día. Un maldito día.

La cama estaba vacía y helada. Se removió, atontado por el sueño, y recorrió la habitación con la mirada. No había nadie. El silencio ensordecedor le hizo temer lo peor.

La puerta del baño estaba abierta y supo, antes de entrar, que ella ya se había marchado. No obstante, comprobarlo por sí mismo no fue menos doloroso.

Se levantó de la cama, algo tembloroso por los esfuerzos de la noche pasada, y se sintió ridículo allí de pie, desnudo y abandonado.

Después de todo lo que se había esmerado.

Le había hecho el amor de todas las maneras posibles, le susurró palabras cariñosas, palabras que nunca le había dicho a nadie. Tenían champán, bombones y fresas en la habitación. ¡Hasta un jacuzzi cubierto de espuma! Era lo más parecido al Olimpo que había conseguido recrear en la Tierra, y ella debería haberse sentido como una diosa, amada, adorada y venerada.

Pero, al parecer, no había sido así.

¿Por qué se había ido de nuevo? ¿Acaso volvería?

Algo idiotizado, se puso la ropa interior y el pantalón y salió al balcón a tomar el aire para poder pensar con claridad.

La inmensidad de un océano intranquilo le recibió. Las aguas estaban embravecidas, como su alma, como quizá también Poseidón se encontrara esa mañana.

—Ya somos dos, amigo —le susurró.

Consideró la idea de hundirse en aquél mar, de engullirse en sus profundidades, de perderse para siempre. Nada le estaba saliendo bien. Nada era lo que él esperaba o buscaba. Todo había cambiado tanto desde que viviera entre los humanos… Y al fin, cuando parecía haber encontrado a alguien a quien amar, o más bien cuando le obligaron a hacerlo, esa mujer no le quería.

Porque si le quisiera, no le habría abandonado así. Ni una palabra, ni un «hasta luego», nada. Ni siquiera se mereció una breve despedida por su parte.

Vaya, así era como se sentía uno cuando alguien le trataba como basura.

—Joder —farfulló.

De repente, y tras esa honda tristeza que parecía que iba a comerle el estómago y que estaba a punto de hundirle en la más dura de las miserias, la rabia creció dentro de él.

Odiaba ese sentimiento de debilidad. Odiaba ser rechazado. Odiaba que no le quisieran. Odiaba a todos los dioses del Olimpo, que estaban jugando con él, y odiaba parecer un trapo sucio al que todos pisoteaban.

Nunca más se iba a sentir utilizado.

Se agarró a la barandilla con tanta fuerza que los nudillos se le pusieron blancos. Apretó los labios y cerró los ojos para eliminar todo rastro de sentimentalismo de su interior. No iba a llorar. No iba a lamentarse. Ahogó un grito de rabia, se lo tragó como la bilis amarga, y respiró hondo: ella se había ido, y eso era lo que él iba a hacer también.

Irse tras ella y, si hacía falta, hacerle entender a gritos que era una idiota y que su vida, por mucho que se lo negara a sí misma, estaba unida a la de él.

Su marcha era inminente y de ninguna manera iba a permitir que ella le despreciara de aquella forma. Él jamás se rendía sin haber luchado primero. Esa loca desquiciada se iba a enterar.

Nunca había estado en su naturaleza rendirse. Él era un cazador, un guerrero, un luchador nato. No era un hombre que se regodeara en su propia desgracia mientras se quedaba quieto, lloriqueando y compadeciéndose de sí mismo.

Él era Adonis, maldita sea.

Y como sabía que ella no le iba a responder a las llamadas, esta vez fue directamente a buscarla. Se las ingenió para averiguar dónde vivía, buscó información por Internet sobre ella, su perfil de las redes sociales, su apellido, su número de teléfono fijo y, finalmente, dio con su dirección. Todo estaba allí, en la red. Solo había que buscan con ahínco.

Y esa misma tarde, se plantó en la puerta de su casa a esperarla.

Si se creía que se iba a salir con la suya, iba lista. Esa no sabía quién era él, se decía una y otra vez.

Esperó durante horas. Había llegado a las cuatro de la tarde, y vio cómo el sol cambiaba de posición hasta hacerse de noche. El estómago le rugía, tenía que marcharse a ultimar los detalles de su viaje, y además estaba sediento y cansado.

Pero no se movió. Esperó, paciente, hasta ver aparecer a su presa.

En algún momento tendría que entrar o salir de aquella vivienda, y no se le iba a escapar.

No iba a tocar el timbre y darle la oportunidad de rechazarle, no... Esperaría si hacía falta toda la noche para enfrentarse a ella cara a cara.

Y, finalmente, la vio salir. Iba con paso acelerado, tanto que casi se le escapa.

Y llevaba una maleta enorme.

—¿A ti qué te pasa, tía? ¿Es que te piensas largar sin despedirte o qué?

No pudo evitar salir de las sombras en las que estaba oculto y soltarle aquello de buenas a primeras, a viva voz. Al fin y al cabo, tenía la sensación de que si no lo hacía rápido se iba a esfumar otra vez, y eso era algo que no iba a permitir que pasara de nuevo.

Ella se detuvo, y se fijó en su atuendo. Algo no iba bien en ella. Iba vestida algo escandalosa; sí, ya sabía, eso era algo natural en ella, pero sus ropas estaban arrugadas y los colores no parecían encajar. Además, le temblaba el cuerpo, y había una tensión extraña en sus hombros, como si tuviera la espalda muy rígida y no la pudiera mover. La tensión típica de alguien que está incómoda, que sufre. Algo le pasaba, y ahora le quedaba más claro que nunca a Adonis. Por algún motivo, le habían endiñado a una chica con problemas y, aunque a los de allá arriba toda la situación pudiera parecerles la monda lironda y lo más seguro es que se estuvieran tronchando de risa a su costa, a él se lo llevaban los demonios. Le dio una rabia enorme verla así. Se cagó en todos los malditos dioses e imbéciles que manejaban los hilos, aunque fue lo suficientemente listo como para no hacerlo en voz alta, que igual estaban escuchando y al final se la cargaba.

A él podían hacerle lo que quisieran. Que le tiraran a una alcantarilla, que le hicieran pelearse con las ratas más inmundas de ese estercolero al que llamaban Tierra, que su fortuna volviera a darle la espalda y perdiera el trabajo que acababa de conseguir...

Pero que no jugaran con ella, porque todo lo demás carecería de importancia si ella no estaba bien.

Elsa era una chica inocente. Hay que joderse. Seguro que os reís, pero aunque estuviera un poco loca, aunque nadie la entendiera, aunque fuera de cama en cama buscando algo que no quería encontrar, era solo una chica demasiado joven, demasiado ingenua y, sobre todo, una mortal. Una muñeca a la que podían retorcer y romper si querían, y ella no tenía culpa alguna de haberse visto inmersa en aquella historia.

Que le colgaran a él, pero por todos los dioses, que la dejaran en paz a ella.

El sentimiento protector le inundó como una llamarada ardiente mientras esperaba a que ella, al fin, reaccionara a sus palabras.

Tardó demasiado en darse la vuelta, como si tuviera miedo de algo o como si quizá pensara que se había imaginado lo que había escuchado. Normal. Le había dado un susto de muerte, pero que le atravesara Zeus con mil rayos si le importaba un carajo darle un susto o no.

Y, poco a poco, como si fuera la protagonista de una película de terror, comenzó a girar la cabeza para volverse hacia Adonis.

Tenía la cara desencajada y le miraba como si en realidad él no estuviera allí. Como si no supiera siquiera quién era o pudiera ver a través de él.

Miró hacia atrás para asegurarse de que no había nadie más, porque igual es que su carne era transparente o algo… Pero no. Le miraba a él, pero sin verle.

Luego, poco a poco, frunció el ceño. Abrió la boca como si fuera a hablar, después la volvió a cerrar y entonces se tranquilizó. Relajó los hombros, ladeó la cabeza y medio sonrió. Ahora sí le veía.

—Lo siento —fue lo único que dijo antes de darse la vuelta de nuevo y continuar andando.

Él se movió como impulsado por un resorte y en dos segundos estaba junto a ella, tirando de su brazo para detenerla.

—¿Qué demonios se supone que sientes? —le reprochó, haciéndola girarse hacia él.

Su cara estaba absurdamente serena, vacía. Ella, que siempre era tan temperamental, que siempre tenía algo que decir… A quien nunca le faltaban las palabras, los gestos y los guiños, ahora no tenía nada que ofrecer. Ni una mísera pista.

Se encogió de hombros.

—No podía quedarme.

Se quedó mirándola boquiabierto.

—¿En serio? No me digas, no me había dado cuenta. —Ella suspiró ante esa pulla, y él volvió a mirar su maleta—. ¿Y adónde se supone que vas ahora? Eso tampoco lo pensabas decir, ¿no?

—Bueno, tampoco es como si tú y yo tuviésemos una relación, ¿no? Solo nos hemos acostado un par de veces, no tengo que darte explicaciones.

Lo dijo con una voz tan serena, y con un descaro, que tuvo que tragarse toda la bilis que se le había acumulado en la garganta, junto con las ganas de gritarle allí mismo todo tipo de improperios por su falta de empatía. Se las tragó, se lo tragó todo, apretó los ojos y engulló toda su mala hostia.

Pero no pudo.

—Eres una maldita manipuladora. Yo me abrí a ti, te traté como a una reina, y esto… ¿Así es como me lo pagas, tratándome como una mierda?

Ella soltó un aspaviento.

—Perdona, pero yo no te pedí nada. Y eso de que te abriste a mí… No sé qué decirte, yo solo sé que follamos, y aunque te lo montaras a lo grande, solo fue follar. No nos contamos nuestra vida ni nada. —Le cogió la mano, que seguía apretando el brazo de ella, y soltó los dedos uno a uno—. Y ahora, si me disculpas, no tengo más fuerzas para discutir. Ni para hablar. En realidad, no me quedan ganas de nada. Me marcho.

—Si hubieras preferido que en vez de follar te hubiera contado mi vida, me lo podrías haber dicho.

—¿Y para qué iba yo a querer que me contaras tu vida? Es más, ¿para qué querrías tú contármela?

«¡Porque te quiero, idiota!»

Eso es lo que debería haber respondido, lo que sus labios querían pronunciar y todo su cuerpo parecía gritar.

Lo que nunca le dijo.

Porque era una locura. Porque no lo estaría si no hubiera sido por una maldita flecha. Porque si esto hubiera sido una relación normal, él no estaría allí pidiéndole explicaciones. Porque si se lo dijera, ella correría todavía más rápido.

Y porque Adonis era un maldito imbécil orgulloso incapaz de rebajarse ante nadie. Ni siquiera ante ella.

Así que lo único que hizo fue encogerse de hombros y responderle:

—No me habría costado nada hacerlo si eso te hubiera hecho sentir mejor. No quiero que te vayas por mi culpa.

El gesto de ella se endureció. Algo cambió, le miró como intentando comprenderle. Sus ojos le asustaron, porque por primera vez creyó que alguien había detectado una de sus mentiras, y una sensación extraña que no supo identificar le provocó un escalofrío.

—Pues como ves, no me habría hecho sentir mejor, gracias. No necesito tu compasión para nada. Y además, no me voy por tu culpa, que lo sepas. El mundo no gira alrededor de ti.

Con el mismo gesto serio que había mostrado hasta ahora, tan poco habitual en ella, se dio la vuelta y se marchó, tirando de su pesada maleta conforme se alejaba de él.

Y él se quedó allí parado, como un estúpido, intentando pensar qué podía hacer para retenerla.

—¿Adónde vas? —le gritó.

O más bien le exigió, en la distancia. No iba con él humillarse. No le iba a rogar que se lo dijera, maldita sea.

—¡Eso tampoco te importa! —le gritó sin siquiera volverse.

No se le ocurrió pensar, ni por allá lejos, que quizá esa fuera la última vez que tuviera la oportunidad de verla.

Capítulo 22

Ese mismo día, por la mañana

¿Qué puede hacer una chica cuando siente que todo por lo que ha luchado en la vida se derrumba a su alrededor?

Porque eso es lo que le sucedió a ella aquel día.

No estaba solo el asunto de Marco, del que había huido como alma que lleva el diablo aquella misma mañana, sino que, además, la charla con su madre aquella mañana la acabó de rematar.

Nada más llegar a su habitación, se encerró para llorar desconsoladamente. Lloró como una desquiciada, como una posesa, como la loca que ella sabía que era.

Y pensó que, en realidad, sí estaba poseída por un demonio. Porque no podía ser otra cosa, eso que le estaba comiendo por dentro, aquella conciencia que nunca antes había tenido. Jamás. Ella no era sensiblera. Y, de repente, era un mar de lágrimas: llorona, hundida y arruinada. Ese gilipollas la había convertido en un desperdicio humano, en un despojo de mujer, una esmirriada.

Odiaba a Marco. Odiaba haber accedido a pasar la noche con él, y más por los motivos que habían sido. Odiaba la manera en que se había dejado llevar, la forma en que había caído rendida a sus pies, como una desesperada que necesitaba cariño y amor, del tipo que fueran.

Y lo peor es que parecía ser verdad. Porque lo que él había despertado en ella estaba dormido, y Sonne no había sido más que el detonante que la había impulsado a verlo. Era la primera vez que un hombre le gustaba físicamente y que, además, era cariñoso, atento y divertido.

Por mucho que odiara lo que le había ocurrido, una parte de ella querría volver atrás para revivir esas emociones, para sentirse… querida.

Y ahora, de la única manera que se sentía era asqueada.

Se había cansado de llorar.

Cogió el móvil y le mandó un mensaje a su jefe para decirle que estaba enferma.

Le daba igual lo que pensara él. Como si quería despedirla. Ya le había contado demasiadas veces esa misma trola, sobre todo los lunes, pero como sabía que el lerdo sentía debilidad por ella y que tenía la esperanza de que algún día se la trincaría, ella le daba largas y conseguía lo que quería. En el trabajo aquello le había granjeado bastantes enemigas, pero le daba igual, porque eran todas unas cotillas amargadas.

Lo que en realidad hubiera querido era mandarle un mensaje a Marco y decirle que lo sentía. Esperar a que él llegara a por ella, si es que lo hacía, o repetir algo parecido a lo que habían tenido la noche anterior, pero todos los días. O cuando fuera, pero repetirlo.

Sin embargo, no podía escribir. Algo se lo impedía. Mientras se restregaba las lágrimas y los mocos con las manos y se secaba con lo que tenía cerca —la almohada, la colcha, su perra—, miraba el móvil una y otra vez en espera de un mensaje de él.

Era imbécil, una pava sin remedio, pero tenía la estúpida esperanza de que al despertarse y no verla se mosquease. O hubiera dado señales de alguna manera. O le dijera que era una zorra. Algo.

Pero nada. Pasaron varias horas. Cuando sintió que la cabeza le dolía tanto que los sesos le iban a explotar y la barriga le rugía del hambre —llevaba sin comer nada casi un día—, decidió salir de la cueva y rematar aquél mísero día con un atracón a chocolate.

Comenzó a rebuscar por todos los armarios de la cocina. Su madre siempre tenía guardado un arsenal en algún lugar recóndito donde pensaba que ella no podría encontrarlo; de esa manera, no se sentía culpable. Pero Elsa sabía que, a veces, cuando estaba con los ánimos bajos, se ponía hasta las botas. Y ahora ella iba a hacer lo mismo.

Se quedó quieta, con la mano en alto, a medio remover el contenido de uno de los armarios.

Dios mío, era una copia de su madre, por mucho que hubiera intentado evitarlo.

Se dejó caer en una de las sillas de la cocina y empezó a llorar de nuevo. ¿Es que no iba a secarse nunca aquel río de lágrimas?

—¿No has ido a trabajar hoy?

La voz sorprendida de la mujer en la que estaba pensando le hizo levantar la vista de repente y secarse rápido las lágrimas. Como si pudiera esconderlo. *Ja.*

—No, no me encontraba bien.

No intentó disimular el tono hundido de su voz. ¿Para qué esconderlo? Bastantes veces tenía que aguantar ella los bajones de su madre, así que si por una vez a ella le tocaba tragarse el de Elsa, pues arreando.

—Ya lo veo.

Entró en la cocina arrastrando las zapatillas de estar por casa. Iba muy poco arreglada, como siempre que decidía no salir tras una de las visitas de su queridísimo padre.

—Tú, para variar, tampoco has ido hoy —le dijo con brusquedad.

Isabel se encogió de hombros y sacó un paquete de su escondite secreto.

—No tenía nada importante, así que he cambiado las pocas citas que tenía. Voy a prepararnos un chocolate caliente, ¿vale?

—Me da igual.

Tomarse un chocolate caliente con su madre no era la opción perfecta que habría elegido nunca, pero curiosamente, en ese momento, le apeteció un montón. Tenía la necesidad de consuelo, y aunque no se encontraba muy cómoda con su madre, y mucho menos estando tan vulnerable, no le quedaba otra opción. Al menos, ella no le haría demasiadas preguntas y dejaría de sentirse tan sola.

Cuando terminó de hacer el chocolate, lo vertió en dos tazas y le puso una delante de ella. Elsa la tomó entre las manos. El calor y ese maravilloso olor que despedía le inundaron los sentidos, y ese fue el primer momento en que comenzó a sentirse algo mejor. Resignada.

—Si tienes ganas de hablar, creo que no habrá nadie mejor con quien puedas hacerlo que conmigo.

Ella levantó la cabeza, sorprendida.

—¿En serio me estás diciendo eso? —Hizo un gesto de incredulidad.

Su madre no era la persona más indicada para dar consejos. Era un desastre andante. Siempre estaba deprimida y, encima, se dejaba utilizar como un trapo sucio una y otra vez.

—Sí, te lo estoy diciendo. Obviamente, tú nunca has querido escuchar mi historia. Ni siquiera te has interesado en ello. Has sacado tus propias conclusiones y nos has juzgado a tu padre y a mí de antemano. Pero no todo es lo que parece, niña.

—No soy una niña.

—Ni yo un desastre, como te empeñas en llamarme. Pero no puedo evitar hundirme a veces.

Aquello era lo más profundo que su madre le había contado jamás. Nunca solía admitir que estaba hundida, solo decía que ya se le pasaría, o simplemente se escondía a lloriquear por los rincones y volvía a aparecer cuando la cosa mejoraba. Pero allí estaba, admitiendo que fallaba.

Eso ablandó a Elsa por primera vez.

—Supongo que todos tenemos nuestros bajones.

—Tú nunca los tienes, hija. Siempre eres fuerte, siempre a la defensiva, siempre pasando por encima de todo. Sé perfectamente por qué. Sé lo que piensas de mí, pero estás equivocada. Temes convertirte en alguien como yo, y acabarás siéndolo si sigues por ese camino. Tú vales más que yo, cariño. Eres muchísimo mejor en todo.

Elsa le miró con la boca abierta. Su madre se pegó la taza a la boca y bebió para ocultar las lágrimas.

Sintió pena por ella. Mucha pena. Esa vez, para variar, tuvo ganas de consolarla. Así que se levantó, juntó su silla a la de ella y la abrazó, y juntas sollozaron en silencio durante un rato.

—Mamá —susurró al cabo de un rato.

—Dime, cariño.

—Cuéntame qué pasó entre papá y tú.

Hubo un silencio en el que pensó que no iba a responder nada, pero entonces la separó para mirarle a la cara y acariciarle la mejilla.

—Él no me dejó, fui yo.

Las cejas de Elsa se alzaron, incrédulas. Podría haber dicho una grosería; de hecho es algo que le apetecía mucho hacer, pero pronto —y con gran tino— se dio cuenta de que no era el momento de burlarse de su madre.

—Ya sé que es difícil de creer. Fíjate en mí, ¿verdad? —dijo, mientras hacía un gesto señalando su indumentaria—. Quién podría quererme.

Eso siempre lo había pensado ella, pero claro, no era cuestión de restregárselo por la cara. Su madre era un cúmulo de contradicciones: tan pronto se arreglaba y acicalaba hasta que estaba impecable —cuando tenía que ir a trabajar, claro—, como se derrumbaba y parecía una loca recién salida del manicomio. Normal que su padre se largara, viéndola así… Sobre todo si estaba acostumbrado a verla guapa, porque el cambio era brutal.

—No me mires así —prosiguió—. Ya me queda bastante claro que lo piensas, pero la verdad es que, con el tiempo, he llegado a comprender que tu padre y yo no podíamos estar juntos ni aunque quisiéramos. Somos muy distintos.

—Claro, sobre todo porque tú trabajas y él se gasta el dinero…

—Mira, estoy intentando contarte algo muy difícil, y si vas a seguir por ese camino, paramos aquí y se acabó, ¿vale?

No, no, ahora que había empezado se lo tenía que contar TODO. Fingió arrepentirse.

—Perdona, perdona, es verdad. Sigue.

—Fue justo después de tenerte a ti. Yo… empecé a engordar, y siempre había cuidado mucho de mí misma, pero de alguna forma no podía pararlo. Me sentía como si no fuera yo, como si fuera una extraña. Me daba tanto asco a mí misma que ni le dejaba mirarme siquiera.

Elsa sintió una punzada de pena. Y también comprensión. Si algún día ella se quedaba embarazada… No quería ni pensarlo.

—Así que le alejé —continuó—. Y le odié por dejarme hacerlo, ¿sabes? Le odié porque no me quería lo suficiente como para entenderme. Nos peleábamos mucho, y la verdad es que yo aprovechaba cualquier ocasión para fastidiarle y que explotara. Pasado un tiempo, empecé a buscar amantes por todas partes porque no podía ni imaginar que pudiera serme fiel. Le echaba en cara que volvía tarde, aunque solo fuera un cuarto de hora, o que si tenía esta o aquella compañera de trabajo…

—¿Y no te engañaba? —le preguntó ella, frunciendo el ceño de incredulidad.

—No supe hasta mucho más tarde que no fue así. Pero ya estábamos separados hacía tiempo, así que… —Se encogió de hombros—. Al final le dije que no podía soportarlo más y que se marchara, que estaba harta de él y de sus aventuras. Y no dijo nada, solamente cogió sus cosas, y se fue. Él también estaba harto de mí, y con razón.

—Pero mamá… Todos estos años… Él sí ha tenido amantes.

—Claro, hija, no querrás que estuviera solo siempre, ¿no? Pero, ¿has visto que alguna le haya durado?

Tuvo que reconocer, en su fuero interno, que aquello era verdad. Nunca le había durado ninguna más de un año. Vale, puede que ahí no hubiera entendido bien a su padre. Pero la cuestión del dinero seguía ahí todavía…

—Tengo depresión, Elsa.

Su madre cortó el hilo de sus pensamientos de golpe. La observó durante un momento, incapaz de creerlo y, al mismo tiempo, dándose cuenta de que todas las piezas comenzaban a encajar una a una, como en un puzle. Como en el puñetero Tetris.

Su madre no estaba loca. Bueno, algunos igual podían considerarlo así, pero no lo estaba. Estaba enferma. Y ella la había odiado por eso, y se había alejado tanto de ella que siempre había luchado toda su vida por ser todo lo contrario a esa mujer. Nunca la había ayudado.

No podía creerlo. Simplemente, no podía hacerlo.

—Mamá…

—No digas nada, cariño. He intentado que no lo supieras durante todos estos años porque es lo último que se le quiere decir a un hijo, que tiene una madre enferma que a veces no puede continuar con su vida. Y yo quería cuidar de ti, siempre lo he querido con toda mi alma. Pero hoy, al verte así, me he dado cuenta de… de que te estoy fallando, aun sin quererlo, aun haciendo todo lo posible por no hundirme del todo. Pero es que luchar contra esto es tan difícil… Algunos días me encuentro bien y vuelvo a ser la de antes, pero otros… Es horroroso. Y no quiero contarte más para que no te preocupes, mi niña, porque si no fuera por ti, por la fuerza que me dabas cuando te reías, no estaría aquí. He echado a todos los que me han querido de mi lado, pero no soportaría perderte a ti también para siempre, Elsa.

Las lágrimas volvieron a resbalarle por las mejillas y las notó tan cálidas, que le quemaron la cara.

—Mamá…

La abrazó con todas sus fuerzas y, por primera vez en su vida, supo que se había equivocado de pleno con ella, que la había juzgado y sentenciado sin siquiera conocerla en realidad.

—No me vas a perder nunca, eres mi madre y eso no hay quien lo cambie —le dijo entre sollozos.

—Hija, no cometas los mismos errores que yo, cariño. Tú eres fuerte, siempre lo has sido… No eres como yo. No te derrumbarás. Eres buena, eres lista…

—Esa frase la estás sacando de una película…

Las dos soltaron risillas tontas, de esas que se escapan entre lágrimas y alivian el dolor. De esas que dan consuelo.

—Es de un libro, hija. Criadas y señoras.

—¿Qué pasa entonces con papá?

No quería saberlo solo por el tema del dinero. Quería saber por qué volvía una y otra vez, presentía que había algo más, ahora que sabía que no había sido él quien la engañó.

—Tu padre y yo pasamos dos años separados, sin saber casi nada el uno del otro, y yo estuve a tratamiento. Pero un día nos encontramos en el supermercado. Qué sitio, ¿verdad?… Al verle otra vez se me removió todo. Estaba en una de esas épocas en que me encontraba mejor, y en ese momento, cuando le vi después de tanto tiempo, supe que todavía le quería. Siempre había sido un hombre bueno, y me sentí fatal por haberle separado de nosotras de aquella manera. Nos tomamos un café, nos disculpamos… Y volvió a venir a casa. No ha parado de pedirme que volviéramos una y otra vez, Elsa, todos estos años. Pero siempre le he dicho que no. No puedo hacerle lo mismo otra vez, sobre todo porque sé que no me voy a curar nunca, que siempre voy a ser igual, y él tiene derecho a ser feliz. Soy yo la mala, soy yo quien tiene culpa de todo… —Se agachó y comenzó a llorar desconsoladamente, tapándose la cara para que su hija no viera lo destrozada que estaba—. Y soy yo quien le rechaza, y quien le anima a rehacer su vida —prosiguió con entre gemidos—, pero al mismo tiempo es tan difícil soportarlo… Y cada vez que rompe y me dice que lo intenta, que intenta rehacer su vida pero no puede, que lo que quiere es cuidar de mí, yo vuelvo a odiarle… Le alejo sin querer, lo hago porque soy incapaz de salir, y no sé cómo hacerlo. No quiero volver a lo de antes. No quiero que vuelva y hacerle más daño.

Elsa le abrazó de nuevo y la sostuvo entre sus brazos con paciencia. La postura, sin embargo, era bastante incómoda, y cuando sintió que se calmaba un poco, se separó de ella para mirarla con determinación.

—Mamá, vamos a salir de esta. Yo te ayudaré.

—Todavía no lo sabes todo.

Ella sintió un escalofrío de terror.

—Pues cuéntamelo, vega. Ya que estamos... es mejor que lo desembuches todo.

—El dinero… No se lo doy a él. Cada vez que viene y me hundo, me lo gasto todo jugando al bingo por Internet.

Elsa parpadeó varias veces y soltó una ofensiva carcajada.

—Eh… ¿En serio? —Se controló la risa y volvió a ponerse seria, aunque le costaba mucho hacerlo.

—No puedo evitarlo, ¡no puedo evitarlo! Es como una válvula de escape, y cuando sale ese presentador famoso en la tele y anuncia el bingo online yo siento una necesidad enorme de meterme en la página y me lo gasto todo… ¡Soy una mujer horrible! No deberías quererme, tú tampoco deberías quererme…

Al principio, Elsa se había querido reír a pleno pulmón ante tal confesión. Era tan descabellada… E imaginarse al famoso presentador gay de turno anunciando la página por la tele no ayudaba a aguantarse la risa tampoco, pero la cosa se puso seria cuando sintió el miedo de que su madre quisiera alejarla a ella también.

—Mamá, yo vomito a veces.

—Lo sé.

—¿Lo sabes? —La miró perpleja.

—Las madres lo sabemos todo. Y no tienes por qué hacerlo, tú eres preciosa. Ya te lo he dicho muchas veces. Y no eres como yo, no me cansaré de repetírtelo. Yo estoy enferma, tú todavía no.

«Todavía», pensó ella.

Pero si continuaba así, sintió el terrible presentimiento de que sí lo iba a estar. Por mucho que su madre le dijera que ella era fuerte, sabía que siempre había intentado serlo, pero en su fuero interno tuvo que reconocer que quizá no lo fuera tanto. Si continuaba así, si se dejaba llevar por los sentimientos que estaban comenzando a surgir por una persona a la que ni siquiera conocía, estaba segura de que acabaría mucho peor.

Y ahora lo entendía todo.

Lo tenía todo mucho más claro.

Por eso, cuando salió de casa aquella misma tarde y escuchó la voz de Marco, supo que aquello que había decidido hacer era lo mejor para ella.

Capítulo 23

Elsa le escuchó atenta. Lo intentó, de veras. Pero aquél había sido un día muy duro, un día en el que las emociones se habían apiñado dentro de ella y explotaban como mil petardos ensordecedores.

Y ya no le quedaba más para él, se había quedado vacía por completo. Al lado de todo lo que había descubierto, lo suyo con él le parecía una soberana tontería, algo que no merecía la pena ni tener en cuenta.

Conocer cuál era la verdadera historia de su familia terminó de volver su mundo al revés o, quizá, al derecho. Porque al fin sabía reconocer cuáles eran sus temores. En su obsesión por huir de todo lo parecido a su madre, se había convertido en justo lo contrario a ella: en una chica alegre y espontánea que solo buscaba la diversión, vivir todo tipo de experiencias y correr lo más lejos posible de cualquier tipo de relación con los hombres, porque no creía en ellos ni en el compromiso.

Y ahora, todo estaba patas arriba.

Y tenía que ponerlo patas abajo de nuevo.

Así que había llamado a Sonne, y este le había dado una solución. Algo por donde empezar. Una esperanza a la que aferrarse con todas sus fuerzas, porque ella quería salir de donde se había colado. Llevaba toda una vida intentando ser quien no era, y había llegado la hora de adivinar quién era en realidad.

Y también necesitaba pensar. Tenía que dejarlo todo atrás durante un tiempo, sí, pero no importaba, porque estaba segura de que, a partir de entonces, todo iba a ir mejor.

Y Marco no entraba en sus planes, desde luego. Al menos no por ahora, y estaba segura de que no la esperaría eternamente. Tan solo se habían acostado un par de veces… No podía esperar que le prometiera amor eterno y que la apoyara en todo, desde luego. Joder, ni siquiera contaba con que apareciera allí, en su puerta.

De todas formas, y puestos a hacer frente a tantas cosas, le echó valor y se enfrentó a él. No tenía sentido andar con rodeos. Se dijo todo lo que se tenía que decir, y él respondió como ella esperaba que respondiera. Como un hombre egoísta y orgulloso que se sentía herido.

No tenía muy claro que sus dudas sobre los hombres fueran a eliminarse así como así, durante su periodo de «reflexión», pero lo que sí sabía era que era del todo imposible que un tío se enamorara de ti solo por echar un par de polvos.

—Ni de coña —dijo en voz alta, sin darse cuenta, mientras escuchaba en el tren la música de su reproductor.

El anciano que estaba sentado a su lado y que en esos momentos leía un periódico se giró y la miró con cara de haba. Ella le devolvió la mirada y sonrió: parecía un sapo enorme, con esas enormes bolsas debajo de los ojos, la papada, y esa mirada de superioridad. Se giró de nuevo hacia el cristal para ver el paisaje pasar a toda velocidad.

Quizá no volviera a ver a Marco en toda la vida. Era muy posible.

Y cuanto más se alejaba de casa y más se acercaba a su destino, mayor era la pena que la inundaba. Estaba hecha una mierda. Aunque hubiera querido empezar algo con él, incluso si hubiera estado dispuesta a verse con él, a tener citas normales, ella sabía que aquello no podía acabar bien. Su madre tenía razón: cuando uno de los dos está jodido, es imposible que la relación salga adelante. Primero hay que arreglarse a uno mismo para no hacer daño al otro y, sobre todo, para no acabar todavía peor que al principio.

Bueno, esas no habían sido exactamente sus palabras, pero ella lo había entendido así perfectamente.

Y viéndose en esa situación, ni estaba preparada para comenzar una relación ni quería tampoco hacerle daño a él. Por muy imposible que pareciera, tenía que reconocer que el tío se las había apañado para encontrar su puñetera dirección y esperar a que ella saliera de su casa. ¿Cómo lo habría hecho? Igual era un obseso o algo así, y por eso iba detrás de ella sin conocerla casi de nada.

Bueno, fuera lo que fuese, había aparecido allí y se había mosqueado con ella por haberle dejado tirado, pero eso podía ser puro orgullo masculino, cosa a la que ella estaba muy acostumbrada. No en vano era ella quien siempre les dejaba tirados, y ya se conocía algunos de los numeritos de machito herido que algunos montaban cuando una se adelantaba a la jugada.

Lo suyo con Marco era una solemne tontería comparado con todo lo demás.

Y aun así, algo dentro de ella añoró una relación normal con él. Algo que, quizá, nunca pudiera tener.

El tren llegó a su destino y Elsa se dirigió al compartimento de las maletas. La sacó con mucho esfuerzo, pisoteando con ello el pie del sapo que se había sentado a su lado, y salió del vagón sin pedir disculpas.

Que se jodiera el imbécil estirado. Se lo tenía merecido por haberse puesto tan cerca de su culo.

Cuando bajó buscó a la mujer que Sonne le había descrito: unos treinta años, pelo castaño siempre recogido en una coleta alta, guapa… Vamos, que iba a ser difícil encontrarla.

Se giró para escudriñar a las personas que pasaban y las que estaban quietas buscando a sus familiares, y de repente escuchó su nombre por detrás.

—¿Elsa? ¿Eres tú?

Se dio la vuelta y allí estaba ella: Diana. Lo supo en cuanto reconoció aquellos bonitos ojos azules, iguales a los de su hermano Sonne.

—Sí, y supongo que tú eres Diana, ¿no?

Intentó sonreírle, pero tenía los músculos de la cara tan estirados que no podía ni moverse. Además, estaba demasiado cansada del viaje y de los horrores del día.

—Exacto. Vamos, tengo el coche mal aparcado y ya es muy tarde, tenemos que descansar bien para poder trabajar duro mañana —y le sonrió.

Y esa sonrisa le dio un miedo enorme.

Esa misma noche, cuanto Artemisa —el verdadero nombre de Diana— habló con su hermano Apolo, le dijo que esa chica no duraría con ellos ni dos días. Estaba claro que no estaba hecha para el trabajo del refugio, pues su cuerpo tan delgado y esas enormes uñas rosas eran un signo claro que apuntaban a tontuna mortal con luces de neón.

—Me has mandado a una pava holgazana que se pasará el rato llorando porque se le han quebrado las uñas, Apolo, y no tengo tiempo para memeces. Aquí se trabaja duro para preservar lo poco que nos queda.

—Sé que será duro para ella, sí. Pero confío en que, con el tiempo, se convertirá en una persona totalmente diferente. Ya lo verás. Tengo una buena corazonada con ella.

—¿Es una de tus predicciones? Porque si no, te la devuelvo en un paquetito con lazo y todo. Durante todo el camino

228

hasta llegar al caserío no ha hecho más que hablar del tiempo y cotorrear sobre si hay muchos chicos allí con los que «charlar». Ya, me imagino que para eso los quiere…

Apolo suspiró.

—Escúchame. He acogido a esa chica como mi protegida durante un tiempo, la he estado escuchando, sé lo que pasa por su cabecita. Y aunque ahora es una mujer en apariencia vacía y poco inteligente, verás cómo te sorprende después. Dale una oportunidad, vamos. Tú eres la más firme defensora de los casos perdidos, y este es uno de ellos.

Al otro lado de la línea se oyó un silencio.

—Va, hazlo por mí… —insistió Apolo.

—¿Has vuelto a jugar al doctorcito Sonne?

No pudo evitar que se le escapase una risa tonta antes de contestar:

—Bueno, no es que tenga muchas otros personajes con los que disfrazarme y, sin duda alguna, ese es el más divertido, no me lo negarás.

—Confiésame una cosa: ¿esta también intentó echársete encima?

Ahora le tocó a él guardar silencio. Podría mentirle a su hermana, sí, y decirle que la chica no había mostrado ningún interés por él… Pero Artemisa era una ávida cazadora, y sabía detectar el olor de las mentiras igual que el del acre sudor de un jabalí.

—Puede que alguna vez estuviera a punto, pero no llegó a dar el paso.

—Ja, lo sabía. Mañana te la devuelvo.

—Por favor.

Otro silencio. Apolo nunca rogaba, le resultaba muy fácil conseguir todo lo que quería. O casi todo.

—Por favor, Sasa —probó a camelarla con ese aperitivo cariñoso que usaba cuando eran pequeños.

—¿Qué me vas a dar a cambio?

Qué dura era… Ya sabía él que debía exigir una contraprestación a cambio.

—Si te cuento que… Esta chica ha sido seducida, pobrecita ella, nada más y nada menos que por Adonis, ese a quien tú tanto odias… ¿Te apiadarías entonces de ella?

—¿Qué demonios ha visto ese imbécil en esta cría? —chilló de repente.

El sonido agudo casi le causó un pitido en el oído a Apolo.

—La pobre necesita recuperarse. Quizá podáis ser muy buenas amigas, al fin y al cabo, ¿no?

—Está bien. Si el odio hacia ese imbécil engreído no nos une, no habrá nada ya que pueda hacerlo.

Y fue así como, finalmente, ambos hermanos hicieron posible que el destino de Elsa quedara sellado tal y como habían estipulado antes unas viejas brujas arteras.

La joven se acomodó entre las burdas sábanas y se rindió. Había intentado mantener algún tipo de conversación con Diana, cualquier cosa para evitar el silencio de aquella mujer tan seria, pero no había funcionado nada, ni siquiera la socorrida charla sobre chicos que siempre daba sus frutos.

Esa tía era exasperante: dura, tanto por dentro como por fuera, y antipática a más no poder. Pero, de momento, era lo único que tenía, así que debía conformarse con ella. Y confiar en Sonne, claro.

El maldito… Le dijo que el voluntariado en la fundación sería algo muy positivo, que la ayudaría a saber qué era lo más importante para ella al final. Porque, según dijo, solo cuando te pones a prueba, cuando te sometes a un cambio radical, sabes quién eres realmente. No sabía a qué se refería, pero sí que necesitaba saber con urgencia quién era ella y, lo más importante de todo, evitar caer justo en lo que no quería ser.

Y además, el *psicologuillo* de los cojones le había prometido ayudar a su madre también, así que no había de otra.

Solo esperaba que no la explotaran, que trabajaba gratis, leñe. Aunque la hubieran alojado en el albergue de aquella localidad perdida en la montaña y, por tanto, no tuviera que preocuparse de dónde dormir o qué comer… Imaginaba que tampoco le quedaría dinero para sus chorradas de siempre.

Con todo, antes de dormirse, lo que más le preocupó fue la comida. Tendría que comer lo que le pusieran. Grasientos guisos llenos de calorías, estaba segura. Al imaginarlo, su corazón comenzó a palpitar como loco de preocupación. Se sentiría mejor si le dieran de comer comida para perro, que al menos esa no tenía grasa, ¿no?

Se consoló pensando que el trabajo físico le ayudaría a quemar todo lo que se viera obligada a engullir, que sería más bien poco, vamos.

Y así fue cómo cayó dormida al final, consolándose, dándole vueltas al problema de las comidas, y restándole toda importancia a la cuestión del trabajo que debería realizar. Como una bendita inocente.

La despertaron muy temprano. El día todavía no había clareado, y fue la propia Diana la que lo hizo dándole un buen meneo en el hombro.

—¡Venga, dormilona! Vamos, ¡arriba con energía!

Ella despegó un ojo y se quejó. Debían ser como las cinco de la mañana…

—¿En serio? Creo que no he dormido ni tres horas…

Diana puso los brazos en jarras y miró el gesto arisco de la cara de Elsa. Apretó los labios y le contestó:

—Si la que no va a ir en serio eres tú, ya puedes estar volviéndote a tu casa. Los animales necesitan ayuda a todas horas.

Se levantó como si hubiera tenido un muelle en el culo, se preparó y salió al frío de la mañana acompañada de la «Teniente O'Neill», que ladraba órdenes como si estuvieran en el ejército. Sabía por Sonne que iba a ayudar a una fundación benéfica dedicada a recoger animales que habían sido abandonados o maltratados, y la idea le atrajo bastante, porque ella era, desde siempre, una amante de los bichejos monos.

Pero no sabía el tipo de trabajo que le iban a encargar.

De cuidar animales, nada de nada. O bueno, prácticamente nada.

Más bien le tocaba cuidar de las celdas de los animales, porque estos ya tenían personas cualificadas que se encargaban de ellos... Elsa era el eslabón más bajo de la cadena, la recién llegada, sin formación académica ninguna para esa tarea, y por tanto se encargaría de la limpieza de las instalaciones.

O sea, de quitar la mierda.

Y bueno, si hacía falta, de sacar a algunos perros a pasear, que eso siempre venía bien.

Pero después de limpiarles la mierda, claro.

La fundación contaba con espacio suficiente. Había creado un refugio situado en un valle frondoso, al norte del país, casi lindando con las montañas, y el hecho de que el terreno no fuera un problema hacía que cada vez se apiñaran más recién llegados... Animales exóticos, o heridos, o abandonados, o una combinación de todos eran recogidos sin cesar, sanados en la clínica veterinaria que dirigía Diana, y sometidos a un proceso de rehabilitación y adaptación al medio hasta que o podían ser liberados de nuevo, o bien se reenviaban a un lugar adecuado a su situación, o se entregaban en adopción (en este último caso, siempre y cuando se tratara de un animal de compañía, claro). También había ocasiones en las que, por desgracia, no encontraban lugar adecuado alguno para el animalillo y debían quedarse allí de manera indefinida... Ese solía ser el caso de animales que no eran de compañía pero que no servían para nada, los que eran poco atractivos o demasiado pesados de cuidar.

A Elsa le tocó la tarea de limpiar las instalaciones de los perros, pues era el trabajo más sencillo y menos peligroso por el momento, así como las de los animales de granja. Cada día, llamaba a todos los perros hacia un corral contiguo, los dejaba allí jugando, y limpiaba todas las casetas en donde los pobres pernoctaban y se resguardaban del frío de la noche. El problema allí no era el espacio, sino la falta de personal que se ocupase de los animales: limpiarles, arreglar las casetas, traerles comida, ropa de abrigo...

Diana lo dirigía todo y había conseguido la ayuda más o menos desinteresada de un par de veterinarios, Jorge y Marina; ella misma lo era también, pero eran muy pocos los que decidían quedarse allí, en el caserón, a cuidar permanentemente de toda aquella extraña jauría. Ya no porque no estuviera bien remunerado... Sino porque aquello estaba en el culo del mundo, y no había entretenimiento alguno más que leer o ver la tele por las noches, y eso a poca gente atraía.

Pero era perfecto para una mente descarriada como Elsa, que no necesitaba distracción alguna.

Lo primero que pensó cuando se le indicó dónde estaba todo el material de limpieza y cómo debía proceder, fue que sus uñas se irían a tomar por saco a la farola y las manos se le pondrían como muñones. No quería tener uñas llenas de mierda de perro. ¡Qué horror!

Después de llorarlas y despedirse de ellas como era debido celebrando un entierro de lo más emotivo, se tranquilizó y pensó que, a fin de cuentas, no le importaba tener manos de albañil porque de todas formas, allí no le veía casi nadie… Y limpiar las perreras con esas uñas sería tarea casi imposible, claro. Además, también existía el peligro de que le saltara una al ojo, y eso sí que no, que era lo único auténticamente azul que tenía.

Y también pensó que todo ese tipo de trabajo relacionado con olores nauseabundos tendría una ventaja muy clara: se le quitarían las ganas de comer y, lo poco que comiera, se iría quemando con el esfuerzo. Engordar no sería un problema. Igual hasta le salían músculos y todo.

Qué equivocada estaba con todo. Para variar.

Conforme pasaban los días, Elsa dejó de preocuparse tanto por ella misma y, poco a poco y casi sin darse cuenta, lo fue haciendo más por los animales a los que cuidaba. Ella era una mujer herida, defectuosa, o al menos eso creía, pero lo que veía en esos seres era mucho peor: perritos heridos, o tullidos, o casi muertos de inanición llegaban a la fundación sin cesar, recogidos por los mismos voluntarios o de manos de colaboradores externos. También había cerditos vietnamitas que la gente pija se compraba para pasearlos a la vista de todos, como último complemento a la moda —igual que un bolso o unos zapatos de piel de cocodrilo—, y que después abandonaba por falta de tiempo y ganas para cuidarlos como era debido. Todas las mañanas, antes de comenzar su turno, se pasaba por delante de la jaula de la mamá gorila que había tenido un bebé y no dejaba que nadie se acercara a ella, pues había sufrido demasiado cuando la alejaron de su hábitat y de su anterior bebé para aparearla de nuevo en un lugar frío y lejano. La veía allí, con aquella cara de fiera desvalida pero al mismo tiempo dispuesta a todo por proteger a su retoño, y sentía una admiración enorme hacia ella.

También se preocupaba hasta por los feos reptiles que pasaban frío, porque el tiempo de aquella zona no era el adecuado para sus delicadas pieles y, por tanto, muchos corrían el riesgo de morir congelados si no se les procuraba pronto una residencia conveniente a su naturaleza, según le explicaba Jorge, uno de los veterinarios.

Sentía pena por todos y cada uno de ellos, tanta, que se fue olvidando de la suya propia. Al enfrentarse a verdaderos problemas en los que la vida de un ser podía pender de un hilo, aprendió a relativizar sus propias estúpidas manías y complejos.

Y con el tiempo, fue dejando de mirarse tanto al espejo. Y también fue olvidándose del maquillaje, y de la ropa ajustada e, incluso, hasta del peso. Todo eso fue quedando atrás, olvidado dentro de un cajón viejo donde iban a parar todas las tonterías.

Ya ni siquiera se daba cuenta del mal olor de las instalaciones, y a causa de ello, fue recuperando un hambre voraz que la hacía sentarse y comerse cualquier cosa que se hubiera cocinado en un santiamén. Todo.

Por primera vez en su vida, pensar en las desgracias de otros seres vivos la había hecho olvidarse de ella misma. Dejó su vida atrás, a excepción de las largas conversaciones que mantenía con su madre —quien estaba mejorando muchísimo en manos de Sonne, y esperaba que no fuera porque se hubiera enamorado de él— y con Alma, con la que se sinceró más que nunca. Se sentía más cerca de ellas de lo que antes hubiera estado, a pesar de estar tan lejos.

Y así fue como, poco a poco, se sumergió en una rutina en la que, por primera vez en su vida, se sentía satisfecha. A los pocos meses, aparte de limpiar, le permitieron cuidar de los animales en la medida en que sus posibilidades se lo permitían. Les daba biberones a gatitos y perritos pequeños, curaba heridas, cambiaba vendas… Encontraba una paz enorme cada vez que sanaba a un pequeño animal, pues en su fuero interno sentía que, al hacerlo, esa parte de su alma que no funcionaba bien se iba recomponiendo. ¿Qué sentido tenía lamerse sus propias heridas cuando había tanto sufrimiento real allí afuera?

Y lo mismo parecían opinar sus compañeros de trabajo. Tanto los veterinarios como Diana eran personas estrictas, serias y muy prácticas, aunque cariñosas. Trataban a sus protegidos con ternura pero con firmeza, al igual que lo hacían con ella. Al principio, entablar una amistad con la jefa no había sido muy fácil, sobre todo después de que descubriera en varias ocasiones a Elsa tirada en el suelo de las perreras, cubierta de mierda y llorando como una magdalena porque se había clavado una astilla o porque un perro le hubiera intentado hacer un hijo a su pierna.

Pero todo pareció cambiar de forma muy sutil, con el paso del tiempo, conforme ella se habituaba, antes de lo que todos pensaban, al mal olor, la suciedad y las heridas que forman parte del propio ciclo de la vida.

Capítulo 24

Dos años después

Adonis se había marchado, pero pensó que la volvería a ver algún día, que sus caminos volverían a cruzarse de manera irremediable.

No fue así.

Se marchó y procuró no volver, y aunque con el tiempo la rabia por haber sido abandonado se fue disipando, no sucedió así con su obsesión por ella.

Porque borró de su mente la palabra «amor». Lo que te hacía el maldito Cupido cuando te enviaba una de sus flechas no era algo hermoso, era una tortura que, si por él fuera, habría eliminado *ipsofacto* de la faz de la Tierra. Fuera del deseo o la lujuria, que eran lo único que podía ser saciado, no debía haber lugar para nada más. Es más, deberían crear un mundo aparte, algo parecido a los Campos Elíseos, donde todos los gilipollas que creían estar enamorados fueran exiliados de por vida o, al menos, hasta que se les pasara la tontuna.

El antiguo semidiós recuperó su antigua forma de ser —la de bloque de hielo amargado— y prefirió dedicarse de lleno a la nueva aventura que había iniciado: por primera vez en su extensa vida había encontrado algo que le llenaba, y era la adrenalina misma. La aventura del mundo salvaje.

Aunque, francamente, era una mierda andar con los estúpidos cámaras y reporteros detrás de él todo el rato para grabar sus hazañas, disfrutaba explorando zonas por las que nunca había tenido el placer de viajar y que, de manera sorprendente, seguían conservadas casi intactas. Era la parte del planeta que había que preservar de la mano humana, y una de las cosas buenas de su programa de televisión era que le permitía hacer lo posible para concienciar al público sobre ello. El muy idiota no sabía que conseguía, en muchas ocasiones, el efecto contrario… Porque lugar precioso e intacto que descubría, lugar que se llenaba poco después de energúmenos descerebrados que lo dejaban hecho un asco.

Pero en fin, él disfrutaba trabajando. Al fin había encontrado un lugar en el que encajaba y creía sinceramente que estaba haciendo un buen trabajo.

Recorrió los desiertos de Australia, el Amazonas, las junglas de Costa Rica, la India, y hasta el Polo Norte. Y en cada lugar se reencontraba con viejos amigos, fieras indómitas que suponían un reto para su capacidad física. Su antigua alma de cazador había salido a la superficie.

Y el programa de *Wild Marco* fue todo un éxito.

O al menos eso es lo que le contaban.

Lástima que fuera casi, casi, un fraude.

Y decimos casi, que no del todo, porque muchas de las escenas estaban preparadas. Sí, cuando estaban de viaje y acampaban, Adonis me escapaba para vivir la aventura en solitario, la de verdad, la que él necesitaba; pero en muchas ocasiones el cámara Charlie, y el reportero Johny —sí ambos se llamaban Carlos y Juan, pero como eran muy guays, los muy capullos insistían en usar el nombre anglosajón—, estaban dormidos y ni se enteraban. Y cuando había que grabar, tenían que buscar contenido fuera como fuese, así que a veces atontaban a algún animal para que se estuviera quieto, le sedaban lo justo para que no se quedara durmiendo, y grababan como si se estuviera exponiendo a un peligro real.

Eso es lo que sucedió, por ejemplo, con uno de los programas de más audiencia, el del tigre de Bengala en la India.

Primero le sedaron, y cuando estuvo medio dormido, aunque todavía en pie, el intrépido Marco se acercó con el mayor sigilo desde el lugar contrario a donde soplaba el viento, para que su olor no le delatara. Él lo explicaba a la cámara tal cual, susurrando, como si aquello fuera de lo más normal. Si el animal no hubiera estado sedado se lo habría comido ya, pero el tigre seguía allí, impasible, ronroneando pero con la fuerza suficiente como para mantenerse en pie o saltar sobre él, si se lo propusiera.

Sin embargo, estaba demasiado atontado.

Y su sola imagen, mirando a la cámara con un tigre de Bengala al fondo, dio la vuelta al mundo y se convirtió en la cabecera del programa. Los ojazos verdes y desafiantes de Marco justo delante de un hermoso tigre de Bengala. Una pasada.

—Eres toda una estrella, chaval —le dijo el director por teléfono cuando estaban de vuelta en la ciudad de Kanpur—. Eres un tío guapo, atractivo, peligroso, con chispa… —Parecía que estuviera enamorado de él, pero eso no le extrañaba a Adonis tampoco— y encima te has atrevido a acercarte tanto a un tigre de Bengala que podría haberte comido… ¡Y estás vivo! Seguid así, haced lo que tengáis que hacer, pero continuad. El programa es todo un éxito. Ya hemos recibido ofertas para comprar el formato desde otros canales de Estados Unidos y …

Bla, bla, bla.

No escuchó más. Solo supo que, para conseguir imágenes

impactantes y poder continuar haciendo lo que estaba haciendo, una de cal y otra de arena, debía hacer trampas.

Pero se convirtió en una estrella, sí, aunque ni siquiera lo supiera. Le crearon perfiles en todas las redes sociales y tenía millones de seguidores; y había vídeos suyos rodando por todas partes, incluso algunos en los que aparecía haciendo flexiones o intentando disparar flechas… Vídeos muy sospechosos que parecían haber sido grabados muy de cerca, por cierto.

Por supuesto, también había comentarios envidiosos en los que se le tildaba de embustero y farsante, pero optó por hacer caso omiso de esos. Los halagos eran mejor recibidos, sobre todo si venían de mujeres locas por él que contribuían a alimentar su ego hasta tal punto que casi explotaba. No se podía estar más creído.

Recibía regalos y proposiciones de todo tipo. El hecho de que fuera soltero hacía que atrajera tanto a hombres como mujeres por igual, y todos se declaraban dispuestos a hacer cualquier cosa por pasar aunque fuera una noche con el endiosado Marco.

¿Por qué, entonces, la mujer con la que él había querido pasar todas sus noches se había negado a hacerlo?

Porque él seguía pensando en ella… Ella era la única espina que tenía clavada en su interior. Pero tan adentro y tan clavada, que la muy zorra le tenía pillado por los huevos y era incapaz de fijarse en nadie más ni de encontrar nada interesante en ninguna otra persona. Era como si le hubiera puesto una maldita venda en los ojos.

Se acostó con alguna que otra mujer, sí, porque las necesidades humanas hay que satisfacerlas como es debido: comer, beber, evacuar, follar. Cuatro cosas sin las que no se puede pasar, parte del ciclo de la vida. Pero, aparte de sentir aliviadas sus partes masculinas tras liberarlas de una pesada carga, el acto sexual no le traía ninguna otra satisfacción más que el alivio temporal del dolor de huevos. Por suerte, a ellas tampoco parecía importarles demasiado, puesto que casi ni hablaban… Aunque sí es cierto que, en ocasiones, se preguntaba si la otra persona estaría esperando algo de él en silencio, y eso le hacía casi llegar a sentirse mal por ella.

—Siento que esto no pueda llegar a nada más —solía decirles.

Qué capullo. Cómo se había ablandado.

Y todo por culpa de esa loca que no sabía ni lo que quería… Pero así era su vida. Casi, casi completa. Casi satisfactoria.

Pero solo casi.

Hasta que llegó el momento de viajar a África.

Tan solo regresaban a su ciudad de origen para dejar el material, reemplazar los equipos por otros nuevos y descansar por un par de días, y después volvían a la aventura. Ninguno de ellos tenía nada ni nadie que les atara allí, todos eran jóvenes y estaban ansiosos por vivir, por experimentar al límite.

En aquella ocasión se dirigieron al Serengueti, en Tanzania. El viaje le hacía especial ilusión porque, como antiguo cazador, siempre había escuchado las maravillas de la estupenda caza del lugar. Ahora, esa actividad se había acabado, pero aun así era uno de los pocos lugares del mundo donde la fauna era tan completa que podrías pasarte los días ensimismado observando la vida animal: aparte de los cinco grandes —el león, el leopardo, el elefante, el rinoceronte y el búfalo—, podías tropezarte con gacelas, ñus, leones, facóceros, guepardos, hienas, babuinos… Y la lista seguía y seguía, toda una inmensidad de especies imposibles de reunir en ninguna otra parte del mundo más que en África. La antigua vida, intacta.

Y él estaba deseando poder experimentarla.

Disfrutó como un niño de las comodidades que podía ofrecer el parque natural, con sus campamentos bien montados y protegidos, y al mismo tiempo podía recorrer sus explanadas en un 4x4, cuyo conductor y guía, Tumi, les explicaba en un rudimentario inglés qué podían encontrar y dónde hacerlo, además de cómo ser capaces de detectar a los animales que se mimetizaban con el entorno hasta pasar inadvertidos.

Adonis estaba deseoso de salir por su propio pie, por mucho que le ordenaran los nativos no hacerlo. Tenían que rodar, tenían que conseguir imágenes suculentas, y su cuerpo pedía acción para olvidar el dolor sordo que todavía seguía punzándole en su interior, ese recuerdo amargo de que todo podría ser perfecto si una mujer, cierta mujer, le estuviera esperando en casa, a la vuelta.

Así que, pasados los días en que fueron sometidos al recorrido obligatorio, sus compañeros y él se escaparon y se adentraron solos en la reserva.

Después de la época de lluvias. Sin armas, sin protección alguna.

Y, cómo no, una rueda se les quedó atascada en el barro porque, obviamente, no habían hecho caso en absoluto de las indicaciones del guía sobre la dificultad de circular por ciertas rutas tras las lluvias.

Dos de ellos, Charlie y Marco, tuvieron que bajar a empujar el coche mientras el otro intentaba acelerar con toda la suavidad que era posible para poder sacar la inmensa rueda del coche de allí. Pero el condenado bicho de hierro pesaba como el demonio, y aunque se llenaron hasta el cuello de lodo para intentar sacarlo de aquel lío, era evidente que nada podía enmascarar su olor corporal.

Como era de esperar, uno de sus amigos salvajes estaba agazapado, esperando que alguno de ellos estuviera lo suficientemente despistado y en baja guardia para saltar sobre él.

¿Adivináis quién fue el agraciado?

El gran monstruo de la televisión solo llegó a escuchar el gruñido del guepardo cuando ya lo tenía encima. El animal se le enganchó en el brazo izquierdo, donde le hincó los colmillos mientras él gritaba de desesperación y sus compañeros se cagaban en los pantalones. Pero no podía ver lo que estaban haciendo, ni siquiera si hacían algo por ayudarle. Quizá estaban corriendo, o se habían escondido, vete tú a saber. Nunca se lo dijeron ni tuvieron la oportunidad de hacerlo, porque se guardaron bien de que estuvieran acompañados el resto de ocasiones en que coincidieron… Ya sabían que existía una gran probabilidad de que acabaran con los huevos servidos al gusto para el desayuno.

Adonis luchó contra el depredador, que se soltó del brazo, pero eligió en su lugar otra extremidad mucho más apetecible y con más carne: su muslo derecho.

No podían matar animales. No podían cargarse al maldito guepardo, entre otras cosas, porque no llevaban ni una puñetera arma con somníferos, y por mucho dolor y desesperación que estuviera sintiendo en ese momento, Adonis se dio cuenta además de que no quería hacerlo. El bicho solo tenía hambre, y él se había puesto a tiro. En un pequeño momento de claridad, se sacó la navaja del cinturón y se la clavó en una pata, de modo que el animal chilló y salió despavorido.

En lo primero que pensó antes de caer inconsciente fue en que esperaba que su atacante no perdiera la pata. Después, en que esperaba que no le hubiera seccionado la femoral.

Y por último, cerró los ojos y maldijo a Elsa por no haberle dejado quedarse junto a ella.

Las condiciones para recibir una cura ante ese tipo de heridas no eran las mejores en la reserva natural del Serengueti, pero al menos, los dos hijoputas que se hacían llamar sus compañeros le llevaron con rapidez hasta uno de esos *lodges* de lujo donde sí contaban con asistencia médica. Le sedaron, cortaron la hemorragia, le cosieron las heridas como buenamente pudieron y, en cuanto fue posible, le trasladaron a Nairobi, en Kenia. Casi no fue consciente de nada porque le mantenían sedado para evitar el dolor de las heridas, pero la pérdida de sangre había sido considerable y, por suerte, el seguro médico que la cadena de televisión había contratado incluía el traslado por avión en caso de accidente fatal.

Y como él era un personaje tan, tan valioso para la cadena, se gastaron una millonada en la evacuación a España mediante un avión ambulancia equipado con todos los aparatos médicos necesarios para cuidar de su valioso y afamado cuerpo.

Jamás se sintió tan solo.

Nunca había enfermado, nunca antes le habían herido de esa forma… Salvo por aquella vez en que Ares casi le mata, claro, y que ya ni recordaba. Pero ese dolor… Ese dolor era distinto, porque él era más sabio —o eso se pensaba él—, era más maduro —eso se pensaba él también— y era más consciente de lo que significaba la vida —en eso sí que podía tener algo de razón, aunque no lo creáis—…

No hubo nadie que le visitara mientras estaba sumido en la nube de la semiinconsciencia. De vez en cuando las enfermeras venían, le hacían las curas procurando tocar el máximo de cuerpo posible, palpando los músculos de alrededor y hasta de partes de su anatomía que se supone que no deberían tocar, apartando las sábanas para observar con rostro fingido que se trataba de una inspección de lo más profesional, y volvían a marcharse con una sonrisa en los labios y un brillo especial en los ojos, además de un escueto «hasta mañana, guapo» o «te he metido mi número en tu neceser».

Y él fingía no enterarse de nada. Prefería dormir y dejar de sentirse solo. Le faltaba algo muy importante. Deseaba esa sensación de pertenecer a alguien, a algún lugar. Necesitaba que alguien le cuidara porque le quisiese de verdad, a él, no al cascarón que era su cuerpo. Porque en ese momento él era una persona herida, no solo un envoltorio de belleza. Se sentía más vulnerable que nunca, y por eso la necesidad de ser amado con sus virtudes y sus defectos era todavía mayor.

Pero nadie más que los médicos y las enfermeras fueron a visitarle. Hasta que se encontró mejor, claro, y entonces llegaron los buitres. El director, el productor, hasta el redactor y los gilipollas de sus compañeros, que ya estaban seguros de que no saltaría sobre ellos para partirles las piernas. Todos hablaban de cómo sacar provecho a la situación, de lo mucho que había subido su popularidad, de que los índices de audiencia se habían disparado y su imagen era la más buscada, que había periodistas esperando a todas horas a las puertas del hospital, y que se daban partes sobre su estado continuamente porque la gente quería saber...

—La gente me importa una mierda —les respondió.

—Bueno, si no fuera por la gente, tú no estarías viajando por todo el mundo y haciendo algo que se supone que disfrutas, así que deberías estar más que agradecido —le espetó el productor.

Le lanzó una mirada infernal que casi le enciende en llamas, pero sabía que tenía razón y, aunque el otro se apartó y se puso a mirar por la ventana como si la pared de enfrente fuera el paisaje más interesante que hubiera visto en su vida, Adonis refunfuñó:

—¿Qué coño queréis que haga ahora?

El director se sentó junto a él, se cruzó de brazos y encogió los hombros.

—Bueno, la idea es que te vean... herido. No queremos que des lástima, pero ver al gran Marco hecho trizas le hace más humano, y te adorarán todavía más. ¿Sabes el golpe de suerte que has tenido? Todo el mundo está deseando verte, todos querían saber cómo estabas y hubieran dado un ojo de la cara por ver el espectáculo del ataque...

Él se puso rojo como un tomate de la ira. ¿Suerte? ¿Ser atacado por un guepardo era tener suerte? ¿El espectáculo del ataque? Algunas cosas no cambiaban: habían vuelto a las sanguinarias arenas de los circos de la antigua Roma, y el público pedía sangre y vino. Y él era aquel gran gladiador que luchaba contra los leones... Y al igual que ellos, no tenía escapatoria, a falta de algo mejor.

—¿Solo aparecer en público así, liado en vendas? —le preguntó tras tragarse el asqueroso sabor de la rabia.

—No, hombre, así no. En cuanto te recuperes lo suficiente como para andar te mandaremos a protectoras del país para que te vean cojear y hablar con los animalillos. Pienso que un poco de ternura después de que hayas estado a las puertas de la muerte no vendrá nada mal. Si todavía queda alguien que no se haya enamorado de ti, caerá a tus pies nada más verte. Estamos creando un genio, Marco, ¡esto es la leche! ¡Es la leche! —exclamó al tiempo que levantaba los brazos y cerraba los puños en un gesto de triunfo.

La leche.

Y una puta mierda.

—No pienso pasearme por ahí como un perro herido, tengo mi orgullo, ¿sabes?

Su tono de voz tan bajo le cortó el rollo al director al instante.

—Bueno, tampoco es que tengas nada mejor que hacer después, ¿no? Y mientras te recuperas del todo de tus heridas, porque ya te digo yo que con esa pierna no podrás hacer mucho, algo tendrás que hacer, ¿verdad? Recuerda que tienes un contrato con nosotros…

—No se me olvida que tengo un maldito contrato —espetó—. ¿No podéis enviarme de viaje otra vez?

—¿Y vas a dejar la rehabilitación? ¿Crees que en algún lugar del Amazonas podrás encontrar a un fisio que se ocupe de ti todos los días? Estamos hablando solo de unos meses, hombre, tampoco te lo tomes así. No podemos dejar que todo esto se enfríe, hay que aprovecharlo mientras te rehabilitas. Algo ligero, sin sobresaltos, pero que muestre tu lado más tierno.

Adonis sonrió, sarcástico, y miró hacia el techo.

—Yo no tengo ningún puñetero lado tierno.

—Eso es lo que tú te crees, idiota. Deja que los demás piensen que sí lo tienes. Al fin y al cabo, no tienes nada que perder, y tampoco nada que hacer, ¿no?

«Solo un tiempo», pensó, sin ser consciente de que ese pequeño tiempo iba a cambiar de nuevo el rumbo de su vida.

Capítulo 25

$\mathcal{E}$lsa había cogido un plato con tostadas y tenía pensado comérselas tranquilamente en el sofá mientras veía un rato la tele. Estaba muy, muy cansada, pues ese día habían bajado a tomar unas cervezas al pueblo para celebrar que la burra Fiona —llamada así porque Jorge, el veterinario, era un fan incondicional de Shrek— había parido un burrito sano y blanco como la nieve al que habían llamado, como es obvio, Faltamucho, la frase favorita de Jorge que Asno repetía sin parar. Y es que ya había tardado lo suyo el burrito en salir, ya, así que el nombrc lc iba de perlas.

Tras asegurarse de que la madre y su cría estaban en buenas condiciones, y agotados tras una semana horrorosa de nuevas incorporaciones a la variopinta familia del refugio, Jorge la había invitado a unas cervezas en el único bar de viejos del pueblo.

—¿Sabes una cosa? —le dijo antes de llevarse su botellín a la boca y darle un largo trago—. Estoy sorprendido contigo, nadie daba un duro por ti cuando llegaste.

Ella miró su cerveza, tocó una de las gotas frías que recorrían la pegatina con el membrete de la marca y sonrió. Hacía mucho que no bebía, y en ese preciso momento se dio cuenta de que no lo echaba tanto de menos como pensó al principio.

Se dio la vuelta y le sonrió a su vez.

—Yo tampoco daba ni un duro por mí, sobre todo cuando vi que en todo el pueblo había una esteticista para hacerme la manicura, pero al final he comprendido que puedo apañármelas sin uñas. Y sin zapatos. Y sin vestidos. Y sin maquillaje…

—Vale, vale —le cortó el otro entre risas—, ya te he pillado, no hace falta que sigas con el largo listado. Yo creo que todas esas cosas no te hacían falta, no son más que chorradas.

Aunque le conocía bastante bien y sabía lo práctico que era, le chocó que se lo dijera tan abiertamente. Fijó la mirada en sus ojos, a través de aquellas enormes gafas de pasta de intelectual que llevaba colgadas a la nariz.

No estaría intentando ligar, con ella, ¿verdad? Porque a lo mejor igual se estaba haciendo ilusiones y todo… Y ella no había pensado en él como hombre de ninguna manera. Ni por allá lejos, vamos. Era todo lo contrario a lo que había buscado siempre.

Le miró de arriba abajo, mientras él se daba la vuelta, apoyado en la barra, y volvía a echarle un trago a la cerveza. Era un chico bastante moreno, larguirucho, con el pelo corto de punta y aquellas gafotas. Tampoco estaba tan mal… A lo mejor podía apañarse… Hacía tanto tiempo que no estaba con nadie.

Suspiró y notó que algo volvía a despertar en su interior. Se acordó de los abrazos, del roce de los cuerpos desnudos, y lo echó de menos.

Pero no podía liarse con Jorge. Bajó la mirada y se vio aquellos horrorosos pantalones de chándal que llevaba puestos y las sucias zapatillas deportivas de debajo. Seguro que no estaba intentando ligar con ella, no podía ser. Y menos con aquellas pintas. Además, se conocían de hacía mucho, no podían enrollarse y luego hacer como si no pasara nada, y menos allí, donde no tenían más remedio que verse continuamente.

No, para nada. Él era un buen tío, incapaz de matar a una mosca y seguro que también de tener ningún tipo de pensamientos impuros. Más vale que dejara de pensar en aquellas estupideces.

Por su parte, Jorge apartó la mirada de ella porque, en ocasiones, se la solía imaginar desnuda, baileteando por ahí como solía hacer pero con solo el sujetador y las bragas, y quería evitar a toda costa ponerse en evidencia delante de ella porque hacía demasiado tiempo que no se comía un rosco. Vamos, que estaba a dos velas. En resumen: más salido que el pico de una plancha. Pero es que a veces solo veía tetas. Sobre todo cuando pasaba demasiado tiempo allí arriba. Tetas, tetas, y más tetas. Y las de ella eran bastante grandes.

Pero por mucho que le hubiera gustado echar un buen polvo con Elsa, era su compañera de trabajo y tenía que seguir respetándola.

—¿Quieres otra? —le preguntó él cuando se terminó la suya.

—No, gracias —fue lo único que pudo responder ella, con gesto serio.

La situación se había vuelto algo incómoda, y no quería que su ahora perfecto mundo se tambaleara ahora. No podía echarlo todo a perder por uno de sus malditos líos. Lo más seguro era que ese chaval tan recto no quisiera un lío pasajero, y ella no estaba segura de que le gustara tanto como para empezar de novios o algo por el estilo.

—Bueno, pues entonces te llevo de vuelta y me voy a casa. Estoy hecho polvo… Y este fin de semana quiero estar con los míos, así que tendré que salir temprano —con los suyos o con alguna chavala que le dejara tocarle las tetas, claro.

Se pasó la mano por el pelo y bostezó. No intentó nada más y, por un pequeño instante, Elsa se preguntó si es que ya no sería capaz de atraer ni siquiera a un chico normal, con aquellas pintas. ¿Tanto se había abandonado?

Cuando llegaron al refugio, Jorge paró el coche pero no lo apagó. Esa señal la tenía más que clara, y gritaba con luces de neón: «¡Largo de mi coche, y que ni se te ocurra pensar que quiero nada contigo, so lerda!».

Era lo suficientemente lista como para captar una de esas.

Vaya, pues sí que estaba mal la cosa.

—Gracias por la cerveza —le dijo, antes de bajarse del coche y dar un portazo.

—¡De nada, cuando quieras! —le gritó él a través del cristal bajado.

«Sí, claro, mojigato con gafas de Harry Potter, seguro que cuando quiera…», pensó ella con ironía.

¿Pero en qué coño estaba pensando? Se dio la vuelta y entró en la casa. Antes de dirigirse a su habitación y terminar de pasar la tarde en soledad, giró en último momento para ir a visitar la nueva camada de gatitos que había nacido en el refugio y cuya madre, una gata preciosa pero sin hogar a la que habían atropellado, murió poco después del parto. A todos les pareció una tarea muy complicada cuidar de los cuatro gatitos, sobre todo dada la falta de personal… Pero Elsa se comprometió a encargarse de ellos, ocuparse de que estuvieran calentitos y darles su biberón, pues por mucho que intentaron encontrarles hogar no hubo manera de colocarlos siendo tan pequeñines.

Cuando llegó a la clínica, donde estaban en una cajita acurrucaditos bajo la luz roja que despedía calor, se sentó en el suelo y les observó durante un rato. Se movían como pequeñas orugas, con sus ojitos cerrados, sin ver nada, y proferían pequeños lloriqueos de desesperación al tiempo que intentaban arrastrarse los unos por encima de los otros. Eran tan bonitos y estaban tan solos…

Como ella.

Quizá nadie supiera apreciar su belleza callejera: eran gatos pardos, sin raza ni pedigrí alguno, con un vello áspero y desigual que les daba aspecto de vagabundos, y eso es lo que eran. Pero Elsa estaba decidida a no abandonarles. Sabían quiénes eran: una preciosidad sin necesidad de pelajes exóticos ni adornos. Y los quería tal cual eran.

Preparó sus biberones y sonrió mientras cada uno de ellos aferraba sus diminutas patitas a su mano, sorbiendo de la tetina como si les fuera la vida en ello. Eran gatitos fuertes. Saldrían adelante, incluso aunque hubieran tenido la mala suerte de quedarse sin madre.

Cuando terminó, les dio un besito y les dejó dormitar bajo el calor de la lámpara. Si fuera por ella se los habría llevado a su habitación, pero Jorge le recomendó que no los alejara tan temprano de aquella agradecida madriguera. Eso sí, en un par de semanas ya los tendría consigo, correteando por la casa… Dijeran lo que dijeran.

Se marchó a regañadientes y pasó a visitar a Fiona y Faltamucho, tan solo para comprobar si todo iba bien. Estaban en su recinto, y el pequeño burrito ya se había conseguido levantar y caminaba con las patas temblorosas en torno a su madre. Se quedó observando aquella preciosa escena durante un rato indefinido, porque aquello, los pequeños milagros que sucedían tan a menudo en aquel refugio perdido de la mano de Dios, se había convertido en su vida, en lo que la hacía seguir adelante y levantarse por las mañanas y, sobre todo, en lo que la hacía sonreír y sentirse feliz.

Al cabo de un rato, suspiró y decidió que ya era hora de

volver. Cuando caía la noche refrescaba bastante, y no llevaba suficiente ropa encima. Mientras se duchaba y se secaba, disfrutó de la soledad para pensar en que quizá, después de tanto tiempo sin estar con nadie, se estaba volviendo loca. Ella no quería ni había querido nunca nada con Jorge, el veterinario, y se dio cuenta de que tampoco le apetecía tontear solo por el placer de hacerlo —como hubiera hecho antes— o porque se sintiera sola. No era justo para él. Era muy buen tipo, y no se merecía que nadie jugara con sus sentimientos.

Tampoco es que le hubiera dejado ninguna posibilidad de hacerlo, claro, pero la verdad era que a ella le daba igual. Estaba estupendamente. Estaba tranquila, a gusto. No buscaba chicos, al menos no de momento. No querría quedarse sola para siempre, pero estaba muy bien así y no necesitaba ni los halagos ni las palabras falsas de nadie. Y le importaba muy poco que no la encontraran atractiva.

Se miró al espejo mientras se secaba con la toalla. No era tonta. Bueno, igual hace un tiempo lo hubiera parecido, porque hasta ella misma se avergonzaba de las tonterías que había dicho y hecho y que la hacían parecerlo por completo, pero en realidad no lo era. Y también podía ver perfectamente que ya no era una chica delgada y esbelta, ni tampoco tan joven. Ya no era el maniquí que solía ver ante el espejo, vestida de colores chillones y prendas llamativas.

En su lugar, veía a una chica normal, con carne en las caderas y una ligera tripita que tampoco estaba tan mal. Le gustaba. Tenía una suave forma redondita y bonita, una curva ascendente que, mirándola de perfil, se asemejaba a una pequeña barriguita de embarazada.

Qué cuqui.

Se acarició y continuó contemplándose. No era un horror, como había pensado que sería si cogía peso. En absoluto.

Eran unas formas bonitas. No sabía por qué había tenido tanto miedo a engordar, a que pasara aquello. Tener un aspecto sano y bonito no era el fin del mundo, para nada.

Además, para qué negarlo, otra ventaja es que las tetas se le habían puesto como dos carretas, ¡una pasada!

Joder, estaba muy guapa. Se veía guapa. ¿A quién coño le importaba que otros no lo pensaran así? Ni Jorge, ni ningún otro tío sabrían valorar lo que veía ella ante el espejo. Detrás de su bonito cuerpo de formas redondas había una chica que se había convertido en toda una mujer, y que tenía a sus espaldas una carga que había superado y que, por ello, la hacía sentirse más fuerte.

Cuando se miraba, ella no veía el cuerpo imperfecto de una chica, sino que en su imagen contemplaba todo lo que la había llevado a convertirse en lo que era: una mujer que había superado sus miedos.

Y una mujer a la que amaba más que a nadie en el mundo.

No comprendía por qué antes odiaba tanto coger peso. Ya no lo podía entender, y es que después de tanto tiempo sin dedicar siquiera un segundo a pensar en ello, se daba cuenta de que siempre había sido una estúpida cobarde que tenía miedo a lo desconocido y a mil cosas más y solo deseaba ser aceptada por los demás.

Pero ya no.

Ya no quedaba nada, o casi nada, de la antigua Elsa.

Se vistió y, a pesar de todo, se sintió algo triste.

¿Significaba eso que aquella especie de terapia especial que le había recomendado Sonne se había acabado? Las conversaciones con él se habían ido espaciando a lo largo del tiempo y, cuando hablaban, ahora lo hacían de cosas distintas y más importantes: el refugio, los animales o incluso su familia. Se habían convertido en amigos de verdad.

Qué idiota, y pensar que una vez creía que quería algo con ella, o que podría conseguirle de algún modo. Una cabeza hueca como ella… Ahora más que nunca se sentía a años luz de una persona como el doctor. Tendría que nacer mil veces para estar a su nivel intelectual. Chiquilla estúpida.

Refunfuñado sobre todas las cosas ridículas que había pensado y hecho a lo largo de su vida, se sentó frente al televisor, cruzó las piernas, se colocó el plato con las tostadas encima y pulsó el mando.

Dio un mordisco a una de las tostadas y casi se atraganta con él.

Ya casi le había olvidado, no pensaba en él, ni siquiera recordaba por qué una vez llegaron a estar juntos… Pero esos ojos verdes que dominaban la pantalla se le clavaron en el alma.

Eran los ojos verdes de Marco.

En la cabecera de un programa, esos ojazos verdes delante de un tigre de Bengala.

Dejó el plato a un lado y escuchó con atención mientras continuaba masticando muy lentamente para evitar las náuseas. *Wild Marco*, se llamaba el programa… Y en él, un reportero comenzó a relatar las peripecias de su anfitrión y estrella a modo de introducción mientras aparecían imágenes de un Marco tostado por el sol, con el pelo casi rapado, semidesnudo y sudoroso, en lugares exóticos de todo el planeta y rodeado de peligrosas fieras.

Aquella voz continuó hablando para relatar la última aventura del héroe en el Serengueti, que al parecer había terminado en catástrofe porque, según dijo, el gran aventurero estuvo a las puertas de la muerte debido al ataque de un guepardo.

Si consiguió salvarse fue gracias a su propia pericia, a su

valor sin igual, pues consiguió espantar a la fiera por sus propios medios antes de que le seccionara una arteria vital.

Después de ver las imágenes del cuerpo espléndido de quien una vez fuera su amante, aparecieron otras de menor calidad en donde podía apreciarse un cuerpo inerte y cubierto de vendajes en una camilla, mientras era transportado a una ambulancia. Las luces de la misma impedían distinguir con claridad a las personas que revoloteaban ante la cámara, pero era obvio que se trataba de él, de Marco, en el momento posterior a su ataque.

Sintió pena por él, una pena muy honda.

El corazón le dio un vuelco y, de no ser porque le dio un buen trago a la botella de agua fresca que tenía al lado, habría vomitado el único bocado de tostada que había podido dar.

A las puertas de la muerte. Marco.

Respiró profundamente y se serenó. No sabía por qué estaba tan nerviosa. Quizá se habría puesto igual con cualquier otro chico al que hubiera reconocido de una relación anterior, pero quién sabe… El caso es que era él, el último antes de todo, el último antes de su nueva vida. Y no podía negárselo a sí misma: el único que había hecho peligrar su deseo de soledad.

De repente, recordó aquella escena antes de marcharse, aquella en que él, enfadado, le preguntaba, o más bien exigía saber, por qué se marchaba y le dejaba. Recordó sus preciosos ojos verdes bajo el ceño oscuro de sus cejas en aquel gesto de enfado, cómo le caía un mechón de pelo negro sobre ellos; recordó cómo su mano le apretaba el brazo y cómo ella se la soltó con toda frialdad.

En ese momento, ella pensó que todo aquello era un papel, que él estaba exagerándolo todo y que estaría mejor sin ella…

Y así había sido, por lo visto.

Era toda una estrella de la televisión. No se podía negar que le había ido mucho mejor.

Pero había estado a punto de morir.

No podía apartar la mirada de la pantalla, y volvió a prestar atención a lo que el presentador estaba diciendo.

Marco se estaba recuperando favorablemente en su país, y pronto volvería a estar en la pantalla, con todos sus espectadores, para dar lo mejor de sí mientras volvía a estar en plena forma. A un lado quedarían, por un tiempo, las aventuras en lugares exóticos… Ahora volvía para ayudar a los animales más desatendidos, a los más perjudicados, a los olvidados y maltratados… Volvía como el paladín de la justicia animal a salvar al fiero pueblo llano de las injusticias.

Su objetivo: los refugios de animales de la península.

—¡Ja! —explotó la voz de Diana tras ella—. Ahora sí que estamos listos. Esperemos que a ese idiota no le dé por venir a visitarnos.

Capítulo 26

—Si ese charlatán aparece por aquí soy capaz de ensartarle una lanza por el culo. Ya verás como así sube más la audiencia —continuó su jefa.

Elsa se levantó del sofá a toda prisa y corrió al teléfono. No sabía qué hora era, ni le importaba.

Sonó una vez, dos veces, tres… Y cuando creyó que nadie iba a responder, al fin escuchó aquella voz tan conocida:

—Sonne al habla —dijo con aire soñoliento.

—Sonne, tengo que marcharme de aquí, ya ha llegado mi hora.

No quería sonar desesperada, pero supuso que el pitido de gallo que le había salido lo ocultaba más bien poco.

—¿Qué? ¿Se puede saber de qué estás hablando, un viernes y a estas horas, Elsa?

Ella miró a su alrededor intentando pensar con rapidez, y por el rabillo del ojo vio cómo Diana se apoyaba en el sofá y parecía prestar toda su atención al televisor.

—He dicho que ya no tiene sentido que me quede aquí durante más tiempo.

Ahora sonaba más tranquila, pero los ojos se le llenaron de lágrimas al ver que de entre las ropas de su jefa aparecía Ricky, un pequeño y libidinoso mono ardilla apodado como el cantante por el movimiento obsceno que solía hacer con sus caderas en época de apareamiento.

Ella solía llamarle simple y llanamente «mono salido», y su cuidadora no parecía darse cuenta de que el muy granuja se había encaramado a su cintura y le estaba dando leña al mono —nunca mejor dicho— como si no hubiera un mañana.

—¿Qué ha pasado? —preguntó de repente la voz cortante del psicólogo, sacándola de su ensimismamiento.

«Estúpida, estúpida, estúpida», pensó ella.

—Nada, no ha pasado nada, no me hagas caso.

Y colgó.

~ Un mes más tarde ~

Ya ni se acordaba del dichoso programa de televisión que había visto y que casi le hace perder todo lo que había tardado tanto en conseguir.

Había sido un impulso tonto ese de dejarlo todo de golpe para esconder la cabeza como una avestruz —ahora los símiles con animales se le daban muy bien—, pero consiguió superarlo a tiempo y centrarse en lo que realidad importaba, que eran sus pequeños e indefensos cachorrillos. Allí faltaban muchas manos, no podía abandonarles así por una estupidez. Él no vendría al refugio. ¿Por qué iba a hacerlo? Y de todas formas, si lo hacía, lo mismo ni la reconocía. Se apartaría del camino de los mandamases y se quedaría escondida limpiando las porquerías y dando biberones, que para eso era para lo que servía, y él ni siquiera se percataría de ella.

Siempre y cuando no le diera por salir por cantar con la fregona en la mano. O por poner a hacer ejercicio a los puercos, claro, porque si no se ponía música a tope era incapaz de meterse en las jaulas de los cerdos vietnamitas; y es que a ellos les encantaba la música dance que solía escuchar Elsa, porque se ponían como locos a dar círculos alrededor de ella como si le estuvieran siguiendo los pasos cuando bailaba. Ella lo llamaba la pista de la Bacon Pacha, lo más molón que había en toda la comarca (habida cuenta de que, en dicha comarca, no había más que un bar de viejos en kilómetros a la redonda).

Intentó con todas sus fuerzas no hacer el ridículo ni descubrir su naturaleza habitual, no canturrear, no parlotear, no llamar la atención en absoluto… Pero en poco tiempo todos parecieron extrañarse de que Mari Pili la cantaora —como solían llamarla durante el turno de las limpiezas de la mañana— había perdido su maravilloso «don», y aunque no se quejaban demasiado de que ello, pues sus oídos estaban más que agradecidos, se preocupaban por si estaba enferma, o deprimida; incluso Diana llegó a recomendarle que le pidiera algunas vitaminas a Sonne, o alguna de esas pastillitas de la alegría que el médico podía conseguir.

—También es posible —especuló su jefa a oídos de Jorge— que lo que le falte a la chica sea un buen polvo. Lleva demasiado tiempo aquí encerrada —tras lo cual le lanzó al veterinario una mirada elocuente y llena de intención.

—¿En serio me miras a mí? —hizo un sonido burlón antes de proseguir—: Creo que le haría más caso a una de las cabras cojas que a mí, créeme. Se nota a leguas que no estoy en su liga. A lo mejor igual le van las mujeres… —Se volvió hacia ella y levantó las cejas varias veces.

—Si vuelves a insinuar que soy yo la que tiene que tirarle los trastos, te juro que te mando a tu casa de una patada en los huevos. Mi aguante con ella tiene un límite, y la tolero tan solo porque tiene muy buena mano con todos los animales descarriados, que si no… Por todos los dioses, creo que ya es hora de dejar de preocuparnos, la oveja ha vuelto a descarriarse, al fin.

Ambos se quedaron mirándola de nuevo. La superartista nacional había vuelto, y esta vez estaba haciendo una burda imitación de Taylor Swift en uno de sus últimos vídeos en los que aparecía como una loba devora-hombres. Ella, sin embargo, solo lograba canturrear la canción en una especie de inglés infantil inventado —*¡chau, chau, chiiii!*— y menear las nalgas como si estuviera sufriendo un ataque epiléptico, al tiempo que emitía una suerte de gemidos guturales parecidos a los del apareamiento de un pavo real.

—No es ridícula, es encantadora —dijo Jorge con mirada soñadora.

—Sí, encantadora y los cojones —contestó la otra con una mueca mientras se volvía a mirar a su compañero para mirarle con recelo—. Joder. Tú estás…

Sin embargo, no llegó a terminar la frase, porque fue interrumpida por una desconocida voz masculina.

—¿Quién es encantadora, si se puede saber?

Los dos compañeros se dieron la vuelta y se dieron de bruces con un chaval con aire bohemio y una cámara colgando de la mano.

—Ah, perdonad, soy Charlie, el cámara de Wild Marco —y les tendió la mano a ambos, no sabiendo a quién ofrecérsela en primer lugar.

Diana dio un paso al frente y le miró de arriba abajo.

—Llegáis muy tarde, niñato. ¿Dónde demonios se ha metido tu jefe?

El chico bajó la mano y lanzó una mirada de recelo a aquella atractiva mujer que le había llamado niñato. A él, que había bailado con lobos y corrido por las llanuras del Serengueti, aunque solo hubiese sido para huir del ataque de un guepardo rabioso… Se sintió ofendido, pero su espíritu chulesco le llevó a responderle sin rodeos y con altanería.

Alguien tendría que bajarle los humos a aquella bruja.

—Supongo que mi jefe estará en la sede, sentado la mar de a gusto en su enorme sillón de piel mientras nosotros nos pelamos el culo de frío aquí arriba. Si te refieres a Marco, a ese le encontrarás en la furgoneta, cambiándose de ropa. Si te das prisa hasta puede que le pilles desnudo.

El chaval mantuvo bastante bien el tipo bajo la mirada de asesina de Diana, y se mostró algo más amistoso cuando Jorge levantó la mano y le saludó con toda normalidad, como si lidiar con aquel ogro con pinta de valkiria fuera el pan de cada día.

—Tienes cojones, niñato, pero ya he visto bastantes veces el torso desnudo de ese… Marco —dijo el nombre con especial retintín—, y créeme, que me interesa lo mismo que unos zapatos con tacón de aguja. Que, por cierto, no he llevado en mi vida y nunca he usado más que para clavárselos en los huevos a los niñatos chulos como tú.

Dong.

El tal Charlie sonrió y los ojos le hicieron chiribitas. Se podían incluso ver las estrellitas salir de sus ojillos vivarachos en dirección a aquella mujer que le había obnubilado, y sonrió como un perro a punto de babear frente a un enorme hueso.

No hizo falta que Cupido lanzara ninguna flecha.

De hecho, Cupido se hallaba bien lejos, ocupándose de otros asuntos mucho más serios que le atañían más de cerca, como su mujer e hija.

El origen de aquel amor intenso, de aquella idolatría ciega, no tuvo lugar más que en el cansado corazón de un joven que se había pasado los últimos años de su vida intentando encontrar a su alma gemela entre las luces de discotecas, en las escasas ocasiones en que tenían la oportunidad de volver a casa.

Si no hubiera estado Jorge presente, Charlie se habría tirado al suelo de rodillas y habría besado los pies de Diana para rogarle que le dejara masajeárselos por las noches, o que le clavara esos tacones de aguja que le había mencionado donde ella quisiese.

Pero en vez de eso, siguió sonriéndole con cara de bobo, y eso terminó por sacar más de quicio a Diana.

—Hombres. Sois todos unos imbéciles —espetó antes de pasar junto al chico y darle un empujón para que se apartara.

Él se volvió a mirar a Jorge, sin saber qué era lo que había hecho mal.

—¿Qué coño le pasa?

—Paciencia, amigo. Es una gran mujer, pero no soporta los halagos… de los chicos. En realidad, de nadie, así que no te hagas muchas ilusiones —le sonrió y le palmeó la espalda para reconfortarle.

Pobre infeliz.

Un chirrido, como el sonido estridente de los frenos de un coche chirriando sobre la acera, les hizo darse la vuelta a los dos.

Una chica, vestida con un chándal de dudoso color, se giraba hacia adelante y hacia atrás con los ojos muy cerrados, como en trance, usando la fregona a modo de barra de director de orquesta. Tras ese chillido que no lograron comprender, ambos escucharon estupefactos cómo decía con claridad, cosa extraña en ella, «I am Titanium» para después empezar a dar botes y retorcer los brazos como una posesa mientras unos cerdos vietnamitas corrían de un lado a otro al ritmo de los saltos que daba con las piernas e intentaban marcar el mismo paso, como en una procesión de Semana Santa.

—¡La hostia, los tiene amaestrados! Esto tengo que grabarlo.

Diana bajó la cuesta de la entrada del refugio hasta el aparcamiento y, al llegar allí, buscó la furgoneta.

Al no haber demasiados coches aparcados la encontró con facilidad. La puerta estaba abierta, y Adonis se estaba poniendo con total tranquilidad una camiseta de manga corta que poco dejaba a la imaginación. Llevaba el brazo izquierdo vendado y, por lo visto, estaba más que encantado de enseñar sus heridas de batalla, porque con el frío que hacía allí aquello no tenía otra explicación.

Se cruzó de brazos y, cuando terminó y echó a andar, vio cómo cojeaba. Tenía la pierna derecha rígida. Esa debía de ser la de la famosa herida.

Él levantó la mirada y se cruzó con la de ella.

Un gesto de reconocimiento recorrió las facciones del antiguo semidiós, y la diosa de la naturaleza y la vida animal pudo adivinar sin duda alguna la expresión de odio y recelo que su otrora enemigo se esforzó en ocultar.

—Artemisa —susurró de forma casi inaudible al tiempo que se detenía a medio camino.

Ella sonrió, malvada.

Ahora que tenía ventaja, podía aplastarle como a un gusano… Como al gusano que realmente era, y que todos conocían. Le tenía a su merced y podía hacer de él cuanto quisiera: arruinarle, pisotearle, humillarle. Porque ella era la mejor, y siempre lo había sido… Y él solo era una sombra de lo que ella una vez fue, una burda imitación con aires de gran cazador y mucha fachada que pretendía ser quien no era.

—Volvemos a encontrarnos, pequeña sabandija —escupió.

Él sonrió.

—Veo que, por muchos siglos que pasen, tú no has cambiado nada.

Ella le devolvió la misma suerte de sonrisa taimada.

—Procuro no olvidar cuáles son mis orígenes… y mis objetivos. Y, si no me equivoco, esta partida te la he ganado, ¿verdad? —inquirió levantando las cejas.

—Es posible. Puede que me hayas pillado desprevenido y en baja forma… Cosa que no habría ocurrido de haberme avisado de quién regentaba este lugar —levantó una mano para señalar el refugio—. Si a eso le llamas ganar de manera legal, veo, querida Artemisa, que estás perdiendo tu cacareada integridad.

Ella entrecerró los ojos y le fundió con la mirada.

—Ni se te ocurra volver a llamarme por ese nombre… Soy Diana. Y de ningún modo te habría avisado de nada. Estoy deseando ver cómo haces el ridículo en mis tierras.

Dicho esto, se dio la vuelta y, girando la cara, le ordenó que le siguiera.

Él así lo hizo, al paso lento que le permitía su cojera, en dirección opuesta al lugar desde donde provenían unos extraños chillidos de un animal que Adonis no supo identificar. Se quedó mirando por unos instantes en aquella dirección, extrañado. No conocía animal alguno que emitiera ese sonido, y se sintió intrigado. Se detuvo y escuchó con más atención, pero Artemisa le hizo reanudar la marcha tras ella.

Sí, habían acordado que la publicidad del programa sería muy buen reclamo para el refugio, probablemente les aportaría fondos y, con suerte, algo más de ayuda, pero estaba decidida a evitar que esos dos se volvieran a encontrar.

Por encima de su cadáver iba ese engendro de Hades a corromper de nuevo a la pequeña loquita de Elsa.

Capítulo 27

$\mathcal{E}$se puto mundo debía estar infestado de antiguos dioses de incógnito.

«Vamos, ¡no me jodas! Encima de tener que cojear como un imbécil y hacer el ridículo más grande, ahora tengo que cruzarme con la perra de Artemisa», pensó Adonis.

Esa perra que siempre había sentido celos de él, esa perra que intentó retarle tantas veces solo para demostrar que era mucho mejor. Solo esperaba que no tuviera ningún as guardado bajo la manga para terminar de joder su mísera existencia entre los mortales.

La siguió hasta una pequeña oficina llena de papeles y desorden por todas partes, y se sentó enfurruñado a escuchar su diatriba sobre lo que se podía hacer y lo que tenía prohibido hacer en su refugio. Sobre todo, se le prohibía andar libre por las instalaciones, tanto a él como al idiota de Charlie. Al final, perdió la cuenta de las cosas prohibidas y la miró enfurruñado durante todo el rato, con los brazos cruzados y la cabeza perdida en el extraño sonido de aquél animal desconocido.

¿Qué podía haber en un refugio de montaña que no hubiera encontrado ya en varios continentes?

—Si has terminado ya, te diré que no hace falta que te tomes tantas molestias, solo estaremos hoy —la interrumpió.

—Pues poco vais a rodar, con lo tarde que habéis llegado.

De poca ayuda nos vais a servir si no mostráis todo el trabajo que hacemos aquí.

—Nos daremos prisa por acabar cuanto antes, no te preocupes.

Nadie más que él estaba deseando salir de allí por patas.

En ese instante, Charlie apareció con la puerta con un chaval que parecía adolescente, algo delgaducho, con gafas y el pelo en punta, que le presentaron como Jorge, uno de los veterinarios del refugio. No parecía mal tipo. Al menos, su sonrisa era franca. Seguro que Artemisa le tenía bien agarrado con una correa, como a un perro faldero.

Sin embargo, el tipo parecía de lo más decente. Fue él quien se encargó de mostrarles a los animales, aunque su jefa les seguía de lejos con mirada asesina, atenta a todo movimiento que Adonis hiciera. Entre el cámara, el veterinario y él decidieron cuál era el mejor sitio para empezar a grabar y cuáles eran los riesgos que entrañaba. Tenía que poner todo de su parte para parecer temerario incluso aunque estuviera en un recinto cerrado y, al mismo tiempo, su cometido era mostrar la cojera y las vendas el máximo posible para dar mucha, pero que mucha pena. Cosa que odiaba, pero eran gajes del oficio si quería mantener lo poco que le hacía ser feliz en esa vida.

Para ser sincero, Adonis no pensaba encontrar allí tanta miseria.

No es que los animales estuvieran mal cuidados, al contrario… Dentro de sus posibilidades, estaban protegidos, limpios y sanos. Pero era increíble ver la de animales en peligro de extinción que la gente importaba desde países exóticos y luego tiraba a la basura, o al desagüe, o abandonaba a su suerte en parques y fuentes. Sin embargo, mientras hacían el recorrido obligatorio para estudiar la situación y decidir cuál era el mejor lugar donde grabar una de sus «inesperadas» peripecias, no podía apartar de su mente aquel extraño sonido que escuchara al llegar.

¿Sería una ballena? Imposible, allí no había instalaciones que pudieran acoger a una ballena… ¿Y a un delfín? No, eso tampoco. Como mucho podía haber cocodrilos, pero esos no chirriaban así.

—Grabando en tres… dos… uno…

Charlie hizo una señal con la mano y el piloto rojo de la cámara se encendió. En seguida, adoptó su papel de experimentado reportero. Se comía la cámara.

—La gorila Juana —comenzó mirando fijamente al piloto— llegó al refugio de montaña hace ya más de dos años, y dado que además venía con su pequeña cría, lo mejor para ella fue quedarse en un lugar donde se sintiera segura y protegida. Aquí vemos que se ha conseguido recrear el hábitat en el que viven estos grandes primates, pero ha costado mucho dinero y, sobre todo, esfuerzo. La labor que aquí se desarrolla es encomiable: luchan día tras día por denunciar a desalmados como los que se trajeron a Juana de contrabando desde su lugar de nacimiento.

A veces, el lenguaje más cuidado salía de sus labios sin necesidad de esforzarse… Quizá su naturaleza no fuera del todo salvaje, o quizá es que cuando se trataba de estas injusticias, lo mejor de él afloraba a la superficie y hasta él mismo se extrañaba de no necesitar guión alguno. Sea como fuere, su lado más reivindicativo y guerrero se manifestó en toda su potencia, y por una vez en la vida no pudo más que alabar la labor que la borde de Artemisa llevaba a cabo en aquel remoto lugar.

Grabaron un par de tomas más con otros animales salvajes que algunos desgraciados vendían por miles de euros a propietarios inconscientes, entre ellos un yacaré negro que medía más de dos metros de largo y a quien tuvo el placer de alimentar casi a costa de su propia mano. Esas escenas son las que buscaban: el riesgo, siempre el puto riesgo. Como si le quedaran muchas extremidades con las que burlar al destino.

—¿Tenemos suficiente material? —le preguntó a Charlie.

Ya estaba anocheciendo y allí empezaba a hacer un frío acojonante.

—Andamos un poco justos. Yo hubiera grabado un plano general del refugio, pero aquí Wonderwoman nos retuerce los huevos si se nos ocurre escaquearnos. ¿Tú crees que tendrá algo que esconder?

Echó una mirada al horizonte, pensando… Lo que sí estaba claro era que había algo que no le cuadraba. Artemisa podía ser muy cabrona, aunque estaba seguro de que no había nada que le importara más que sus animales. «Tú los cazas, yo los protejo», decía ella, como si fuese toda una heroína. Puñetera santa de los cojones. Y una mierda.

Además, la muy zorra se había pasado el día lanzándole pullas cada vez que aparecía en la grabación, solo por el placer de dejarle en ridículo. Si podían salvar algo de lo que habían grabado, podía darse con un canto en los dientes.

Qué manía esa de hacerle la vida imposible. Se había librado de una víbora y, de repente, aparecía otra de la nada.

—Me apetece jugar un poco hoy, ¿qué dices, Charlie? —sonrió, travieso.

—Sabes que siempre estoy dispuesto a jugar, cabrón.

—Bien, pues es todo por hoy. Nos largamos.

Se despidieron de Jorge, Charlie intentó darle un par de besos a Artemisa y se ganó un escupitajo, y fingieron desaparecer con la furgoneta justo cuando el sol lanzaba reflejos dorados y cobrizos contra el cristal. Se suponía que esa noche dormirían en el pueblo, donde una señora se había ofrecido amablemente a cederles un par de camas donde pernoctar, pero Adonis había cambiado de opinión. ¿Por qué no les dejaban quedarse allí, cuando tenían además un caserío enorme desde cuya chimenea salía humo? No es que le apeteciera pasar la noche cerca de aquel mal bicho vengativo, pero al menos allí estarían cómodos y calentitos.

Bueno, también le costaba reconocer que aquella vieja le daba un miedo que te cagas, con sus ropas negras y el pelo blanco recogido en un moño. Parecía una aparición, un espíritu de hace tres mil años que viniera a atormentarle. Le daba más canguelo que los putos engendros del inframundo.

Cuando hicieron la curva en que la casa desaparecía de su vista, dejaron la furgoneta escondida entre las ramas de los pinos que bordeaban el camino y salieron a pie, esta vez bien abrigados con tonos oscuros y con unas pequeñas linternas en la mano.

—¿Juntos o separados? —le preguntó Charlie mientras se abrochaba el plumas.

Le miró de reojo antes de responder.

—Yo siempre hago las cosas por mi cuenta, chaval. Pero si te pillan, ni se te ocurra delatarme. Tú solo di que bajé a echar una meada y tú has vuelto porque se te perdió el móvil, ¿queda claro?

—Como el agua —refunfuñó.

Estaba cagado, no quería ir solo, pero a él le importaba una mierda. Era él quien se había llevado los mordiscos del guepardos y los otros ni habían meneado el culo.

Fueron caminando hasta el refugio y saltaron la verja que bordeaba el edificio principal, donde estaba la pequeña oficina. Incluso con su brazo magullado y la cojera estaba ágil, pero el pobre de Charlie se rasgó la chaqueta, que era la mejor que tenía. Tomaron caminos separados mientras escuchaba al chico cagarse en todo, y Adonis seguía sin dejar de pensar en aquel extraño sonido. Decidió recorrer la parte de las instalaciones que no les habían enseñado, esas que decían que pertenecían a los animales de compañía, esos que no importaban tanto y que no servirían para causar ningún impacto frente a la cámara.

El mundo estaba lleno de perreras que a nadie le importaban.

Bueno, pues él siempre había querido tener un perro fiel y nunca pudo, así que igual ahora había llegado el momento de elegir uno.

Sus pasos sigilosos doblaron una curva del camino, y ya casi no había luz. Solo podía ver el vaho que salía de su boca y los reflejos de la luna sobre algunas rocas. Los animales estaban todos tranquilos, porque pocos parecían salir de sus madrigueras y casi no se escuchaba sonido alguno, ni siquiera el ladrar de los perros.

En la siguiente curva, una luz anaranjada comenzó a despertar su curiosidad y avanzó con mayor rapidez, aunque con cuidado de no llamar la atención.

La escena que al fin vio le dejó de piedra. Por lo que se podía ver, aquello era un recinto lleno de casetas para perros y cercado tan solo por una verja metálica, con lo que la luz de la luna era suficiente para observar todo lo que sucedía en su interior.

Alguien había colocado unas velas en un semicírculo. Estaban todas encendidas, y dos perros de aspecto callejero llevaban sendas capas, como vestidos de fiesta. Había una chica sentada de cuclillas frente a ellos y dándole la espalda; iba muy abrigada y por eso resultaba difícil distinguir el contorno de su cuerpo, aunque sí podía distinguir el color castaño claro de su cabello corto gracias a la escasa luz de las velas que se lo iluminaban. Algo en su interior se removió ante aquella imagen.

Los perros estaban quietos frente a ella, escuchando con atención, como si entendieran lo que ella les decía.

—Estamos aquí reunidos —decía— para celebrar el santo matrimonio entre Napoleón y Josefina —y movió una varita mágica con la que señaló a cada uno de los chuchos.

Su corazón casi se ahoga, incapaz de bombear una sola gota de sangre.

Conocía aquella voz. Aquella voz de niña-mujer. No podía ser. Era imposible.

Era la voz de una loca que le había roto el corazón años atrás.

Cayó al suelo de rodillas y en silencio, incapaz de interrumpir aquella escena que, de repente, se le antojó maravillosa, como salida de un cuento de hadas.

—Quiero que sepáis —prosiguió ella— que no os voy a echar un sermón demasiado largo. Tan solo os diré que sois perros, y como tales, no cometéis pecados… O al menos no lo hacéis a sabiendas. Que Josefina esté embarazada no quiere decir que esta unión no vaya a ser sagrada, yo os perdono todos vuestros deslices, y seguro que Dios también, ¿a que sí, colega? —dijo, mientras alzaba la mirada hacia el cielo—. Total, que vosotros dos, a partir de hoy, sois declarados marido y mujer. Y si alguien tiene algo que objetar, que ladre ahora o que calle para siempre.

Movió la cabeza para mirar a su alrededor, como si esperara alguna contestación del resto de perros que la miraban ensimismados. Alguno de ellos hasta movió la cola, feliz, seguramente esperando ya su premio por haberse portado bien. Pero nadie ladró nada.

—Bien, pues lo que Dios, a través de esta humilde servidora, ha unido, que no lo separen los perros. Puedes lamer a la novia.

—Amén —dijo él, sonriendo y sin poder reprimirse e interrumpiendo sus últimas palabras.

Ella giró la cabeza, asustada, y se quedó congelada al ver su silueta en la oscuridad.

—¿Quién anda ahí?

Adonis no pudo responder. Elsa no podía verle con claridad, pero él a ella sí, gracias a la luz de las velas que la rodeaban. Los perros se removieron un poco y empezaron a tironear de las capas, y él la observó mejor ahora que la tenía de frente. El pelo corto y algo despeinado le sentaba muy bien, le daba un toque rebelde más acorde con su personalidad. Estaba igual de guapa que la recordaba, pero el halo de luz anaranjada le daba a su piel un toque casi onírico. Sus mejillas estaban más llenas, y tenía la boca un poco abierta y el ceño fruncido por el sobresalto.

Elsa.

No podía moverse. No la había buscado. Su orgullo se lo había impedido, pero allí estaba, en el lugar en donde menos se lo habría esperado. Y de repente supo que no debería haber intentado huir de ella, que allí era donde precisamente quería estar. En ningún otro lugar habría sido más feliz que en ese instante.

Todas sus aspiraciones, todas sus creencias, todas sus esperanzas, se esfumaron en un instante, en el preciso instante en que la vio de nuevo y comprendió que lo único que le había faltado hasta ahora era el amor de una persona, de *esa* persona.

Si la tuviera, todo iría mejor. Si la hubiera tenido, no se habría sentido tan solo.

Cerró los ojos y rezó una plegaria a los dioses: «Por favor, no juguéis más conmigo. No permitáis que vuelva a perderla, os juro que haré todo cuanto deseéis».

~~*En esa galaxia lejana de la que ya hemos hablado otras veces*~~

—Ohh… ¡Qué pensamientos tan bonitos, tan puros! —exclamó Átropos.

—Parece mentira que provengan de este… de este… de este pedazo de cabronazo, ¿verdad? —le replicó Láquesis.

Ambas se giraron y miraron a Cloto con ojos de sospecha.

—¿Qué estás haciendo con esa rueca, maldita vieja?

—Sí, contesta, bruja taimada, ¿qué es lo que te traes entre manos?

La interpelada hizo un gesto de desdén con la mano y les respondió:

—Parece mentira que no sepáis que el destino es un romántico empedernido.

—¡*Ja*! Y yo en mi otra vida fui Santa Teresa de Calcuta.

Cloto se encogió de hombros, sonrió y continuó tejiendo.

Que ella hubiera sido Teresa de Calcuta o no, a ella le interesaba un pimiento.

Lo que sí le interesaba era la vida de ese gamberro fortachón, y le encantaba, al igual que le encantaba a todas ellas y sobre todo a Ananké, hacer sufrir a los cabrones.

Y de paso, enseñarles una buena lección.

Capítulo 28

Elsa parpadeó varias veces intentando ajustar su visión a la oscuridad.

—¿Jorge? —su voz sonó temblorosa.

Sabía que no era el veterinario. Lo sabía, y el tono en que lo había preguntado la delataba… Y aun así, Adonis no pudo evitar sentir una punzada de celos por que le hubiera confundido con aquel mequetrefe. Venga hombre, no había ni punto de comparación entre ellos.

—No, no soy Jorge —le respondió secamente.

Ella se giró de repente y comenzó a soplar todas las velas a lo loco.

—¡Fuera, fuera, fuera! —les chilló a los perros.

Le había reconocido. Lo sabía. Eso quería decir que se acordaba de él. Porque le había reconocido, ¿verdad?

—¿Qué estás haciendo aquí? —le preguntó a Elsa, sin aventurarse todavía a salir de la oscuridad.

Continuó allí, agazapado, como si fuera una pantera a punto de saltar sobre su presa para que no se le escapara.

Y así era exactamente como se sentía. Aquella presa no se le iba a escapar.

Los perros huyeron despavoridos, contentos al fin de librarse de aquellas túnicas e imaginaba que de poder descansar al fin, aunque decepcionados por no haberse llevado su merecido premio.

—Pues eso tendría que preguntártelo yo a ti, ¿qué haces tú aquí a estas horas? Esto es propiedad privada.

Todavía no había dicho su nombre. No lo había pronunciado. Quería que lo hiciera. Quería que le reconociera, que demostrara de algún modo que no le había olvidado.

—Tú sabías que yo iba a venir —susurró.

Tenía que saberlo. Todo el mundo en el refugio lo sabía, ¿no? Y, sin embargo, no había hecho nada por encontrarse con él. Le había evitado.

Bajó la mirada mientras ella seguía recogiendo. Si lo sabía, no le importaba nada.

—Yo solo me ocupo de mis cosas, que son los animales. De lo demás se ocupa Diana.

¿Quería decir eso que no lo sabía, que se lo habían ocultado? ¿Por qué?

Estaba desesperado, quería que le mirara y dijera su nombre. Antes de salir de las sombras, le preguntó:

—¿Sabes quién soy?

Ella se quedó quieta después de cerrar la portezuela que protegía la zona de las casetas y, a pesar de la oscuridad, pudo ver cómo se ponía rígida.

Recorrió su cuerpo de arriba a abajo. No pudo apreciar demasiado, pues tenía ropas demasiado abrigadas y no había nada que dejara entrever las formas de sus pequeñas curvas, esas que le habían atormentado cada vez que había estado con otra.

Y sin embargo, era ella. Todo en ella le atraía, le impulsaba a acercarse y a apretarla contra sí, a decirle que estaba loca si creía que alguien la iba a querer más que él.

Pero, ¿y si ya había encontrado a ese alguien que la quisiera? Había pasado mucho tiempo.

Y ella seguía sin responder.

—Eres… —comenzó— Eres Marco.

Tenía las manos sobre la verja. No se movió.

Él tampoco.

Un sudor frío le recorrió el cuerpo. Era como si, de repente, fuera a echar a correr despavorida.

—Vaya, al menos no te has olvidado de mí, Elsa.

Ella suspiró.

—Esperaba que tú sí te hubieras olvidado de mí.

Se volvió y la observó en la penumbra.

Aunque quisiera escapar tuvo que reconocer, muy a su pesar, que él no actuaría como una puñetera pantera: era un jodido oso mimosín con ricitos suaves como el culo de un bebé.

—Pues ya ves que no —le contestó, más que nada para hacer tiempo y que no se marchara, para decidir cómo podía actuar delante de ella.

—Qué raro, con lo famoso que eres ahora… Te he visto en la tele, ¿sabes? Tienes muchos fans, según dicen. Seguro que has conocido a mil chicas después que a mí.

Él se encogió de hombros en reconocimiento, pero ella no podía verle todavía. Al fin, se levantó y se le acercó. Cuando llegó a su lado, le extrañó que fuera más pequeña de lo que la recordaba, aunque era cierto que nunca antes la había visto sin tacones.

A no ser que fuera en posición horizontal, claro.

O en la bañera. O contra una cómoda. O…

Mierda. Miró a su alrededor. Allí no podía verles nadie, ¿no? ¿Cabría la posibilidad de engatusarla y rememorar viejos tiempos para poder tirarla sobre la hierba y…?

«Imbécil», se recriminó. Todavía no había tenido ni una conversación medio normal con ella y ya quería tirársela. Tenía el cerebro licuado, hecho papilla. Por lo visto, en esos momentos no podía usarlo, porque su parte más sexual se había apoderado de todas y cada una de sus extremidades y miembros vitales.

Cerró los ojos y respiró hondo.

Un, dos, cinco… No, espera, ese no es el orden… cuatro, ocho…

Mierda.

Los abrió de nuevo. Ella le miraba con el ceño fruncido.

Ahora que la tenía más cerca podía ver cómo había cambiado. Había algo distinto en ella, algo que no supo identificar (cosa que tampoco era de extrañar, dado al estado de idiotez extrema en el que había caído)

Pero seguía siendo ella.

Bonita, dulce, loca, disparatada: auténtica.

Elsa.

Levantó la mano y le acarició la mejilla.

—Sé que puede parecer increíble, pero… te he echado de menos —le dijo con voz ronca.

—¿¿*Cómorr*?? —respondió ella, todavía más espantada, apartándose de mi caricia. Soltó una risilla incrédula—. Ni de coña me lo trago, amigo. Como si no nos conociéramos…

Espantado, vio cómo se daba la vuelta y empezaba a caminar, alejándose de él mientras soltaba una risa sarcástica con su voz chillona.

Había sido ella. ¡El sonido extraño, ese como de ballena enjaulada, había sido ella! ¡Lo sabía! Al fin reconoció el chillido agudo de su voz, ahora que lo había vuelto a escuchar… Por eso se sentía tan atraído hacia ese sonido salvaje.

La vida daba vueltas, pero al final todo giraba en torno a ella.

Podían separarles, podían llevarles al uno a miles de kilómetros de distancia del otro, pero en ese momento supo que volvería a girar sobre su propio eje, que era ella, una y otra vez, como una peonza…

—Maldita Ananké —susurró antes de salir tras ella mientras intentaba adivinar cómo se le meneaba el culo bajo el pantalón de deporte que llevaba.

Arriba abajo, arriba abajo, arriba abajo… Sus dos pelotas parecían querer imitar aquél movimiento pendular, dándole a su masculinidad la fuerza necesaria para alzar la bandera.

«¡Ahora no, por los clavos candentes de Hades! No es momento de ponerte cachondo como un crío», pensó. Pero era difícil controlar las cosas del cuerpo, así que optó por ponerse a su lado y así dejar de centrar su atención —y la de su verga— en el culo de Elsa.

—Eh, lo siento, siento que no te lo creas, Elsa, pero es verdad, te he echado de menos —volvió a intentarlo, esta vez tratando de sonar más convincente.

—Sí, claro, como si no te hubieras estado cepillando a todas las tías que se te hayan puesto a tiro. Que nos conocemos, majo.

—Bueno, a todas, todas… no. Solo a alguna.

Ella se rió y negó con la cabeza. Su pelo corto se movió y le rozó las mejillas. Adonis se la imaginó así mismo, haciendo aquello, pero en la cama, encima de él.

¡Maldita sea!

—Escucha, Marco. No tengo ganas de esto. Ni quiero ni me siento con fuerzas de empezar un tira y afloja… ¿Entiendes? Ya no soy la misma de antes. No vas a conseguir echar un polvo sin más. Será mejor que vuelvas a centrar tu atención en fans que estén más dispuestas que yo, te ahorrarás tiempo y trabajo.

—Hablas como si… como si echar un polvo fuera algo malo. —Le supo mal repetir aquel término, «echar un polvo», pero tampoco se atrevía a decir «hacer el amor»—. Si dos personas se gustan y se desean, si ambas están de acuerdo, es algo muy bonito y placentero, y lo sabes. No puedes haber cambiado hasta ese punto.

—Será posible… —susurró, negando con la cabeza al mismo tiempo—. Mira —se detuvo y levantó la mano a modo de aviso—, desde ya te digo que si sigues por ahí, voy a terminar mandándote a la mierda con viento fresquito antes de lo que te piensas.

Él no entendía nada de nada. ¿Por qué había cambiado así? En su cabeza no entraba la idea —ni aunque la hubiera metido con embudo— de que alguien se negara, de la noche a la mañana, a follar con alguien que le gustara. Follar era lo más natural del mundo. Los hombres y las mujeres, y los hombres con los hombres, y las mujeres con las mujeres, venían haciéndolo desde el principio de los tiempos, porque somos animales físicos. Era ley de vida. Como comer, dormir y cagar, ya lo había dicho muchas veces.

—¿Te has hecho budista o algo? —Esa duda le surgió de repente, pero lo explicaría todo.

Ella se rió, se dio la vuelta y continuó caminando en dirección al caserío de piedra por cuyas ventanas asomaba una luz cálida e invitadora.

Vale, quizá no hubiera folleteo, pero ahora que la había encontrado no desdeñaría en absoluto un sofá mullidito y calentito y el agradable sonido de la voz de un delfín estrangulado mientras se quedaba dormido. Quizá accedería a cantarle de nuevo para que pudiera al fin dormir bien.

Estaba cansado, y le dolía todo. Desde el maldito ataque, su cuerpo no le respondía como antaño y la estúpida condición de mortal no había hecho más que debilitar sus músculos, que le dolían una barbaridad y no estaban tan abultados como antes. Cada vez tenía la pierna más agarrotada, y dudaba que algún día dejara de dolerle.

Necesitaba estar un rato con ella. Sentarse a su lado, acariciarle los pies, tomarse una caja de pastillas para el dolor y descansar en su compañía. Si no le dejaba entrar con ella, se sentiría más solo y desamparado que nunca. Sería hasta capaz de llorar, fíjate tú.

—Oye… —se detuvo y suspiró, rendido—, está bien, no entiendo qué te ha pasado, pero estás equivocada si crees que lo único que quiero es… que nos acostemos juntos —bueno, eso no era del todo cierto, pero podía colar—. En realidad me encantaría sentarme contigo y charlar sobre… sobre… —¿Sobre qué quería charlar con ella? No tenía ni idea, solo sabía que quería escuchar su voz, que parloteara sin cesar, como solía hacerlo antes—. Eh… sobre cualquier cosa. Solo charlar.

Se metió las manos en los bolsillos y esperó allí parado, con las orejas gachas, mientras ella sacaba la llave y abría la puerta. Luego se dio la vuelta y él bajó la cabeza, para parecer todavía más indefenso. Después levantó un poco la mirada y la observó con ojos de cachorrillo indefenso. A ella le gustaban mucho los cachorrillos. Hizo un puchero, pero no sabía si ella pudo verle en la oscuridad.

—¿Solo hablar?

Su tono cortante no minó la euforia de Adonis. Volvió a encogerse de hombros.

—Solo hablar, pasar un rato juntos. Puedes contarme cómo has terminado llegando aquí, si quieres.

La luz dorada de la ventana bañaba su cara. Miró hacia un lado y apretó los labios.

—No creo que eso sea demasiado de tu incumbencia, la verdad. Además, mi vida es muy aburrida, no te interesaría para nada. Sobre todo en comparación con la tuya, que viajas a tantas partes y… y que vives mil aventuras de aquí para allá.

¡Si hasta te atacan animales salvajes! ¿Qué te puede interesar a ti ahora lo que yo haga o deje de hacer aquí con unos animaluchos de poca monta?

Incluso aunque se estuviera haciendo la dura, él sonrió. Sonrió porque en esa perorata volvió a ver a la antigua Elsa, aquella que hablaba sin parar, que decía todo lo que pensaba sin tapujos, aunque algo más dura y curtida. Eso debía de ser culpa del cardo borriquero de Artemisa.

Pero sí, todavía había posibilidades. Andaba por allí, escondida en alguna parte…

Y él era el gran Adonis, un auténtico conquistador, mejor incluso que el estúpido dios del amor. Podía conseguirla, e iba a hacerlo. Así que fue a por todas.

—Me interesa porque necesito… necesito sentirme una persona normal, por una vez en la vida. Encontrar a alguien con quien charlar tal y como soy, una mano amiga, un lugar tranquilo… Estoy perdido y necesito encontrarme a mí mismo, Elsa.

Lo había hecho. Había asumido el riesgo y escogido optar por el discurso místico, porque todo parecía indicar que a Elsa le había dado ahora por leer a Paulo Coelho y retirarse a meditar a un monte perdido para acariciar su alma herida o alguna frase por el estilo.

Así que no dijo nada más.

O quizá, sin saberlo, ya lo había dicho todo.

Capítulo 29

No quería mirarle fijamente, porque si le miraba tenía miedo de perder los papeles.

Durante todo ese tiempo había estado muy tranquila, muy segura, entretenida y centrada, porque tenía una tarea que cumplir: tenía un trabajo que le gustaba, y mucho. Bueno, la parte de limpiar la mierda no, pero todo lo demás, sin duda alguna.

Pero también tenía que reconocer que casi se caga de miedo cuando escuchó su voz. Temía aquello más que nada en el mundo… Porque era muy posible que todo lo que había logrado en ese tiempo se derrumbara a sus pies si volvía a tener a aquel tipo tan perfecto —y que se la trabajaba tan bien en la cama, para qué negarlo— delante de ella.

Cuando el peor de sus temores se hizo realidad y esa voz, que parecía de ultratumba, resonó en plena oscuridad, pensó que podía tratarse de una pesadilla: un fantasma que venía a perseguirla, o quizá el karma, que venía a saldar sus cuentas. Ya estaba tardando, demasiado tranquila la había dejado hasta ese momento. Había llegado la hora de pagar lo que debía, y ella no tenía un duro.

Pero ¿cuentas de qué? Si en realidad no se había portado nunca mal con nadie. No había hecho promesas a ningún chico, simplemente había disfrutado con ellos de común acuerdo y después, cada uno por su lado. No había mentido a nadie, era una tía legal.

Así que el karma podía irse yendo por donde había venido y meterse la guadaña —o lo que fuera que ese tipo llevase— por el culo.

Ya había visto a Marco en la tele. Sabía que existía la posibilidad de que pasara por allí. Pero aquello… ¿Por qué no la había avisado nadie? ¿Cómo había aparecido a esas horas?

El caso era que, por increíble que pudiera parecer, allí estaba. Y diciéndole todas esas cosas…

¿Qué pensaba, que se las iba a tragar? Aquello parecía una broma absurda. ¿Cómo coño iba él a buscarla o echarla de menos? Y después de más de dos años. Venga ya… Eso no se lo creía nadie.

Su primera reacción fue pasar de él como de comer mierda. Que fuera a comerle la olla a otra, que ella ya estaba de vuelta y media con todo. No pensaba ceder ni un milímetro, porque eso sí, también era muy posible que se dejara convencer fácilmente.

Habían pasado años, y una no era de piedra. No había tenido un periodo de abstinencia tan largo en la vida, y si la fiera desbocada que llevaba dentro volvía a despertarse tenía miedo de acabar quitándole la ropa a mordiscos allí mismo. Y no es que fuera culpa suya, no, pero no ayudaba nada que estuviera tan bueno y que, además, estuviera intentando llevarla de nuevo por el mal camino.

El mal camino… ¿Acaso se estaba volviendo loca?

En parte, él tenía razón. El sexo no era algo malo. Estaba bien disfrutar de él de vez en cuando. Estaba muy bien. Suspiró.

Pero ella ya no quería solo eso. No sabía exactamente qué era lo que quería, pero sí tenía claro que lo que no le convenía era una relación vacía, porque después volvería a sentirse como una mierda.

Y otra cosa que no quería era que él acabara con lo que había conseguido ser ahora: una persona que se gustaba, tanto por fuera como por dentro. ¿Qué pasaría si volvían a tener «un algo» y luego la desechaba como a un *kleenex*?

Se preguntaba si a él, cuando al fin la viera a la luz del salón, en toda su claridad y plenitud, seguiría gustándole todavía. Había engordado, y ya no llevaba maquillaje ni se arreglaba como antes. No se había pasado la plancha por el pelo desde los tiempos de Maricastaña, y desde luego, glamour le quedaba ya lo justito para pasar la noche.

Era una persona normal. No estaba a la altura de ese dios pagano tan perfecto y superficial.

Se quedó mirándole allí quieta, a la puerta de la casa, con las llaves en la cerradura y la luz de las ventanas iluminándole de lejos. Era demasiado guapo para ella, para ser real, para este mundo. Era un tipo perfecto. Pero se cogía el brazo con una mano y encogía y estiraba la pierna sin parar, como si fuera un tic que no podía controlar. El ataque le había dejado marcado, y seguramente su cuerpo ya no sería tan hermoso, tan perfecto.

No es que se alegrara, claro, pero… Coño, es que ya podía tener algún fallo. Eso le daba… humanidad. Quizá por fuera fuese guapísimo, un modelo salido de un catálogo de ropa interior de Armani, pero tuvo que reconocer que no sabía nada de quién era él en realidad.

Y acababa de escuchar que le estaba pidiendo que lo hiciera. LE acababa de confesar que se sentía justo como cuando ella llegó al refugio.

Quizá fuese una treta, pero había funcionado. Se estaba declarando una persona normal, falta de compañía y quizá de afecto. Como ella. Qué importaba que fuese mucho más guapo… Al final del día allí estaba, solo.

También como ella.

Él tenía sus defectos. Estaba segura.

Y sintió deseos de conocerlos.

Suspiró.

—La verdad, no sé por qué me estás pidiendo esto a mí ahora. ¿Es que no tienes dónde quedarte a dormir? ¿Estás solo? —le preguntó antes de ceder del todo.

Que no se pensara que era tan fácil colársela, hombre.

—Bueno, dudo que la mujer que me ha cedido una cama en el pueblo sea capaz de mantener una conversación normal. O siquiera una conversación. O a lo mejor incluso no está ni viva, parece un fantasma —susurró esta última palabra casi con temor.

Ella se rió y se preguntó si habría alguien dentro...

En todo caso, de haberlo, que se jodieran, por no haberle dicho nada sobre aquella «famosa» visita.

Se dio la vuelta y abrió.

—Pasa —le dijo, con un movimiento de cabeza.

Él no se lo pensó dos veces y se abalanzó tras ella, casi chocando por las prisas. El interior de aquel caserío era acogedor y estaba calentito. Todo allí era funcional, los muebles antiguos y el viejo sofá no hacían más que invitar a la comodidad, y es que eso precisamente era lo que necesitaban quienes se pasaban el día trabajando en aquel enorme refugio.

—Siéntate en el sofá. ¿Quieres un té o un café?

Se volvió hacia él mientras se quitaba la chaqueta. De repente, Elsa se sintió algo cohibida. Hasta ese momento la oscuridad había ocultado su aspecto, pero ahora, aquella luz dejaba ver a la perfección todo lo que había cambiado en ella. Aun así, continuó quitándose la chaqueta despacio, sin mirarle.

Le importaba un rábano lo que él pensara. Es más, si al

verla pensaba que se había convertido en un cardo borriquero, mejor que mejor, así no tendría que quitárselo de encima. Bienvenido a la realidad, *showman* de mierda.

Las cartas, mejor bien claras sobre la mesa.

Se irguió y se dio la vuelta, cruzándose de brazos en actitud retadora al hacerlo.

Y le vio allí, de pie, mirándola como un corderito degollado. O mejor, como el dichoso Gato con Botas de Shrek, al que tanto imitaba Jorge. Todo ojazos y orejas agachadas. Le faltó ronronear.

Ella frunció el ceño. ¿A qué venía esa estúpida mirada? La miraba como si quisiera echarse al suelo, como si se fuera a abalanzar sobre ella y estrujarla para rascarse contra sus piernas. ¡Era inquietante! Esos ojos verdes no se apartaban de ella y la taladraban como un par de perforadoras. El minino monísimo dio paso de repente a un vampiro sediento de sangre, y detrás de esos ojos verdes le pareció adivinar a un demonio de verdad. Vamos, que le dio un repaso fino, de arriba abajo, deteniéndose en cada una de las manchas de lejía que le habían salpicado la ropa a lo largo del tiempo.

Había una cosa que Elsa tenía muy, pero que muy clara: si a ese tío le había gustado antes, era imposible que le gustara ahora, cuando era algo totalmente opuesto. Quizá no en esencia, pero sí en apariencia… Si te gusta una choni con complejo de Barbie no te puede gustar una choni con complejo de Lina Morgan, vamos.

—¿Qué, quieres una foto? Si quieres, te la doy y así puedes mirarla esta noche hasta que te quedes dormido.

Él pestañeó y volvió a mirarla a la cara.

—Estás… diferente.

—¡No me digas! No me había dado cuenta. Enhorabuena, eres muy espabilado, hijo.

Él se quedó con cara de pasmado.

—Yo… Eh…

—Si quieres salir corriendo, también estás a tiempo. Ya sabes dónde está la puerta.

Ella no se movió.

Él tampoco.

Se miraron a los ojos, la una ceñuda, el otro sin comprender nada de nada.

Pero claro, eso eras algo normal, pensó Elsa. Los tíos nunca comprendían nada de nada.

—Pero si acabo de entrar —respondió él, al fin—. ¿Por qué iba a querer irme tan pronto?

Adonis se quitó a su vez la chaqueta, no fuera a ser que le echara a patadas. El gesto le cambió al instante a otro más normal y relajado. Menudo actorazo estaba hecho… pensó ella. Con razón le habían fichado para la tele.

Bueno, por eso y por los músculos, claro. Que ahora que le veía sin la chaqueta… *Puf.* No tendría que haberle mirado, ahora solo le venían a la cabeza recuerdos de pectorales duros contra sus manos y contra otras partes de su cuerpo ahora más mulliditas. Y aunque ahora le notara algo más delgado, no cabía duda de que seguían siendo igual de duros.

«Deja de pensar en cosas duras, joder», se recriminó.

—Bueno, pues siéntate, yo me voy a hacer un té calentito. Te prepararé uno y si quieres te lo bebes, y si no —se encogió de hombros—, es lo que hay.

La mejor defensa era un buen ataque.

O algo por el estilo.

Si se mostraba cortada parecería tonta. Y ella no era tonta.

No era tonta. No era tonta. No era tonta. Cada vez que se le pasaba eso por la cabeza, Sonne le había mandado repetírselo una y otra vez hasta que se lo creyera.

Al entrar en la cocina ya lo estaba —convencida de que no era tonta de nuevo, vaya—, y se alegró de que no hubiera nadie que fuera testigo de lo pava que estaba siendo. Sobre el fuego, apagado, había una cacerola con algo que olía muy bien… Pero pasaba de invitar a cenar a Marco. Esperaba que se tomasen el té, charlasen un poco como quería él, y se pirara lo antes posible.

Cuando volvió con las dos tazas de té él estaba repanchingado tan tranquilo en el sofá, con las piernas estiradas y el brazo sano y la cabeza apoyados sobre el respaldo del sofá. Se le veía tan cómodo que se temió que no quisiera largarse de allí tan fácilmente. Bueno, pues ella le haría querer hacerlo, que tenía ganas de darse una ducha calentita y cenar.

Al verla llegar, se levantó con rapidez y le cogió la taza entre las manos.

—Vaya, gracias… Me viene muy bien entrar en calor, estos malditos músculos ya no responden como antes después de las heridas.

Su sonrisa afectuosa no la iba a engañar. Pero claro, tampoco era cuestión de ser una maleducada. Tenía que andar con mucho cuidado. Le sonrió levemente y se sentó en la esquina opuesta del sofá, mirando hacia él con las piernas cruzadas en postura de yoga. Si se le ocurría abalanzarse sobre ella se iba a llevar una patada en toda la boca que se iba a estar acordando para los restos.

Ambos sorbieron de su taza de té y se miraron de reojo.

Elsa recordó aquél vídeo de una famosa editorial en el que una mujer madura se revolcaba en el sofá con un cowboy —el protagonista de la novela que estaba leyendo— mientras el marido veía tranquilamente la televisión en el otro extremo, y sonrió. Se le subieron los colores. La idea de un revolcón en el sofá estaba empezando a resultarle atractiva…

Pero no.

Levantó la mirada mientras se aclaraba la garganta y se encontró con la de él, que también sonreía. Era una sonrisa cálida, muy normal, como la de cualquier otra persona, y no recordaba haberle visto así antes. Parecía haberse quitado un disfraz de encima.

—¿Qué estás pensando? —le preguntó él.

Mierda.

«Sí, claro, a ti te lo voy a contar…», se dijo ella.

—Nada, me hace gracia que estemos así después de tanto tiempo. Bueno, querías… que habláramos, ¿no?

Él asintió y volvió a beber de su té.

—Sí, aunque la verdad… Estoy muy a gusto así. Quizá… quizá es que solo necesito relajarme un poco.

—¿Mucho estrés en ese trabajo tuyo?

Él se encogió de hombros.

—Es un no parar, pero eso me gusta, me viene bien. De esa forma estoy entretenido y… —suspiró y la miró—, bueno, hago algo que me gusta, que es tratar con los animales. Es apasionante, aunque a veces… sea un fraude.

Ella le preguntó por qué, y él le explicó lo que se veían obligados a hacer a veces solo por el show, para dar algo que ver a la audiencia. Era la primera vez que Adonis se lo contaba a nadie, y confesó que en muchas ocasiones se sentía un fraude, pero que aun así era lo mejor que había podido encontrar.

Por primera vez, Elsa se abstuvo de decir lo que pensaba para no ofenderle. Montar un show con animales salvajes no era algo encomiable, más bien significaba que a ese tipo le iba el peligro y punto. Si quisiera hacer algo por los animales, estaría donde estaban ellos, echando una mano sin pedir nada a cambio.

Pero eso no se lo dijo, claro.

Quería que se fuera y la dejara cenar tranquila.

—¿Sabes? A veces… Me cuesta mucho tratar con las personas.

Vale, eso no se lo esperaba. Se quedó quieta, esperando a que continuara. No podía comprender cómo alguien con su atractivo podría tener problemas para tratar con nadie. Si todo el mundo se le echaba encima… O bueno, quizá no todo el mundo, pero sí casi todas las mujeres.

—Vaya… Quién lo diría —fue lo único que pudo añadir.

—Pues sí, créetelo. Como te habrás dado cuenta, no es que sea… muy simpático que digamos.

—No, ya veo, ya.

—Tengo… problemas con… las conversaciones.

—Ajá.

—Y me cuesta mucho… no sé. Expresarme.

—No me digas.

—Creo que soy incapaz de mantener una conversación normal con nadie —dijo mientras miraba su taza de té y movía los dedos, nervioso.

—Qué tierno.

«No me lo trago, no me lo traaagoooooooo», canturreó en su cabeza.

Pero entonces él la miró. Y ella se sintió mal por él. Tenía un gesto muy, muy serio. Quizá estuviera viendo, al fin, al Marco real. No al follador empedernido, a la máquina de empotrar, al ídolo de masas… Sino a la persona real que había debajo de tantas capas de músculo y testosterona. Qué mala bruja estaba hecha, que a veces no hacía más que pensar mal de la gente, con lo bueno que parecía este chico.

—¿Sabes una cosa, Elsa?

Él continuaba atravesándola con aquella mirada serena

pero ausente, y ella dejó a un lado la ironía y negó con la cabeza.

—Creo que nunca, jamás en mi vida, he tenido un amigo de verdad.

Y una vez hubo dicho aquello, se giró hacia delante de nuevo y bajó la cabeza para mirarse los pies. Parecía avergonzado. Y más pequeño. Casi como si hubiera vuelto a la adolescencia.

«Ohhhhhhh, pobrecito, tan tierno… Pero sigue sin colar».

—Creía que esas cosas, a tu edad, ya las habrías superado —le contestó ella con sorna.

—Uno no se da cuenta en realidad de lo que es su vida hasta que atraviesa una experiencia… desgarradora.

—Y nunca mejor dicho —le respondió ella, pensando en que se refería a los desgarres que le había provocado aquel animal de la sabana.

En eso, ella estaba de acuerdo con él. Elsa también había pasado por lo mismo, años atrás, y ahora estaba allí, convertida en alguien totalmente distinto. Ella ya lo había superado. Lo de él quedaba todavía muy reciente.

Pero ella no sabía que él no se refería solo a eso. Aparte de las heridas superficiales, también había sentido otras mucho más profundas que no conllevaban un dolor físico, sino emocional, que nunca antes había sentido. Era el dolor del vacío que sentía dentro, de la soledad, del doloroso hueco que ella había dejado con su marcha.

—Supongo que estar a punto de perder la vida le hace a uno replantearse muchas cosas —añadió ella de pronto.

Él sonrió y negó con la cabeza.

—En realidad no me refería a eso —suspiró—. Pero también ayudó.

Dejó su taza en la mesita que había frente al sofá y se giró hacia ella. Apoyó de nuevo el brazo sobre el respaldo para acomodarse mejor y se relajó.

Ella miró su mano. Sus dedos morenos, largos, fuertes. Contuvo el impulso de acariciarlos, de unirlos a los de ella. Le hubiera gustado que esos dedos le acariciaran la cara, notar su calor contra su piel.

En ese momento, sintió una unión especial entre los dos. Como si ambos fuesen almas heridas, como si pudieran darse mutuo consuelo.

Apretó todavía más su taza entre las manos. No quería dejarla porque tenía miedo de que, si lo hacía, esas manos fueran a acabar al final donde no debían: junto a las de él.

O sobre sus macizorros pectorales.

Así que decidió que ya era hora de hablar.

—A veces nos cuesta mucho encontrar nuestro lugar, pero creo que merece la pena intentarlo —comenzó—. Yo también llevaba lo mío a cuestas, pero he conseguido algo que creía imposible. Y le estoy muy agradecida a este lugar, porque tiene gran parte de la culpa.

—Ah, vaya… Cuando te marchaste... hace tiempo… ¿viniste aquí?

La luz dorada del salón hacía que sus pestañas lanzaran sombras sobre sus bronceadas mejillas, y aquel extraño verde de los ojos de Marco parecía brillar todavía más en contraste. Miró su preciosa nariz recta, su boca, aquella curva tan bonita y sensual, tan masculina. Todo en él resultaba atractivo: su actitud, su mirada, su pose. Parecía como si hubiese sido fabricado a medida para atraer, como una víbora peligrosa, incluso aunque no lo quisiera.

Pero por primera vez debajo de todo eso solo veía a un chico que estaba herido y muy, muy solo.

Y fue así como, al fin, se sintió tranquila y segura junto a él. Como un igual.

—Sí. Me lo aconsejó… un amigo. Vine a pasar un tiempo, y decidí quedarme. Hay mucho por hacer aquí y este trabajo es el primero que me ha hecho sentirme útil en toda mi vida. A mi parecer, no hay nadie que me necesite más que estos animales.

Capítulo 30

«Yo te necesito más. Y te sigo necesitando más», pensó él.

O quizá no. No es que la necesitara, es que… la quería. La quería en su vida, todos los días, al terminar el trabajo. Quería que ella estuviera allí, esperándole como aquel día, con una taza de té caliente, un sofá cómodo y una conversación tranquila.

Tampoco desdeñaría un buen polvo, pero se sorprendió pensando que, antes que nada, necesitaba aquello que estaban compartiendo, incluso más que una efusiva sesión de sexo salvaje.

Se dio cuenta de que nunca antes había sido tan sincero. No, jamás tuvo un amigo, alguien en quien confiar plenamente, a quien contar cualquier duda o temor que se le pasara por la cabeza. ¡Pero si ni siquiera era capaz de reconocer que temía a nada! Estaba abriendo su corazón, y había decidido exponérselo a ella para que hiciera con él lo que le diera la gana.

Pisotearlo, si así lo deseaba.

Le daba igual. Sería, quizá, una liberación: que alguien viera quién era en realidad, que alguien fuera capaz de odiarle por lo que realmente era, o de quererle si así lo decidía. Pero ser él, sin tapujos, sin engaños. Desnudo.

Junto a ella.

Ella era su ancla.

Eso es lo que sintió aquella noche, en el momento en que volvió a cruzarse con ella, cuando al fin la vio bajo la luz de aquel viejo salón como nunca antes la había visto: sin florituras, sin maquillajes, sin ropas llamativas o chillonas. Una mujer normal, sencilla, cuyo rostro le miraba desconfiado como diciendo: «Aquí me tienes, ¿qué pasa?». No es que no hubiera visto mujeres sin maquillar ni arreglar, pero lo cierto era que nunca la había visto a ella. Y tenía las mejillas más llenitas, con un ligero tono rosado por el frío, y un candor a sus ojos azules que se le quedó grabado como a fuego en la mente. Era preciosa así, sin nada.

No escuchó música celestial, no hubo bolitas de discoteca girando entre los dos, ni tampoco un brillo especial emanando de ninguna parte. Era ella en su más elemental expresión, como recién levantada, como después de una sesión de sexo. Como si hubiera estado desnuda.

Y él también debía mostrarse así, desnudo, como lo que era. Sentía que se lo debía.

La habría abrazado allí mismo. La habría estrechado entre sus brazos y apretado contra él para hacerle entender que, por muy ñoño o estúpido que sonara, para Adonis era la cosa más dulce que había visto jamás. Quería apretar su cuerpo, quería recorrer esas curvas más llenas, quería…

Joder, si ella le hubiera sonreído, le habría quitado la ropa allí mismo y la habría hecho tocar las estrellas encima de aquella mesa de comedor.

Pero no le conocía. Y él a ella tampoco. Y quería conocerla. Y que ella le conociera a él. Y quería… Lo quería todo, y no podía ni debía desesperarse si quería hacer las cosas bien, con calma, como no las había hecho antes.

Así que se sentó junto a ella y le enseñó su alma. El alma de un hombre solitario, receloso, que una vez fue derrotado pero que ahora se sentía más vivo que nunca, porque la vida le daba posibilidades y porque ahora tenía muy claro qué era lo que quería.

—Si te soy sincero, creo que aquí hacéis un trabajo magnífico.

Ella asintió.

—Lo sé. Yo hago más bien poco, pero Diana y los veterinarios… Tienes que ver cuánto se esfuerzan, las horas que le dedican a esto, sea cual sea el problema. Dan su vida por este lugar y yo, aunque no tenga la formación que tienen ellos, no quiero ser menos.

—No tienes por qué serlo. Te he visto, y estoy seguro de que haces muy felices a esos peludos. —Le sonrió abiertamente al recordar la escena de la boda canina que había presenciado.

—Bah —hizo un ademán con la mano—, son unos sacos de pulgas, seguro que querrían lo mismo a cualquier otro que les prestara un mínimo de atención, pero algo en ellos… no sé, quizá verlos tan solos e indefensos me hace querer ayudarles más. Y tengo la suerte de poder hacerlo yo y que no sea otro, claro. Ahora mismo, si me dijeran de volver a mi antiguo empleo, te juro que me tiraba por un puente y, si por un milagro no la palmo, después me dejaba atropellar por un autobús de jubilados.

Se rió, y él se rió con ella.

Dejó su taza en la mesa y se puso las manos en el regazo, suspirando.

—Pues yo creo que tan solo eras una chica que intentaba disfrutar de la vida. Se te veía feliz. —Y era sincero al decirlo, pues la recordaba siempre parloteando y riendo, sin ninguna preocupación.

—No, te equivocas, era una idiota que no sabía ni lo que

quería, y además muy acomplejada, pero eso ahora da igual.

—No entiendo cómo podías estar acomplejada o por qué, la verdad.

—Las chicas somos así de imbéciles a veces —le respondió ella tras encogerse de hombros, quitándole importancia y bromeando con lo que una vez fue un problema bastante serio—. Cualquier cosa te puede romper los esquemas y hacerte pensar que no vales lo suficiente. Pero eso ya está más que superado, como ves. Ahora no me importa nada de nada lo que puedan pensar de mí los demás.

Le miró directamente a los ojos, como diciendo «incluido tú», y él lo entendió perfectamente.

Y la admiró mucho más por ello.

—Y ahora, al fin, sí que sabes lo que quieres, ¿no? —él le devolvió la mirada y alargó una mano para acariciarle un pie. Fue sin pensar, un gesto natural y espontáneo, que le salió sin siquiera haberlo planeado. Fue un toque cariñoso, reconfortante, nada que ver con el instinto sexual que solía dominarle.

—Bueno, al menos ahora sé lo que no quiero.

Encogió el pie y entonces él se dio cuenta de que lo había estado masajeando.

—Lo siento, me ha salido sin pensar, no quería importunarte.

—No te preocupes —respondió al tiempo que se encogía de hombros.

—No, en serio, no quiero que pienses que busco otra cosa que no sea compañía, es que… estaba tan a gusto que no he podido controlarlo.

—Ya —sonrió.

Eso no le gustó nada. Pero nada de nada. Que ella pensara que podía aprovechar cualquier momento para…

Bueno, le conocía muy bien. Quizá antes lo hubiera hecho, pero con ella, en ese momento, en esa precisa ocasión, no había buscado nada de eso. Solo quería que se sintiera mejor. ¿Tan difícil era de entender? Además, si lo que no quería ahora era sexo, pues él estaba dispuesto a aguantar… Vete tú a saber, hasta un mes, si ella quería. Aunque explotara.

Aunque los huevos le reventaran y salieran polluelos de dentro.

Maldita condición humana… El dolor de huevos era algo a lo que no se había tenido que enfrentar en su vida anterior, pero por ella estaba dispuesto a hacer un sacrificio enorme.

De repente, el sonido de un portazo les hizo girarse a ambos. Allí, en la puerta, discutiendo, estaban Artemisa y su compañero Charlie.

—No me hables así, niñato de mierda —decía ella—. Si te vuelvo a pillar vagabundeando por esta propiedad…

—Ya te he dicho que solo estaba buscando mi móvil y echando una meadita…

—¡Y los cojones! Si te pillo infestando mi refugio con tu apestosa orina te juro que de la patada que te llevas ves China, ¿me has oído?

—No te preocupes, no me hace falta ver China, contigo ya me hacen los ojos chiribitas —le respondió mientras sonreía atontado.

—No, si al final te soltaré una hostia…

Entonces, se giró y les vio a los dos en el sofá.

—Me cago en… —comenzó, y ya no dijo nada más. Puso los brazos en jarras y miró a Adonis lanzando llamas por los ojos.

—Hola otra vez. —Sonrió él.

No iba a engañarle diciéndole que aquello era pura casualidad… Ella sabía que se las había arreglado para llegar hasta allí. Y es que si no se hubiera empeñado en ocultarle que Elsa trabajaba con ellos, vete tú a saber por qué, nada de aquello estaría ocurriendo. Así que se lo tenía bien merecido.

—Hombre, colega, si estás aquí calentito mientras yo me helaba los coj…

—Cállate, mocoso —le espetó Artemisa.

—Joder, nena, qué guapa te pones cuando te cabreas…

La susodicha suspiró de desesperación, se estrujó los ojos con una mano y después dio un giro.

—Todo esto es culpa de Sonne… —susurró.

—¿Quién es Sonne? —le preguntó Adonis a Elsa.

—Es su hermano —le susurró—. Me ayudó a encontrar este trabajo.

Dos más dos, cuatro. Colega… Menudo lío. Sonne, claro, su hermano el sol… ¿Por qué ascuas del infierno estaba allí todo dios olímpico metido? ¿Qué tenía Elsa de importante para haberla mandado junto a Artemisa?

Era imposible adivinarlo en ese momento, pues la susodicha al fin espabiló y echó de allí a patadas a los dos indeseados invitados. Adonis se enfrentó a ella diciéndole que, aunque estuvieran en su casa, no podía tener retenido a nadie y si Elsa quería tener invitados, estaba en todo su derecho. Y para poder volver, además, le dijo que querían grabar a los pequeños animales, que esos también importaban: los perros, los gatos, los cerdos, los burros, incluso los lobos. Le mintió, le dijo que el jefe quería verle tierno con los cachorros, y presionó añadiendo que seguro que lloverían solicitudes de adopción a mansalva cuando le vieran con ellos en la tele.

No hizo falta más. Los gatos de Elsa se subían por todas partes de la casa, incluso encima de su cabeza cuando dormía, y ya no lo soportaba más.

Prometió dejarles volver, y con eso le bastó. Por aquella noche.

Elsa, que había observado la conversación como quien no quiere la cosa, apoyada en la mesa del comedor, sonrió y se despidió de ellos con la mano.

Y Adonis se marchó a la casa del espectro andante con la sonrisa más grande en su cara desde… desde… desde que se acostó con Elsa por primera vez. Se dio cuenta de que no había vuelto a sonreír igual, y no sería él el hijo —aunque adoptado, pero hijo al fin y al cabo— de los dioses más oscuros del inframundo si no se aferraba a eso que le hacía feliz con uñas, dientes, garras y hasta muñones afilados.

Ella era su paz y la pequeña pieza del puzzle que le faltaba para ser feliz.

Se echó sobre la cama que le había preparado la pobre mujer, como buenamente podía, en un cuarto oscuro y gris que olía a cerrado, pero le dio igual todo aquello. Estaba en su nube de felicidad. Apoyó los brazos bajo la cabeza y miró al techo, sonriendo. Se permitió soñar. Iba a extender su visita a aquel lugar cuanto le fuera posible, buscaría cualquier excusa… Pero de allí ya no le movería nadie.

~~*En el Olimpo*~~

—Abuela, la echo mucho de menos…

Ananké se sentó junto a su nieta y le apretó el hombro para reconfortarla.

—Tienes que dejarla hacer su vida, cariño. Aunque ahora tengas poder sobre la vida de los demás, debes saber cuándo utilizarlo. Nunca, ¿me has oído? Nunca debes usarlo en tu propio beneficio. Eso solo lo hacen los peores de la calaña olímpica, tú eres distinta. Eres buena, y quieres que tu amiga sea feliz y pueda hacer su vida, ¿verdad?

Alma suspiró. Le resultaba muy difícil no intervenir en

aquello… Habían pasado más de dos años y Elsa era la única amiga que seguía teniendo aquí, allá y en el más allá. Nadie podía fiarse de nadie en el Olimpo, y su abuela… En fin, ella tenía mucho trabajo. Igual que su marido. Seguía sintiéndose algo sola, pero sabía que si volvía a entrometerse en la vida de Elsa y su relación con Marco, podría hacerla infeliz.

Y ahora se la veía tan bien… El cambio había sido espectacular. Jon ni se lo podía creer, decía que no parecía la misma chica. Les habían visitado una vez en el refugio, y aunque el lugar no era de lo más lujoso, habían disfrutado de un fin de semana alejados de todo y de todos, en familia, y Alma por fin comprendió que, sin lugar a dudas, pasar tiempo allí cambiaba a las personas.

Su amiga seguía siendo la de siempre, pero ya superados aquellos problemas que se debían a viejas heridas no curadas.

—Alma, hija, ella se encuentra bien, es una chica fuerte. Tienes que dejarla vivir. Si ella quiere estar con Adonis o no, es asunto suyo. Cupido no le ha lanzado ninguna flecha, ¿no?

—Ya sabes que ya no le gusta que le llamen así, abuela. Ahora es Eros, para todos vosotros.

La abuela puso los ojos en blanco. Ahora el niño caprichoso se había vuelto serio… Pero en fin, no se quejó. En parte, la culpable de toda aquella súbita madurez había sido ella, así que debía darse por satisfecha.

—Pues eso, Eros no se ha entrometido con ella, ¿no?

—No, él también la quiere. Es mi amiga y no se atrevería a hacerle nada.

—Pues déjales hacer. Déjales tranquilos, seguro que ella sabe defenderse solita.

Alma lo sabía. Lo sabía muy bien, pero la dejaba marchar todavía con recelo.

—¡Tata!

Una pequeñaja vestida con suave gasa rosa apareció en ese momento y se tiró en brazos de Ananké.

—¡Hola cariño! ¿Dónde estabas, que no te he visto al llegar? —le preguntó esta mientras apartaba toda la gasa rosa de la cara de la preciosa niña. Llevaba el pelo oscuro, como el de su madre, recogido en un bonito moño con tirabuzones. No había nada que le gustase más que disfrazarse con colorines.

—¡*Papi me viste prinsesa*! —intentó explicarle a su bisabuela.

—Es que eres una princesa, cariño.

La voz de Jon sonó tras ellas, y Alma se dio la vuelta para verle apoyado en el quicio de la puerta, con los brazos cruzados y una sonrisa de adoración en la cara al dirigirse a su pequeña.

Entonces se miraron, sonrieron, y ambos comprendieron, sin necesidad de palabras, cuanto había que comprender: que en el amor no se manda, y que por mucho que haya fuerzas que se entrometan y pretendan alejar a dos almas gemelas, nada ni nadie podría separarlas.

Se acercó a ella con lentitud, como si no hubiera nadie más que ellos en la habitación. La abrazó por detrás, suspiró en el hueco de su hombro, y le dijo al oído:

—Creo que ya es hora de enviar una flecha de plomo para alguien que yo me sé, ¿verdad?

Aquello solo podía significar una cosa: que nadie más actuaría entre aquellos dos, que cuando Adonis la recibiera se alejaría de Elsa, si es que así debía de ser.

Pero los hilos del destino ya estaban tejidos, y nada ni nadie podría quebrantarlos.

Capítulo 31

—Un dólar por tus pensamientos.

La voz de Marco sonó muy cerca, y ella se dio la vuelta.

¿Tenía que aparecer justo ahora? Siempre elegía los mejores momentos, desde luego. Sobre todo esos en los que ella siempre estaba haciendo el ridículo. O de mierda hasta las orejas. Tampoco es que le importara que la viera echa un cristo, porque total, ya la había visto demasiado bien con sus pantalones viejos de chándal y sus sudaderas de colorines, pero una cosa era verla vestida de manera estrafalaria, como a ella le gustaba ir para alegrarles el día a los animales —incluso aunque la mayoría no distinguiera los colores— y otra es que oliera a pocilga.

Y nunca mejor dicho.

Porque ese día estaba con los cerditos, y cuando intentaba que todos la siguieran fuera de la zona de cabañas para poder asearlas un poco, pisó una gran mierda que le hizo caerse de culo en aquél pulcro suelo —nótese la ironía—, con lo que ahora parecía que la que se había cagado era ella misma.

—No te los diría ni por un millón, guapo.

—Gracias por lo de guapo.

Le lanzó una mirada airada y él sonrió. Era una de esas sonrisas que pocas veces le veía. No recordaba haberle visto sonreír tanto como ahora, y de esa manera: sincera, divertida, natural, como un crío que se divierte sin parar. Hasta se le hacían unas pequeñas arruguitas en los ojos que le daban un toque más tierno y pícaro. Jolines, cuando le sonreía así parecía un niño grande que acabara de hacer una travesura.

—A lo mejor, si te doy un beso te convenzo.

Ella se enfurruñó. ¿En serio quería darle un beso con ese pestazo? Ese tío no se rendía, vaya. ¡Iba a por todas!

Y ella ya estaba empezando a flojear. Que una no era de piedra, coño... Que una se había pasado a dos velas dos años y pico, y era de carne y hueso. Que cuando se podía delante y la miraba como si no hubiera nadie más, incluso estando sucia y despeinada, le entraban ganas de abalanzarse sobre él y chuperretearle enterito de arriba a abajo.

Al principio no había notado ese hambre feroz por él, solo había sentido miedo de que intentara jugar con ella. Pero después, tras pasar días observándole con los animales, grabando escenas monísimas en las que aparecía sujetando cachorros con defectos de nacimiento, apelando a la bondad humana y argumentando que no habría ser en el mundo que quisiera más a su amo que una mascota abandonada o con cualquier tipo de discapacidad, el muro de desconfianza que había ido construyendo poco a poco se había empezado a resquebrajar a lo bruto.

Y la conversación semanal con su madre no había ayudado en nada.

Incluso aunque hubiera querido largarse del refugio y volver a casa, ya no tenía casa. O bueno, sí la tenía, pero tendría que aguantar los ruiditos de chiquichiqui que harían sus padres en la habitación de al lado, porque resulta que, al cabo de tanto tiempo, sus padres habían vuelto a intentarlo. Al parecer, mami había conseguido controlar lo suficiente su vicio con el bingo, y a partir de ahí su enfermedad fue mejor de manejar y estaba lo suficientemente recuperada como para saber reconocer sus límites a la hora de comenzar una relación.

Y claro, su padre no había dejado de intentarlo durante años, aunque Elsa hubiera pensado lo contrario...Y se ofreció a ayudarla en lo que buenamente pudiera, empezando desde cero. Así que allí estaban, regalándose mimitos. Porque encima mamá le había contado lo que él hacía por ella, como si fuera una quinceañera hablando con su amiga, y desde entonces el hambre se le había vuelto a ir de forma inaudita y repentina.

Y es que Elsa tenía que reconocer que ella también quería algo así. Quería a un tipo que la quisiera por encima de todas las cosas, que no se rindiera nunca. Que le diera igual verla en bata, en chándal o en mallas de leopardo, el amor no tiene por qué fijarse en esas cosas, y ella se estaba volviendo muy moñas últimamente.

Y allí estaba él, el peligro, la tentación, y encima estaba cañonazo. Ni la cojera le afectaba, al muy capullo. Él sí podía aparecer en chándal y parecía que iba a grabar un anuncio de revista deportiva, joder, mientras que ella solo parecía lo que era: una chica que limpiaba cuchitriles de mierda. Y que encima apestaba.

—Si no me convences con un millón de dólares, ¿crees que me ibas a convencer con un beso?

«Sigue intentándolo idiota, sigue intentándolo», pensó.

Él volvió a sonreír.

—Mis besos son muy convincentes, parece mentira que no te acuerdes de ellos...

Entonces levantó una mano y le acarició el cuello con la punta de los dedos, apartándole el pelo un poco hacia un lado.

Ella ladeó un poco la cara para que él no viera que se estaba poniendo colorada. ¿Cómo no iba a recordarlo? Pero ella iba con desventaja, no había estado con nadie más y era fácil entonces acordarse del último. Y el mejor, además.

—Bueno, puede ser que me acuerde —se encogió de hombros—. Lo que no sé es si te acordarás tú de los míos, después de todas las fans a las que te has tirado después.

«Ups», pensó, demasiado tarde.

La mano de él se quedó quieta en el aire, y Elsa no se atrevió a mirarle. Cogió la escoba y empezó a barrer el suelo.

Él se metió las manos en los bolsillos.

—No pensaba que volvería a verte, la verdad —dijo en tono derrotado.

—Ah, porque si lo hubieras pensado no te habrías acostado con nadie, ¿verdad? —le respondió mientras sonreía con ironía.

—Eso nunca lo sabremos, porque la verdad es que fuiste tú quien se largó y me dejó tirado, por mucho que te pidiera que no lo hicieras.

—Vaya, cuánta acritud, cualquiera diría que te importaba.

De repente, él se acercó, le quitó la maldita escoba de la mano con brusquedad y alzó la voz:

—Escúchame: ¿es que no te enteras de nada? —comenzó—. Y por favor, ¿puedes mirarme?

Ella le hizo caso y levantó la mirada, aunque todavía con gesto de enfado. Como si tuviera derecho a estar dolida y hacerse la digna. Esa actitud le encantaba. Era la reina de la dignidad y la autoestima, aunque estuviera llena de mierda.

—Siempre me has importado. Desde aquella estúpida cena en la que me dejaste plantado.

—Ah, ya recuerdo… Aquella en la que herí tu orgullo de machito porque te dejé colgado cuando esperabas que me arrojara a tus pies para echar un polvo. Era esa, ¿no?

Él gritó, exasperado.

—¡No! Incluso de antes, maldita sea. Desde el momento en que volví a cruzarme contigo en el gimnasio y tú…

Estaba perdido. No sabía cómo explicarse, porque ambos se conocían de antes y nunca habían sentido nada el uno por el otro.

—Sigue, sigue, que me tienes intrigada… A ver, entre el momento en que te tiraste a mi amiga para dejarla tirada y luego quisiste hacer lo mismo conmigo, ¿qué pasó? Es que quiero saber qué me he perdido.

Él bajó los brazos, luego los volvió a levantar, se los pasó por el pelo, luego por la cara y, tapándola con sus manos, volvió a solar otro grito de desesperación.

—Esto no funciona. —Sus palabras sonaron ahogadas tras sus manos.

—Ya, claro que no funciona. No sé cómo te habías dado cuenta antes —cogió la escoba de donde la había dejado él apoyada y le dio la espalda para ponerse a barrer mientras apartaba con suaves toquecitos a los pequeños cerdos—. Deja ya de perder el tiempo y lárgate ya a entregar el maldito trabajo de una vez.

Se sentía rota por dentro. Sabía que era ella misma quien le estaba provocando, pero lo cierto es que todo aquello era nada más y nada menos que la cruda realidad. Todo eso estaba allí, y ella seguía sin confiar en él, al menos no del todo.

Porque él siempre había sido un gilipollas. Y nunca se había fijado en ella. Y no podía comprender cómo era que después lo había hecho. Y lo peor de todo, tampoco podía comprender por qué insistía en flirtear con ella.

De encontrarse con un hombre en su vida, quería a uno que la quisiera de verdad.

Oyó un suspiro detrás de ella. Después de cuatro días de

vagar por el refugio sin parar de pelearse con Diana por cualquier cosa, no sabía cómo había aguantado tanto allí. Pero estaba segura que, después de esa conversación, no tendría los cojones de quedarse.

—No tienes ni idea de cómo funciona el amor, Elsa —dijo él casi en un susurro.

Y después se marchó.

Sabía que no tendría los cojones de quedarse.

Oyó cómo sus pasos se alejaban y cómo gritaba llamando a Charlie, que seguramente estaría por ahí perdido intentando beneficiarse a Diana.

Ni siquiera se despidió de ella.

Qué fácil les resultaba a algunos rendirse, cuando escuchaban la verdad. El amor, decía. ¿Qué sabía él del amor? Lo decía así, como si nada, como si el amor fuera cualquier cosa de la que se habla mientras uno limpia las cochiqueras. Pero claro, ¿qué esperaba ella? Un chico como él tenía que ser, por fuerza, alguien superficial. Y además, acostumbrado a que se lo pusieran fácil… Era solo cuestión de tiempo que se largara en busca de otras aventuras que incluyeran a mujeres sexis y bien vestidas. Y ella ya no llevaba ni la ropa interior bonita, porque después de tanto tiempo sus conjuntos estaban descoloridos y las gomas de las bragas se le salían por todas partes, y las únicas bragas que vendían en «ca la Trini» eran de esas blancas y enormes de algodón, para las cuatro viejas del pueblo.

Se aguantó las ganas de llorar. Los ojos se le bañaron en lágrimas, pero no soltó ni una. Que el agua era muy preciada, coño, no había que desperdiciarla con tanta facilidad.

Continuó dando escobazos al suelo y por todas partes hasta que le dolió todo el cuerpo y el sudor comenzó a darle frío, momento en que volvió a casa, se duchó y se metió en la cama tapada hasta arriba y se puso en el reproductor a Adèle. Porque no había canción más deprimente en ese momento que su *Someone like you*, y ella estaba muy, pero que muy deprimida. Pero encontraría a alguien mejor que él.

De eso iba la canción, ¿no?

Dos semanas después

Pero, para su desgracia, no logró quitárselo de la cabeza.

Casi lo había logrado. Casi, si no fuera porque todos los días encendía la televisión para ver la reposición de antiguos programas en donde aparecía él «dándolo todo». Porque darlo, lo daba todo. En casi todas las incursiones aparecía semidesnudo, como si le diera igual que le picasen los mosquitos y pillara una malaria u otras fiebres que pudieran matarle o dejarle impotente, que eso ella lo había leído en alguna parte.

Pues no, todo eso al parecer se la traía al pairo. Enseñaba musculito y valentía a la par, vamos. Valentía o estupidez, según opinaba ella. Pero verle hacer estupideces le ayudaba a olvidarle. Porque así veía lo tonto que era.

Porque era muy tonto. Y además, no era tan guapo. Tenía demasiado… demasiado… Bueno, tenía un poco de pelusa en el pecho, y eso era un punto negativo. Ya está, tachado de la lista, era un horror, toda aquella pelusa. Y además es que hasta seguía por el ombligo y más abajo. Qué pasado de moda. Qué poco gusto… ¿Tenía toda esa pelusilla cuando se acostó con él?

Ah, sí, la tenía, ahora se acordaba. Pues no se tendría que haber acostado con él. Qué horror, un chico con pelusa.

Y entonces recordó que ella llevaba más de dos años sin depilarse.

Vaya hombre, en vez de pelusa, tenía que tener melena de chimpancé salvaje, algo así como la de Chewbacca después de darse un baño, una mano de suavizante y un secado rápido. Y en todas partes, además.

Pero coño, que él seguía siendo un metrosexual que salía en la tele, hombre… Y era horrible ver todas aquellas escenas de Wild Marco con pelusa en el pecho y el caminito al pilón.

No podía soportarlo, y al mismo tiempo no podía dejar de verle cada día. Eran siempre capítulos repetidos, pero prefería verlos porque en ellos aparecía una persona a la que ella no reconocía. Tenía una mirada distante, fría y hasta peligrosa, para nada parecida a la que tenía cuando había pasado aquellos días en el refugio.

Pero todo pareció cambiar aquel día. Se acababa de duchar y ya había cenado, y estaba repanchingada en el sofá con el mando en la mano, esperando su momento del día. El canal había estado anunciando nuevos capítulos, el ansiado retorno de Marco a la televisión después del horrible ataque que sufrió en África, y se esperaba que aquello fuera un bombazo. Al menos, le habían dado tanto bombo que sería raro si alguien en todo el país no sintonizaba el canal a esa hora, so pena de caer fulminado por un rayo.

Jorge llegó, se sentó a su lado como solía hacer las noches en que se quedaba en el refugio, y bostezó. Ahora, cada vez que el veterinario se sentaba a su lado no podía evitar recordar en lo distinto que era cuando era Marco quien lo hacía. Solo lo había hecho un par de veces, pero la tensión era casi insoportable. Al menos para ella… Hubo momentos en que llegó a relajarse a su lado, pero por norma general se ponía a la defensiva y se cagaba de miedo cada vez que él se acercaba más de lo que debía.

Qué distinto, con el veterinario de pelo *punky*…

—Hoy salimos nosotros al fin, ¿no?

Elsa asintió.

Diana llegó con una cerveza y un bol de palomitas y se apoyó de lado en el respaldo del sofá, con el cuerpo girado mirando hacia la tele.

—Hoy es el gran día —dijo en tono agrio.

Sentía resquemor contra Marco; aquel odio tan extraño y enconado parecía que no se le iba a olvidar nunca, y quién sabe por qué; sin embargo, la jefa estaba deseando que «el guaperas» consiguiera algo de ayuda para su querido refugio, aquél por el que daba la vida y mucho más, así que ella también estaba impaciente por ver qué ocurría.

—A ver si el guaperas consigue lo que nos prometió —dijo con la boca llena de palomitas.

Elsa volvió la vista de nuevo a la pantalla. Costaba mucho trabajo mirar a aquella mujer, tan guapa que ni aun cuando hablaba con la boca llena desmerecía nada. Algunas nacían con estrella y otras estrelladas, qué se le iba a hacer.

De repente, el programa comenzó y en la pantalla apareció una imagen de la entrada del refugio, con el pequeño cartel y un cielo despejado y azul, aunque frío como aquél invierno. La voz de Marco comenzó a sonar con fuerza:

—Hoy os traemos un programa muy especial…

Y de repente, él apareció en pantalla, justo allí, a las puertas de su actual hogar. Como si nunca se hubiera marchado.

Comenzó a describir el lugar, qué era lo que hacía y dónde se encontraba, y después invitó a los espectadores a seguirle al interior, donde se encontró como por casualidad con Diana. Esta vez, la mujer supo ocultar bastante bien su animadversión hacia él frente a la cámara y se explayó, haciendo gala de todos los encantos que, por lo general, parecían brillar por su ausencia.

—Qué guapa estás, jefa —dijo Jorge.

—Es verdad —añadió Elsa.

—Hm —gruñó la otra—. No quiero parecer guapa, quiero parecer profesional.

Después, Marco apareció en las jaulas de los animales más peligrosos, esas en las que se había centrado los primeros días de su llegada. Ahí Elsa seguía notando en él esa mirada fría y apagada de los demás programas, un cierto desinterés que no sabía describir. Se le notaba delgado, cansado y dolorido. Sonrió para sí: él también sabía venderse y dar lástima.

—La labor que realizan en este lugar, señores, es encomiable… —continuaba.

—Lo está haciendo muy bien —comentó tranquila su jefa. Se fue a uno de los sillones y se tiró cuan larga era.

No derramó ni una gota de la cerveza que llevaba en la mano. Era una artista, esta Diana.

—Sí, creo que al final va a ser buena idea eso de tenerle rondando por aquí durante tanto tiempo —añadió su compañero.

Pero de súbito, la imagen cambió y al fondo de la cámara no apareció él, sino una chica a quien no se podía reconocer. La voz de Marco continuó, aunque ya no estaba en el terreno, sino probablemente se había grabado en el estudio:

—Y sin embargo, no todo en este lugar está centrado en esos animales exóticos que han tenido que ser rescatados de las garras de unos cuantos inconscientes, no. No estamos en un lugar elitista. Aquí, en este sector del refugio, cuentan con abnegados voluntarios cuya vida está dedicada a esos pequeños desvalidos a quienes nadie quiere: perros, gatos, cerdos… De no ser por estas personas, que dedican su vida a ellos a cambio de nada, estos animales abandonados, heridos y solos no podrían salir adelante.

Mientras hablaba, podían verse imágenes de ella con los

cerditos, todos en fila, como si estuvieran bailando una conga. Después, aparecieron imágenes de ella dando los biberones a la camada de gatitos cuya madre había muerto, y también se la pudo ver en el recinto de los perros, lanzando palos al aire y correteando con los canes.

Algunas de las escenas fueron retransmitidas a cámara lenta, para darles mayor belleza y emotividad.

Y ella, a pesar de verse aparecer echa un desastre delante de todo el país y una buena parte del mundo latino, se tragó un gran nudo que se le estaba formando en la garganta.

Debía tener muchos mocos. Es que hacía un frío que te cagas.

—Oye, casi parece que a ese tío le gustas de verdad… —bromeó Jorge.

Diana dejó de masticar las palomitas.

Y entonces las imágenes siguieron centrándose en ella, que aparecía como salida de la nada cargando con sacos de comida, con utensilios de limpieza, con mantas para los pobres perros que pasaban frío. Parecía que la estaba haciendo pasar por santa, y eso, añadido a la música sensiblera que estaba sonando en su momento, le llevó a reconocer, con mucha rabia, que lo que tenía en la garganta no eran mocos, sino unas ganas de llorar que te cagas.

—Esta chica que habéis visto aparecer en las imágenes se llama Elsa. Ella es otra superviviente, una luchadora a quien conocí hace mucho y de quien no me he podido olvidar a pesar del tiempo transcurrido. Fue capaz de abandonar un hogar cálido, acogedor y animado por este lugar, algo totalmente opuesto a lo que ella estaba acostumbrada, y puedo aseguraros que ha encontrado la felicidad entre sus nuevos amigos.

En la pantalla apareció una imagen de ellos dos. Elsa acariciaba a Faltamucho y sonreía mientras el animal le daba mordiscos a un trozo de lechuga, y Marco la miraba a su vez a ella con adoración y con una sonrisa de ensueño en la cara.

—Jooooder, ¿alguien más está viendo ahí lo que yo veo? —soltó Jorge de improviso.

Las lágrimas comenzaron a rodar por las mejillas de la chica.

—Pues vaya mierda —espetó su jefa para después darle un buen trago a la cerveza y eructar como un hombre al tiempo que estrujaba la lata entre las manos.

Sí, era una puñetera mierda. Porque puede ser que sí le gustara, pero ella le había echado de su lado con sus tonterías. Debería haber borrado todo aquello de su cabeza. Debería dejar de pensar, directamente, porque cada vez que lo hacía salía perdiendo.

Y es que no había más que mirar aquella imagen para ver lo bonita que era. Es como si estuviera viendo una película en donde ella fuera la protagonista, aunque ni siquiera se lo creía, y todo empezó a estar tan borroso que ya no podía ni ver nada.

—Y es por eso que no me importa compartir con todos vosotros, los espectadores de Wild Marco, que es a ella a quien siempre he querido, y que mi corazón pertenecerá a una sola mujer durante el resto de mi vida. Se llama Elsa, y es el amor de mi vida.

—¡Por favooooooor! —chilló Diana desde su asiento—. ¡Lo que me faltaba por oír!

—Ostras, *ejem*, Diana… —comenzó Jorge, señalando hacia Elsa que lloraba como una descosida. Se limpiaba los mocos en la manga del jersey, pero la pobre tela ya no le daba abasto, y el veterinario le pasó unas cuantas servilletas.

Se sonó de forma ruidosa y siguió llorando entonces a grito pelado, como una niña pequeña con una pataleta. Total, ya que la habían pillado, mejor sacarlo todo fuera. ¡Mejor fuera que dentro!

Y fue justo entonces cuando sonó el timbre de la puerta.

Diana se levantó como el rayo, deseando salir de allí por patas. Nunca sabía cómo consolar a una mujer que llorara, y menos de la forma en que lo estaba haciendo Elsa en ese momento, y para ella era de lo más incómodo, así que chilló: «¡Salvados por la campana!», sin ningún tipo de miramiento, y se largó.

Jorge continuó dando palmaditas a Elsa en la espalda cuando escucharon:

—¿Pero qué coño haces tú aquí? ¿Es que estás en todas partes, como Jesucristo, o qué?

—Hola, Artemisa.

Esa voz.

Esa voz.

Esa voz…

No sabía quién era Artemisa, pero esa voz…

Elsa dejó de berrear de golpe y levantó la cara. Se sorbió los mocos con fuerza. Igual se lo había imaginado.

Jorge se giró y vio quién había llegado, y murmuró:

—Ahora sí que la hemos liado… —Se volvió de nuevo hacia Elsa y continuó—: Esto… creo que es mejor que… te limpies bien esos mocos que tienes restregados por toda la cara, y rápido. Venga, ¡venga que te va a pillar!

Elsa se pasó el paquete entero de servilletas por la cara y se la dejó roja como un tomate, pero era preferible eso a tener mocos verdes por todas partes.

Entonces se dio la vuelta y le vio. Allí, detrás del sofá, con las manos en los bolsillos y mirándola avergonzado. Parecía más colorado que ella, y mira que ya era decir.

Jorge se levantó corriendo y dijo:

—Jefa, creo que he visto que… que… que he visto que…

—Sí, coño, que nos tenemos que largar, pero prefiero quedarme un poco aquí a ver a este ponerse en ridículo, si no te importa.

Pero Jorge, por una vez, la tomó del brazo y la miró con fijeza, con tal seriedad que Diana suspiró y se dejó arrastrar fuera del caserío.

Elsa se sorbió la nariz todo lo sutilmente que pudo y parpadeó.

No podía creer que él estuviera allí. No podía abrir la boca, no podía hacer nada. La impresión la había dejado para el arrastre.

—Esto… supongo que habrás visto el programa —dijo Marco señalando hacia la tele.

La música de cierre estaba sonando, así que aquella era una pregunta un poco tonta. Pero de alguna forma había que romper el hielo, ¿no?

Ella asintió con la cabeza. Él rodeó el sofá y se sentó a su lado, muy cerca de ella. Esta vez no iba a tener miedo a nada. La miró fijamente: repasó su cara, sus ojos llorosos, las mejillas rosadas, los labios temblorosos, y después la abrazó con todas sus fuerzas.

—No sabes cuánto tiempo llevo queriendo hacer esto —le dijo al oído.

—El qué, ¿matarme aplastada? —bromeó ella.

El humor era lo único que podía salvarla de desmayarse allí mismo como una imbécil.

Él sonrió y aflojó un poco el agarre.

—Lo siento —le dijo, y después volvió a apretar de nuevo—. Lo siento —repitió—. Lo siento todo. Siento haber sido un imbécil en el pasado, siento no haber hecho las cosas bien antes, siento no haber sido la persona que tú necesitabas. Siento no haber luchado por ti como debiera, siento ser un idiota que nunca sabe…

—Vale, vale, son demasiados lo siento. Ya me habías ganado con el discursito de la tele, que lo sepas.

Entonces él se separó de ella y la besó, un suave roce al principio, un beso lleno de ternura. Pero aquello fue como abrir la caja de Pandora. Ambos se abalanzaron el uno sobre el otro, uniendo sus cuerpos todavía más, llenando sus bocas y sintiéndose hasta que no quedó un solo milímetro del uno que no estuviera cubierto por el otro.

—Te quiero, Elsa —dijo Marco entre respiraciones agitadas—, y siempre te querré. Ahora lo sé, y quiero que nunca lo olvides.

Ella volvió a sollozar, y no pudo responder, solo asintió con la cabeza. Después, se le abalanzó de nuevo y le acarició el pelo mientras volvía a besar aquellos labios que tanto había añorado. Él, el único chico que había despertado al fin sus sentimientos.

—¿Quién eres? —le preguntó entre jadeo y jadeo, mientras las manos de uno se metían por la cinturilla de los pantalones de la otra.

No supo por qué había hecho esa pregunta, pero algo dentro de ella la impulsó a hacerlo.

—Soy Marco —respondió él al tiempo que se apartaba un poco y la miraba con intensidad—, el hombre que siempre cuidará de ti.

Ella se quedó sin habla, porque su mano seguía adentrándose en aquella zona olvidada, aquella zona suave y sensible que la hacía suspirar de deseo… Y de temor.

Porque todavía llevaba unas bragas enormes de abuela, de esas que vendían «en ca' la Tere», y contaba además con una selva salvaje sin depilar que podría hacerla competir en un concurso de belleza con la mismísima gorila Juana.

Pero Adonis no esperaba ninguna respuesta de ella, y llegados a ese punto, tampoco buscaba una muñeca superficial, vestida con encajes y con la piel suavizada hasta el punto de parecer una muñeca. Deseaba a una mujer real: la deseaba a ella.

Él sabía, como siempre había sabido, que esa chica era la chispa que prendía de luz su oscura vida.

Epílogo

Se casaron en primavera, en una breve aunque muy emotiva ceremonia celebrada en el refugio y rodeados por sus seres más allegados: Alma y Jon con la pequeña Veti, el padre y la madre de Elsa, sus compañeros del refugio e incluso Sonne, los cerditos, los perritos y el resto de animales, todos engalanados para la ocasión… Y la extraña familia de Marco, que a Elsa le dio muchos escalofríos pero que, por suerte, se marchó pronto.

Marco había abandonado su trabajo en la cadena.

Lo había dejado todo y, aunque había recibido amenazas de la productora argumentando que ya nunca más podría volver a pisar un plató de televisión, no fueron pocas las cadenas que se pusieron en contacto con él a lo largo de los meses posteriores para hacerle las más variopintas ofertas.

Y él las rechazó todas.

Con el dinero que había ahorrado, montó su propia protectora no muy lejos de la ciudad, para poder ayudar a todos esos animales que algunos dejaban «olvidados» en las cunetas. Eso, por extraño que pudiera parecer, le granjeó al fin la simpatía de Artemisa, que le dijo a las claras que al fin estaba de lado de los animales y no contra ellos, como un maldito cazador.

Al parecer, ella había aprendido aquella lección hacía mucho y vivía para recordárselo al mundo.

Elsa, por su parte, dejó el refugio y comenzó a estudiar un curso de ayudante de veterinaria mientras trabajaba codo con codo con Marco. Echaba de menos a los animales del refugio, sí, pero lo cierto es que después del bombazo del último programa andaban más que sobrados de mano de obra. Al parecer, no eran pocos los jóvenes que estaban hartos del desenfreno de la ciudad y querían huir a jugar un poco a los ermitaños.

Con el tiempo, Elsa fue abriendo más su corazón hacia Marco, y él supo al fin cuáles eran los problemas que ella había conseguido superar. No los comprendía, porque nunca entendería por qué una chica que está sana pierde la cabeza en tonterías como aquellas, pero sabía que, a veces, los actos de otros pueden afectar a las personas que son más sensibles.

Y lo sabía por lo que había visto, porque él, por suerte, tenía bastante poco de sensible.

Al menos con el resto de la gente, porque con Elsa parecía un osito de peluche con una sobredosis de pastillitas rosas del amor y que cagaba unicornios multicolor y confeti con brillantina.

Pero así era la vida mortal: una caja llena de sorpresas, como las piñatas.

Y él nunca había sido tan feliz.

Muchas veces, cuando se levantaba por las mañanas y al abrir los ojos la veía acostada junto a él, con su melena revuelta, la boca algo abierta y la pierna estirada para ocupar casi toda la cama —tampoco se quejaba, a él le bastaba con una esquina o, directamente, con estar encima sobándole las tetas—, rezaba para que ninguno de los dioses se encaprichara o se aburriera de nuevo y se la arrebatara otra vez. Justo eso estaba pensando aquel día en que ella abrió los ojos, sorbió el hilillo de baba que le caía por la comisura de los labios, sonrió y le dijo:

—Te quiero.

Y él la besó y acarició sus suaves curvas hasta que terminaron haciendo el amor y, después, volvieron a quedarse dormidos de nuevo.

Y era por eso, por esos preciados momentos en que se declaraban su amor sin tapujos, que ahora, cuando acababa de atravesar el Lete acompañado de Caronte y con más años encima de los que había sentido jamás en su ajado cuerpo, solo pensaba en reunirse con ella de nuevo.

Atrás habían dejado a sus hijos, a sus nietos, toda una vida de risas y llantos, de miedos y de alegrías. Al fin había experimentado en su propia piel qué significaba ser mortal, había podido vivir toda una vida como tal, y volvía a casa, al inframundo, al hogar de donde provenía.

Allí, en el centro de todas las barcazas que flotaban sobre la humeante laguna, el voluminoso cuerpo de Hades le esperaba inmóvil. Se sentía tan pequeño al lado de él. Los dolores previos a la muerte habían socavado todas sus fuerzas, y ya no le quedaba más que piel encima de los huesos. Al lado de aquel hombre, Adonis era ahora la nada.

—Hola, hijo —resonó la voz del dios al llegar hasta él.

Adonis asintió a modo de saludo. No se sentía su hijo. Era un anciano sabio que había conocido la alegría de la vida, como cuando nacieron todos y cada uno de sus hijos, y el sufrimiento de la muerte, cuando su mujer le abandonó solo unos meses atrás.

Él solo quería volver a verla.

¿Dónde estaba?

La buscó entre las almas desperdigadas por la laguna, pero sus ojos llorosos y casi ciegos no funcionaban bien.

—No la encontrarás, Adonis. Ella ya no está. Ahora es tu momento, la hora que Zeus vaticinó, la culminación de tu divina condena: ¿qué es lo que deseas hacer, hijo, volver a casa, o nacer de nuevo como un alma mortal, aun a sabiendas de que no recordarás quién eres ni de dónde provienes? Recuerda que si elijes volver a ellos, ya nunca más nos verás.

Él miró hacia arriba. El rostro de Haces sí podía verlo bien, estaba lo suficientemente cerca como para apreciar en su expresión el gesto severo de alguien que teme perder a quien ama y se niega a reconocerlo.

—Quiero regresar.

La esperanza brilló en los ojos del dios del inframundo.

—¿Vuelves con nosotros?

—No, no —su voz sonó ajada—, quiero regresar a casa, con ella.

Hades le miró sin comprender.

—Pero hijo, ella… Ella ya no será quien era, será otra persona. Ambos seréis otra persona distinta. No sabes si volverás a cruzarte con ella.

—Me da igual, padre. —le llamó por primera vez así, «padre», porque eso era lo que siempre había sido para él y allí, en el juicio final, no tenía sentido enmascarar los sentimientos. Él bien lo sabía. Así que prosiguió y, con valentía, afirmó—: Solo la posibilidad de volver a verla hace que merezca la pena.

—Así sea —asintió, al tiempo que cerraba los ojos y asentía con seriedad.

—Siempre cuidaré de ti, hijo mío —escuchó la voz de Perséfone, a quien no había vuelto a ver desde aquella primavera en que ella pudo asistir a su boda con Elsa.

Sin embargo, su voz se quedó en un eco, en una resonancia que le acompañó hasta que, de repente, perdió la consciencia y solo sintió dolor. Dolor y una luz blanca, brillante y cegadora, junto con un deseo irrefrenable de llorar que solo se calmó al notar la piel cálida y familiar de un acogedor abrazo.

Ananké, vestida de solícita matrona, enseñó a la feliz madre cómo colocarse al bebé cuanto antes en el pecho, pues el pequeño había nacido con mucha fuerza y un hambre voraz que anunciaba el guerrero en el que se convertiría al crecer.

Y la anciana sonrió, feliz al ver que, de nuevo, había conseguido hacer justicia en la Tierra.

de todos los

BIOGRAFÍA DE LA AUTORA

Lorena Escudero nació en Redován, Alicante, en 1979. Estudió Traducción e Interpretación en la Universidad de Alicante y también cursó estudios en la Universidad de West Sussex, Inglaterra, y en la Universidad de Leipzig, Alemania. Se licenció en 2002 y a partir de entonces trabajó como traductora en empresas de diversa naturaleza, tanto en el ámbito técnico como el legal, hasta que en 2008 inició su andadura como traductora autónoma. Sin embargo, no fue hasta el 2014 que decidió al fin emprender el camino por el que siempre había sentido un gran respeto: el de la narrativa. **Castigo Divino**, su primera novela publicada, es un chicklit divertido y sarcástico que satiriza la mitología griega para parodiar la falta de amor y compromiso en las relaciones actuales.

Tras una pausa dedicada a la maternidad, ha podido regresar y publicar la **Saga Salvaje**, relato histórico que nos adentra en el antiguo oeste y nos muestra, a través de los ojos de su protagonista, las dificultades a las que debía enfrentarse una mujer en aquellos desesperados tiempos así como la lucha de nativos y mestizos por intentar encontrar su lugar en el mundo.

Tras la saga ha vuelto más atrevida que nunca con la secuela de **Castigo Divino: Divina Condena**, la historia más terrenal y alocada del malvado Adonis.

Síguela en Facebook:
https://www.facebook.com/lorena.escudero.autora

Página oficial de autora:
https://www.facebook.com/novelasdelorenaescudero/

O también puedes enviarle un correo para expresar tu opinión a:
mler21@gmail.com.
Estará encantada de tener noticias tuyas.

Y recuerda, si te ha gustado la novela, la mejor muestra de aprecio es apoyar al autor independiente dejando tu comentario en cualquiera de las plataformas de lectura que utilices.

Otras obras de la autora.

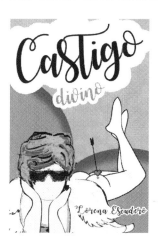

Printed in Great Britain
by Amazon